新时代文学晋旅　山西中青年实力作家中篇小说代表作

邢利民　李骏虎＿主编

小县城

XIAO XIANCHENG

手指　著

山西出版传媒集团　北岳文艺出版社

·太原·

图书在版编目(CIP)数据

小县城 / 手指著. —太原：北岳文艺出版社，
2023.8
("新时代文学晋旅"：山西中青年实力作家中篇
小说代表作 / 邢利民，李骏虎主编)
ISBN 978-7-5378-6752-8

Ⅰ. ①小… Ⅱ. ①手… Ⅲ. ①中篇小说—小说集—中
国—当代 Ⅳ. ①I247.5

中国国家版本馆CIP数据核字(2023)第128019号

小县城
手指 著

//
出 品 人
郭文礼

选题策划
高海霞

责任编辑
高海霞

装帧设计
张永文

印装监制
郭 勇

出版发行：山西出版传媒集团·北岳文艺出版社
地址：山西省太原市并州南路57号
邮编：030012
电话：0351-5628696(发行部) 0351-5628688(总编室)
传真：0351-5628680
印刷装订：山西万佳印业有限公司

开本：787 mm × 1092mm 1/16
字数：237 千字 印张：16.5
版次：2023 年 8 月第 1 版
印次：2023年 8 月山西第 1 次印刷
书号：ISBN 978-7-5378-6752-8
定价：74.00 元

目 录

李丽正在离开

1

李丽问老板，这本书多少钱？老板把书接过去，是一本《教师职业培训》，他看了看定价，对李丽说，八块。李丽说，太贵了吧？老板说，这原价三十块呢。李丽说，你这是二手书，封面都折成这样了。老板说，这书我不知道卖了多少本了，前几天还有人来找，没找到，你这运气好，最后一本居然让你碰上了，你还嫌贵？李丽把书放下，走了出去。

鹿燕平问李丽，不买了？李丽说，那老板真讨厌，说话那么大声。两个人站在昏暗的光线里。鹿燕平看着李丽，不太清晰，她的衣服散发出一股洗衣粉的味道。鹿燕平说，我去买吧。李丽说，不要了。

那是2004年，再不到一个月，鹿燕平就要毕业了。李丽还要一年。他们已经谈了两年恋爱。去年过年，鹿燕平把李丽带回了家。鹿燕平他爸鹿常在说，你们结婚我是帮不上忙的，你得自己想办法。鹿燕平他妈王桂芳连忙在旁边说，别听你爸的，到时候砸锅卖铁，找人借，也要帮你们把婚结了。鹿常在说，说得轻巧，你给借去？鹿燕平说，你们就别管我了。他知道家里没什么钱，但听到鹿常在这么说，心里还是有点不高兴。好在鹿常在说这话的时候，李丽不在场。

后来，王桂芳给鹿燕平打电话时，常常问李丽的事。鹿燕平说，成不成还不一定呢，你就别操心了。

鹿燕平还没去过李丽家。有一次，李丽放暑假回家了。鹿燕平一个人待在张城，做家教，一节课拿三十块，一个星期上四节。教一个初中生物理。费了好大力气，对方根本进入不了状态。

有一天，鹿燕平晚上讲完课出来，沿着大街往回走，时间是九点多，途经夜市，看着人来人往。他突然十分想念李丽。于是他买了去李丽家的火车票，在候车室待了四个多小时，第二天下午才到了那个小城。

鹿燕平在那个小县城待了两天，住在旅馆。他去看了李丽上过的初中、高中，还有小学，还去李丽一直念念不忘的羊杂店吃了一碗羊杂。直到上车前两个小时，他才给李丽打了电话。李丽用了很久才出来。你怎么来了？李丽问鹿燕平，也不打个招呼。鹿燕平本来想说，我想你。结果怎么也说不出口，只好说，突发奇想。李丽说，如果我不在家你怎么办？鹿燕平说，你不在家我就回去呗。李丽说，神经病。李丽没有邀请鹿燕平去她家坐坐，鹿燕平也没有提出这个要求。李丽也没有提出要送鹿燕平去车站。鹿燕平是自己坐车走的。到了车站，一看表，还有一个多小时才发车。这么说，他和李丽只在一块儿待了十来分钟。还是在大街上站着。

把李丽送回宿舍，鹿燕平转了个弯，跑着过去，还好，书店还开着门，鹿燕平进去，把那本《教师职业培训》买了下来。然后他特地绕道到李丽宿舍楼下，看了一会儿她们宿舍的窗户。他想叫李丽下来，后来想想，还是算了。

宿舍里一堆人在打升级，扑克摔得啪啪作响，另外一拨人围着电脑在看黄片。看见鹿燕平，老魏叫，你来替我打吧。鹿燕平说，我不打了。老魏牌技很臭，又喜欢打，每次都被搭档骂得狗血喷头。鹿燕平觉得有点饿，挨个儿提了提暖瓶，都空着。他端着饭缸子去别的宿舍找热水。

刚吃了一口，就听见打牌的人那里一阵骚乱，又喊又叫的。鹿燕平举着一筷子面朝宿舍跑去。

老魏提着板凳，被人死死拉住。鹿燕平想说点什么——他平时和老魏关系挺不错的——但没说，偷偷转身回去吃方便面了。那边很快就没了响动。

鹿燕平正在上厕所时，老魏进来了。他吹着口哨，对鹿燕平说，出去喝酒吧，我请客。鹿燕平想了想说，好。两个人结伴出了校门，找了个烧烤摊。老魏喝得很猛，话不一会儿就多起来了。他问鹿燕平打算怎么办。鹿燕平说，如果找不到工作，就只好回老家了。家里有关系没有？老魏问。鹿燕平说，哪里有？老魏说，跟我一样，不过我不打算回去了，一回去就再也出不来了。老家有个什么意思？鹿燕平说，那你怎么打算？老魏说，如果找不到有编制的，我就找个企业打工吧，不行就考研。老魏又问，我记得你家里还有个弟弟吧？鹿燕平说，是。老魏说，那你家里压力应该挺大。鹿燕平说，嗯。那你和李丽怎么办？鹿燕平喝了口啤酒，回答说，走一步说一步吧，还能怎么办？要不咱们做生意吧，老魏说。做啥生意？鹿燕平还从没想过这个。什么都可以呀，可以卖衣服什么的，老魏说。鹿燕平说，哪里有本钱啊，再说又没什么经验。老魏说，跟家里要一点嘛。鹿燕平借着酒劲，把家里的情况说了一番。

鹿燕平他爸是镇政府的合同工，一个月只有几百块的工资。鹿燕平他妈每年种点地，也弄不了几个钱。鹿燕平和他弟弟上学已经让家里捉襟见肘，跟亲戚们借过多次钱了。

这是鹿燕平第一次喝醉酒，在厕所吐了三次后，他才爬上床睡觉。第二天醒来，已经快十点了。一醒来，他就想起昨天晚上对老魏说的话，不禁感到后悔万分。家里的情况，他从来没跟人说过，连李丽也不太清楚。

李丽有个堂姐在张城，已经嫁人生子。有一次，李丽带着鹿燕平去了趟她堂姐家。那是鹿燕平第一次去一个真正的城里人的家，他憋着一泡尿，由于没用过抽水马桶，进了两次卫生间，都没敢尿出来。李丽问，鹿燕平你今天怎么回事？当时她堂姐去给他们洗水果。鹿燕平说，没怎么呀，怎么了？李丽皱着眉头说，你今天的样子真猥琐。鹿燕平是有点局促，但李丽这么说，他还是伤心得不行。李丽堂姐问鹿燕平家里情况，鹿燕平说得含含糊糊。李丽在一边说，他家里穷死了。接着还给她堂姐列举了一番，没有暖气，上厕所还是露天茅坑，我在里面蹲了半个多小时，腿都麻了。李丽说，去了趟鹿燕平家，我病了好多天。李丽堂姐当着鹿燕平的面，什么也没说。过了两天，李丽问鹿燕平，你家能拿出个房子首付不能？鹿燕平说，首付得多少钱？李丽说，得个十万左右吧。鹿燕平想了想说，到时候再说吧。后来又有一次，李丽再次提到了这个话题，她说，我堂姐说了，只要你家能拿出首付，咱们熬上几年，也就熬出来了。鹿燕平说，咱们现在还没毕业呢，找到工作再说吧。

那次从李丽堂姐家出来，李丽说，咱们一定要留在张城。鹿燕平说，那肯定的，难道我们还要回去？

2

鹿燕平所上大学的附属中学来招人，鹿燕平试讲得了第三名，得到了复试的机会。鹿燕平很兴奋，给鹿常在打了个电话。鹿常在说，用不用送点钱？鹿燕平说，你有钱送啊？王桂芳说，考过了有多少工资？鹿燕平挂了电话后，觉得好像吃了一只苍蝇似的。李丽把鹿燕平的白衬衣和西裤洗了，还跟人借了熨斗熨了一番。她对鹿燕平说，你可别紧张，这次不行大不了下次。鹿燕平说，这次肯定行的。到了第二天，鹿燕平穿戴整齐，去了复试的地点，门口贴了张红纸，是复试名单，鹿燕平扫了一眼，发现没有自己的名字。鹿燕平给自己班主任打电话，班主任说，我也不知道，等我打电话给你问一下。过了一会儿，班主任回过电话来，对鹿燕平说，燕平，你被人给顶了。鹿燕平有点蒙。班主任说，人家有关系，就把你顶了。李丽大骂了一番。

其实，鹿燕平蛮想当老师的。后来又有学校来招人，鹿燕平发挥得都不太好。鹿燕平打算不再找当老师的工作了。恰好老魏到一家网络公司跑业务，鹿燕平也去了。

连着培训了一个星期。鹿燕平开始正式上班了，他为找工作买的西服派上了用场。第一个星期，鹿燕平就跑成了一个单。在他们这一批新进来的业务员中，是第一个出单的。这给了鹿燕平很大的信心。算了一下，就这一个单，他就有底薪了，这个月他可以拿到一千二。本来以为可以再接再厉，再多签几个单的。鹿燕平也更加努力，每天从早到晚打电话，公司给每个人都发了厚厚的一本电话簿，鹿燕平从中间开始打，不到一个星期，就打了一遍。大概是被他们这些业务员给烦得不行，后来接电话的人，语气都不太好。有一次，鹿燕平打过去，是一个男的接的，鹿燕平刚介绍完自己，对方就开始大骂，一句比一句难听，鹿燕平也没挂，一直听对方骂下去，五六分钟过去了，那男的终于停了下来。鹿燕平问他，先生你现在感觉怎么样？那男的说，操你妈！接着就又骂起来了。鹿燕平继续听着。他觉得挺可乐的，尽管这个男的骂的是他，但他觉得好像跟自己没什么关系似的。他跟老魏说起这事，老魏还没有出单，他说，我现在都不想打电话了，晚上睡觉做梦都在打电话，早上起来一想起要打电话，我就觉得真不想上这班了。鹿燕平安慰他说，我觉得这事情就是个撞运气，撞对了人，单就签成了，我那单就是运气好撞来的。老魏羡慕地说，那你运气真好。鹿燕平说，所以电话还是得打。老魏说，只能这样了。

鹿燕平的同学对鹿燕平和老魏居然去跑业务，感到十分不解。他们有的找教师的工作，在张城找不到，就回老家找。有的在高新区找到了电路设计的工作。有几个考研的，另外一些找不到工作的，都还拖着。照完毕业照，大家去聚餐，连女同学都喝醉了。有几个人哭了，鹿燕平也觉得鼻子发酸。老魏突然站到了椅子上，喊，你们这些傻逼，等老子赚了大钱回来，非把你们全买下来不可。

月底，老魏也出单了。鹿燕平后来再也没签到单。他安慰自己，这刚第一个月，和那些一个单也没签的人相比，自己的表现已经很好了。鹿燕平隐约觉得自己摸着了一点门道，他决定从下个月开始，不再打电话了，而是去扫街。所谓扫街，也就是一条街一条街一个店铺一个店铺，所有挂牌子的，全部登门拜访 。这样要比在电话里说好一些，毕竟能见着面嘛。由于刚签单，老魏显得格外兴奋，领到工资的那天，他对鹿燕平说，咱们去大吃一顿吧。鹿燕平问李丽，去哪儿吃？李丽说，去吃肯德基吧。除了刚谈恋爱，鹿燕平用带家教的钱请她吃过一次之后，就再也没吃过了。那次他们吃得很少，就一个人一个汉堡，两个人合喝一杯可乐。老魏执意要付钱，他举起可乐敬了鹿燕平和李丽一下，他说，祝你们白头偕老。李丽笑了笑，握住了鹿燕平的手。老魏说，我真羡慕你们。说完之后，他就不吭气了。过了一会儿，李丽推了鹿燕平一把，示意他看老魏，老魏双眼发红。鹿燕平说，老魏，你还吃什么，我去再买点吧。老魏说，我已经饱了。

老魏陪着鹿燕平把李丽送回了宿舍。

燕平，老魏对鹿燕平说，你说咱们上的这学有什么用？花家里那么多钱，用了这么长时间。鹿燕平想了想说，老魏，你不能这样想，如果不是上学，咱们就待在老家出不来了。老魏说，你看看咱们公司那些人，都才多大呀。鹿燕平一想也是，总经理年纪还比鹿燕平小一岁，有的业务员连二十都不到，已经跑成老手了。当然还有几个比鹿燕平他们大的，但很少。老魏说，所以，咱们浪费了多少时间啊。不能这么想，鹿燕平说，老魏你这么想就是给自己找不对。老魏说，我也就是随便说说。鹿燕平说，你还比我小一岁呢。鹿燕平二十四，老魏二十三。

尽管这么说，但两个人都还是有信心的。发工资的时候他俩都看见了，有些跑得好的一个月能拿一万多呢，还有的跑的时间长了，光续费提成就有七八千，尽管这样的业务员没几个，但还是让他俩看到了希望。

3

老魏和鹿燕平合租了个房子，把宿舍的铺盖搬了过来，大部分同学也已各奔东西，剩下的各忙各的，也就不联系了。本来，鹿燕平是打算自己租个房子，和李丽一起住的。李丽说，你还是跟老魏合租吧，省点钱，再说了，我搬出来，影响也不好。房子就在学校后面的城中村，一个单间，公用卫生间在楼道里，楼下就有一家澡堂。他俩挑的是比较大的一间，比别的贵些，一个月一百二，一个人六十块。又添置了些灶具，跟别的住户一样，放在了楼道里。搬过来的第一个中午，李丽就给他们炒了两个菜，在外面买了两瓶当地产的迎泽啤酒。三个人围坐在从二手市场买回来的小圆桌旁，吃得津津有味。老魏说，李丽你做饭真好吃，我平时就一碗的饭量，今天居然吃了两碗。鹿燕平吃得也比较多，主要是他们好久没吃过家里做的饭了，吃了四年食堂，闻见食堂的气味就想吐。

老魏吃完饭后，识趣地一个人走了。李丽说，你还是快点吧，不要让和平回来撞见了。完事后，鹿燕平和李丽穿戴整齐地等了半天，也不见和平回来。鹿燕平说，李丽，你暑假别回去了，找个家教，咱们住一起多好啊。李丽说，你刚去单位，还是好好上班吧，时间还有的是嘛。

李丽回家的时候，鹿燕平骑自行车把她送到了火车站，一共经过了十一站公交站牌，鹿燕平一点也不觉得累。就是热，浑身大出汗，不过他俩都不在意，一路上有说有笑。自行车是为扫街买的，鹿燕平买了份张城地图，在上面画了四五个大圈，两个月跑一片，差不多一年可以扫完。他把地图偷偷藏起来，怕被和平发现了。其实扫街这种事，大家都知道，但就是坚持不下来而已。鹿燕平下定决心，绝对不能半途而废。火车站侧面有个大超市，鹿燕平把自行车停了下来，他对李丽说，给你爸妈买点东西吧。他们把自行车存了。超市他们也就逛过两三次，一般买的东西很少，原先鹿燕平进超市门的时候，老是感觉有点心虚。这次就不一样了，他理直气壮地走了进去。

给李丽她爸买了个按摩颈椎用的电动按摩器，给李丽妹妹买了双鞋子。鹿燕平还自作主张，给李丽买了条裙子，蓝底上面有碎花，吊带的，李丽试了试，挺好看的。还是别买了吧，李丽说，二百多块呢。鹿燕平说，不就二百块的裙子么，买了。鹿燕平要去上厕所，李丽说，那我去推自行车吧，待会儿我带你。鹿燕平说，你能带得动我？李丽说，你一百斤都不到，我还带不动个你啊？

鹿燕平上完厕所出来，超市门口没有李丽。他心想，等过几个月，攒点儿钱，一定要给李丽买个手机。他转身去看存车那里，果然看见了李丽。鹿燕平一边往过走，一边注意到情况似乎有点儿不妙。李丽正在跟看车的瘦黑矮个儿中年男人争辩。怎么了？鹿燕平问。李丽说，咱们的自行车不见了，他还说跟他没关系。中年男人说，谁看见你们把车存我这儿了，你有存车牌吗？我这里存车都有牌牌的。说着中年男人把手里的牌子伸出来给鹿燕平看，木头做的，上面写着红色的数字。鹿燕平说，我们刚才存的时候，你就没给我这牌牌。中年男人说，怎么可能？这时候一个人推着车往进走，中年男人熟练地把牌牌挂在了那人的车把上，然后把另外一块相同的牌牌递给了那人。你看见了吧，中年男人对鹿燕平说，我在这儿干了三年多了，什么时候漏给过人牌牌？李丽的声音里都有哭腔了，你这人不讲理。中年男人说，小姑娘，看你年纪轻轻，心眼这么坏，还想讹我一辆自行车啊。这时候围观的人逐渐多了起来。鹿燕平拉着李丽的手说，走吧。鹿燕平费了好大的力气，才把李丽拉了出来。

直到上车，李丽还在生闷气。鹿燕平说三句，她也不回一句。第二天中午，鹿燕平就又去买了辆自行车，这次他没买新的，坐公交车上服装城后面的二手车市场，八十块买了一辆。骑了不到两天，车胎就爆了。去补胎的时候，修车的对他说，你买贵了，以后要买来我这里，五十块就给你弄辆一样的。他把车胎取出来，发现上面坑坑洼洼已经补过多次。鹿燕平只好出钱换了条车胎。李丽回家后，给鹿燕平打了个电话，她说，鹿燕平，都是因为我们没有钱。鹿燕平说，你说得对。李丽说，鹿燕平，我堂姐把咱们的事跟我妈说了。鹿燕平等了好一会儿，李丽才说出下文，我爸妈都不同意，嫌你家里没钱。叹了口气，李丽又说，鹿燕平，我妈这边我给对付，但你一定得争口气啊。你也别往我家里打电话，李丽最后叮嘱道，我给你打，不然让他们接上，又要数落我好几天了，我烦死他们了。

鹿燕平扫街扫了两天之后，老魏也开始扫街了。他们每天八点在单位签了到，然后就各自骑上自行车按计划路线行进。中午在路边摊随便吃点儿饭，接着继续扫。准备的灶具完全成了摆设，晚上回到家，有一次饭都没吃，鹿燕平想着，先躺一会儿吧，结果一睁眼，就早上七点多了。以前在学校，晚上怎么也睡不着。一度鹿燕平甚至以为自己得了失眠症。现在看起来，完全是体力活儿干得不够。一般隔个三两天，李丽就会给鹿燕平打次电话，她不再说家里的事。两个人聊聊各自的生活，考虑到电话费较贵，也不敢多说。李丽平时一些肉麻话是说不出口的，但在电话里就没有这个障碍。她不仅自己说，还逼着鹿燕平说。有时候老魏在，鹿燕平说不出口，李丽非得让他说出来不可，不然就别想挂电话。

4

李丽在家住了两个月。鹿燕平第一个月签了三个单，第二个月还是三个。工资都发到了两千多。老魏也差不多。现在老魏多了个习惯，每天晚上都会躺在床上，拿着纸笔，进行各种数学计算。鹿燕平发现，老魏的记忆力实在是好。当一个月结束的时候，他就那么斜躺着，嘴里念念叨叨，不一会儿就把从一号到三十号的收入与支出一点儿不漏地写在了纸上。不过这也得归功于他每天晚上的用功，他以每个月的一号为起点，每天晚上的计算都要回溯到一号。他对这项运动持久的坚持让鹿燕平的态度由不屑变成了佩服。老魏基本上一天抽一盒烟，他只买软包烟，这样晚上他就能把烟盒拆下来，在白色的一面进行计算。布满黑色数字的烟盒有一段时间遍布房间的各个角落。

他们现在已经习惯了这种高强度的生活，晚上不再是回家倒头便睡。睡意远没有刚开始那么浓了。老魏多了个爱好，去楼下的麻将馆打麻将，有时候一打就打到晚上十二点，星期六日往往会打个通宵。受他的影响，鹿燕平也开始打，不过他打的要小得多。一上大场，他的心理就承受不了，得使劲控制住，手才不会抖。有一个星期日早上，老魏对鹿燕平说，燕平，借点儿钱给我吧。鹿燕平说，借多少？老魏说，一千吧。鹿燕平说，你的钱都去哪儿了？老魏说，这几天运气不好，昨天晚上几个小时就输了一千二，这几天一直输。鹿燕平把钱给了老魏，说，你还是别打那么大的。老魏说，小的没什么感觉嘛。当天晚上，老魏没有回来，鹿燕平知道，他肯定是去打麻将了。他想下去把这家伙拉回来，想了想还是没有去。不过他下决心，以后再也不借给老魏钱了。第二天一早，老魏回来了，从钱包里数出十张钞票，递给鹿燕平。鹿燕平刚接过来，他又递过来一张，这一百算是利息，老魏说。鹿燕平忍不住问，赢了？老魏说，好险的，第一圈我就输了八百多。接下来老魏从第一圈开始讲起，每把他是什么牌，别人怎么胡的等等。他喜欢这么详细地讲麻将。鹿燕平是打过就忘。总之，到最后散摊时，老魏赢了三千八百多。

跟鹿燕平他们同一批进公司的业务员，现在就剩下了三个，其他人都走了，连续两三个月不出单，肯定会受不了的。总经理说，如果你连续三四个月都能出单，就说明你能干这行。鹿燕平他们算是经过了考验，过了试用期，底薪提高了三百，提成也比原来高了一些。鹿燕平算了一下，如果每个月保持三个单，就能拿到三千多的工资了。生活没有原来那么拮据了，鹿燕平和老魏不约而同地抽起了十块钱的烟。之前去客户那里，从来没给人散过烟，五块钱的红河实在拿不出手。现在他们还在包里放了一盒芙蓉王，以备急需之时使用。

鹿燕平他们公司一个月会聚一次餐，第二个月开始，老魏每次都会喝得大醉。鹿燕平只好打上出租车带他回家，下了车还得背着他走，一回到家，鹿燕平就像被雨淋过似的，全身被汗浸湿了。老魏躺上一会儿就会叫上一声鹿燕平的名字。鹿燕平问他，怎么了？老魏用很大的声音叹声气，就没有下文了。如此反复多次之后，老魏突然开始自言自语：我想胡彩萍啊，鹿燕平，我他妈想死她了。胡彩萍，胡彩萍，胡彩萍，胡彩萍！到后来，他几乎是用尽全力地喊了。鹿燕平喝得也不少，躺下他才发现，自己的头有些晕，在老魏的喊声中，鹿燕平突然就泪流满面，他发现自己正发出很大的抽泣声，他把枕头拿起来，使劲捂在嘴上，一点儿用也没有，他的喉咙发出了巨大的呜咽声，把身体都带动着颤动起来。

天气过了最热的时候，李丽也快回来了。鹿燕平给自己一个卖手机的客户打了个电话，花一千二给李丽买了部手机。还剩下差不多两千块，鹿燕平和老魏一人买了一辆电动车。他们觉得，这样扫街的速度能快上许多。买上后才发现，扫的还是那么多。不过不需要弯腰驼背地用力蹬了。晚上回到家，精力更加旺盛了。

5

鹿燕平的弟弟鹿东平今年参加了高考。鹿常在在电话里跟鹿燕平说，东平考得很差，你有没有什么办法？鹿燕平哭笑不得，他对鹿常在说，我一个小业务员，能有什么办法。鹿常在说，你打听打听，看看有什么学校东平能上的。王桂芳说，燕平，你以后可得帮帮东平，他不像你，从小学习就差，性格又内向，以后在社会上肯定吃不开的。鹿常在又抢过电话说，考得不好，东平心里肯定挺难受的，过几天，让他上你那儿去待一段时间啊，你好好开导开导他。鹿燕平说，我每天上班，哪里有时间照顾他。鹿常在说，钱我们给他带上，你就带他玩一玩就行了，东平还没出过门呢。

鹿东平比鹿燕平小三岁，初中复读了一年，高中复读了两年。有一次，鹿东平对鹿燕平说，哥，我真不想上学了。鹿燕平说，不上学你想干什么？鹿东平说，种地也行。鹿燕平说，你以为谁想上学啊。鹿东平说，坐在教室里，我根本一个字也听不进去。鹿常在以前也跟鹿燕平说过这个问题，他说，鹿东平如果真考不上，就送他当兵去。鹿东平不想当兵。所以，他只好再去复读了。

鹿燕平一直等着东平来，结果有一天鹿常在打电话过来说，东平上学去了。鹿燕平有点吃惊，那么点儿分数，去哪儿上？鹿常在说，有学校去东平他们学校招生，东平就去了。鹿燕平问，是个什么学校？鹿常在说，那学校在西安，是西安交大下设的一个学院，先读几年再说吧。鹿常在说，总得出去读点儿书嘛。鹿燕平说，那东平不来我这里了？鹿常在说，他不想去。鹿常在还说，现在这学校的学费比你那时候贵多了。鹿燕平上的是师范类院校，学费比别的学校少，一年刚两千七。不过，鹿燕平去交学费时，看见比他高两级的人的学费，刚九百块。鹿燕平当时想，如果我早出生两年就好了。

过了段时间，王桂芳打来电话，给鹿燕平详细讲了一番鹿东平去上学的事。一年学费六千多，加上生活费什么的，一年得一万。王桂芳告诉鹿燕平，家里只有两千，剩下的全是借的。舅舅那里多少，姑姑那里多少，姨姨多少，还有哪个村的会计等等，人数很多。王桂芳说，只要你们能读书，我和你爸砸锅卖铁都成。

也有个好消息，王桂芳说，你爸转正的事情有眉目了。鹿常在在乡政府是临时的，干了几十年了，每个月就三百块的工资。每过一段时间，就会有转正的消息传来，但都不了了之。鹿燕平听到这个消息，根本没什么想法，他认为，这个事情是不可能的。王桂芳很兴奋，她给鹿燕平算了一笔账，转正后，鹿常在的工资最起码涨到两千，那么一年就有两万多的收入。她自己种地所得，应该能维持得了他们两个人的生活，那么这两万多就能净落下来，除了供东平上学，也还能落下差不多一万。鹿常在还有六年才退休，现在家里欠债三万多，到鹿常在退休，就能把所有的债都还清了。我和你爸也熬出来了——最后，王桂芳这么跟鹿燕平说——即使你结婚，我们再借点儿，退休后还有退休金，别人也愿意借给咱们。

说是不来，结果还是来了。鹿常在带着鹿东平在鹿燕平租的房子里睡了一晚，老魏只好找别的同事凑合了一觉。鹿燕平带着鹿常在和鹿东平在自己上班公司的楼下看了看。鹿常在问鹿燕平，你们单位有多少人呀？鹿燕平说，有二三百吧。鹿常在说，男的多还是女的多？鹿燕平说，男的要多一些。都多大年纪啊？鹿常在问。鹿燕平说，都跟我年纪差不多吧。在回去的路上，鹿常在对鹿东平说，你哥我已经不愁了，现在就剩下你了。下个月去了学校，要努力点儿，以后找个好工作。鹿东平嘴上黑乎乎的一片，话很少。鹿燕平发现，半年多没见，他好像变了个人似的。最明显的，是身高突然蹿了一大截，比鹿燕平都要高了。下巴突然变宽，脸大了许多，浑身上下显得极不协调。他的长相突飞猛进地向鹿常在的那个方向发展，猛一看去，就好像另一个鹿常在站在你面前似的。鹿燕平试图和鹿东平多说点话，这也是他爸的授意，他爸的意思，这次带鹿东平出来，主要目的就在于，让鹿燕平给鹿东平做个榜样。鹿燕平却不知道该说点儿什么，他说一句，鹿东平应一句。

对于即将要去外地上学，鹿东平显得挺兴奋的，从他偶尔的言语中，可以看出这点。吃完饭，鹿常在非要付账，还跟鹿燕平拉扯了一番。鹿燕平觉得浑身难受，他一把推开鹿常在，把钱给了老板。此后几次吃饭，都发生了这一幕，鹿燕平说也不顶用，鹿常在仍然要重复一遍。

鹿常在问起了李丽，鹿燕平说她放暑假回家了。鹿常在问，你是怎么打算的呢？鹿燕平说，李丽还没毕业，等毕业了再说吧。鹿常在说，我觉得，你们还是一毕业就把婚结了吧，我和你妈也就又了了件大事。鹿燕平说，再说吧。躺在床上，鹿燕平怎么也睡不着。临走时，鹿燕平给了鹿东平五百块钱，他没当着鹿常在的面。鹿东平接过去后，鹿燕平又说，有什么事就给我打电话，没钱了就跟我说。鹿东平说，哥，你有钱了，也给爸妈寄点儿吧，他们这次借钱，很难的，有好几家不愿意借给咱家钱。鹿东平还告诉了鹿燕平一件事，前段时间，鹿常在在鹿燕平他们堂哥家打麻将，差点儿被他堂哥给打了。鹿燕平想起，鹿常在在麻将桌上爱训人，肯定是因此而发生的。鹿东平说，是鹿常在说了堂哥他爸，他堂哥才要打他的。

6

李丽回来的那天，下大雨。鹿燕平早早地等在火车站，看时间还早，他在车站外转悠，不一会儿，看见了个诊所，他就进去了。这诊所很小，挂着什么祖传秘方，专治脊椎病腰椎病的牌子。诊所老板是个老头儿。在鹿燕平自我介绍的过程中，老头儿的目光从鼻梁上的眼镜上方直直盯过来，一言不发。本来以为没戏了，结果鹿燕平又说了不到五分钟，老头儿就跟他签了合同，并且当下就把钱给了他。鹿燕平把三千块放进自己包里，觉得今天运气真是好。他现在无论什么时候出门，谈业务需要的一套东西，全部放在包里。等回到车站，他才发现，自己的裤子已经湿了多半截，皮鞋里也进了水，袜子黏腻腻地粘在脚上。他和别的等着接人的人们站在车站外的凉棚下，突然感觉到，天冷了许多，在手机上查了一下，已经立秋一段时间了。

火车晚点了半个多小时，李丽看见鹿燕平的时候，显得有点儿吃惊。鹿燕平，李丽说，你怎么变这么黑了？鹿燕平说，黑了吗？我自己怎么没感觉？李丽说，真黑，又黑又干，快赶上非洲马拉松运动员了。等他们回去，两个人的衣服全湿了。老魏不在，这么大的雨，一时半会儿应该也回不来。脱光衣服后，李丽再次感叹，鹿燕平，你真瘦。衣服脱了之后，鹿燕平显得黑白分明，脸上除了眼镜那里，其他地方也是黑的。李丽笑了半天，鹿燕平接过镜子，凑近了看，也忍不住笑了起来。

鹿燕平给老魏打电话，说晚上一起吃饭吧，李丽回来了。老魏说，我晚上不回去了，他问李丽在不在电话旁边，鹿燕平说不在。老魏对鹿燕平说，我在网上找了个已婚小妇女，晚上跟她睡一觉去。鹿燕平说，我操，这么大的雨。老魏说，我肯定是不回去了，你们自己吃吧。李丽说，在家做吧。鹿燕平说，我发现一家特别好吃的火锅，今天也不热，咱们去吃吧。

当天晚上，李丽没有回宿舍，这是他们第一次在一块儿过夜。两个人身上一股子火锅味，李丽让鹿燕平换了身衣服，然后把他们的衣服全洗了。雨一直没停，鹿燕平只好在房间里拉了根绳子，用来搭衣服。李丽又在床底下，发现了鹿燕平的两条内裤、一双袜子。李丽一边蹲在地上搓衣服一边说，鹿燕平，以后结了婚如果你这么邋遢，我就把你赶出去。

鹿燕平感觉十分新奇，直到后半夜，两个人才睡着。第二天醒来，鹿燕平发现李丽把腿搭在自己身上，他没有动，盯着李丽看了半天。李丽没有说家里的事，鹿燕平也没问。

7

鹿东平是下午到的。鹿燕平说要去接他，他说不用了，他自己坐公交车来到了鹿燕平公司的楼下。鹿燕平看见鹿东平时，吃了一惊。鹿东平的头发染红了，穿着一身牛仔，裤子膝盖那里还有两个大洞。当鹿燕平走近了，又发现鹿东平耳朵上戴着几颗闪闪发光的耳钉。鹿燕平本来想问问鹿东平为什么把自己弄成这个样子，但想了想，没问出口。他一直觉得这身装扮似曾相识，想了半天，终于记起来，原来不远处那个洗车行里的几个年轻人，都是这副打扮。鹿燕平去存车处把电动车骑了出来，由于刚下过的雪还没消，他骑得小心翼翼。鹿东平手里拿着两支点燃的烟，坐上后座时，往鹿燕平的嘴里塞了一支。鹿燕平问，你什么时候也开始抽烟了？鹿东平说，早开始了，以前没让你们看见而已。鹿东平用的是普通话，他的普通话又不太好，鹿燕平很不习惯。

鹿燕平以为鹿东平会每天待在家里的，他还想着抽空带他去玩玩。结果，当天晚上，鹿东平就没回来。九点多，鹿东平打了个电话过来，他说他住朋友那里。鹿燕平问，你哪里来的朋友？鹿东平说，是我以前的同学，现在在张城上学的，哥你就别管我了，我朋友多了去了，你该干什么就干什么吧。十多天的时间里，鹿东平只露了两次面，一次是来他们单位拿钱，他是和另外一个朋友来的，两个人一个红头发一个黄头发，事先也没跟鹿燕平打招呼，逢人就问鹿燕平。当鹿燕平看见这俩打扮得奇形怪状的人远远走来时，不禁感到十分害臊。鹿燕平问鹿东平，你要多少？鹿东平说，三百吧。鹿燕平给了他五百。还有一次，鹿燕平正睡觉呢，鹿东平回来了，这次又带了另外一个人，头发倒是没染，但十分长，又乱，好像好多天没洗过似的。鹿燕平躺着，听见两个人满嘴脏话地叽咕了好长时间，后来他就睡着了，也不知道他们什么时候走的。

老魏现在三天最起码有一天不回来，他对鹿燕平说，都快过年了，你还跑啊。确实，这个时间段不适合跑业务，去哪个单位，都说，开了年再说吧。鹿燕平也就松懈了下来。有一天，是星期三，他骑着电动车出了公司门，突然就不想转了，于是就回家。那一天他在家待着，不到两个小时，就浑身难受，不知道该干什么好。这半年来，他几乎每天都在外面跑，还从没有过像现在这样什么事也不做的时候。他学着老魏，躺在床上算了会儿账，最多的一个月，鹿燕平签了五个单，其他月份，大都是三四个。平均下来，一个月能拿两千五，和老魏相比，鹿燕平要节省得多，老魏说他现在已经没钱了，就等着回家过年前发最后一个月工资。鹿燕平存了七千多，加上最后一个月工资，他就有一万了。他本来打算买个笔记本电脑的，有时候在家，客户打过电话来，需要上网查个东西什么的，没有电脑很不方便，但一想到买了笔记本，存款就所剩无几，他总是下不了决心，拖来拖去，就拖到了这会儿。鹿燕平想，还是开了年再买吧。算完账后，鹿燕平又没事做了，他往李丽宿舍打电话，没人接。鹿燕平出了门，不一会儿就走到了麻将馆，现在他也算是麻将馆的老人儿了，老板给他找了桌。鹿燕平打得心不在焉，外边一群小孩子不停大叫，不时有鞭炮声传来，总能把人吓一大跳。

发了工资之后，公司就有人开始请假回家。鹿燕平早上下午签个到，其他时间要么在麻将馆，要么跟李丽逛街。只剩不到一个星期就要过年了。鹿常在打过几次电话，问鹿燕平什么时候回去，问东平怎么样。鹿燕平说，我再过几天吧，公司还没放假，东平和我一起回。有一天，鹿燕平回到家，发现老魏居然在。倒了大霉了，老魏跟鹿燕平说。怎么了？鹿燕平问。老魏说他把刚发的工资搞丢了，想来想去，只能是在公交车上丢的。老魏说，当时有个男的一直挨着他，他竟然一点儿也没想到那个人是小偷。老魏说，燕平，现在我可以说是身无分文了，你可得借点儿让我过年啊。鹿燕平取了两千块，借给了老魏。

得知鹿燕平打算买电脑，鹿东平说，什么时候买不是买呢，我有个朋友，在电脑城卖，我现在带你过去，肯定能便宜的。鹿燕平说，现在卖电脑的就是宰熟客呢。鹿东平说，他敢啊？我初中同学呢。鹿燕平发现，鹿东平来张城不到十天，居然对张城如此熟悉。他在路上对鹿燕平说，走这边，这边近。果然真是条近路。电脑花了五千多块。鹿燕平租的房子，有房东接的宽带，一个月交三十块。一回到家，鹿东平就坐到了电脑前。鹿燕平问他，考试怎么样？鹿东平说，就那样。鹿燕平说，学校怎么样？鹿东平说，破学校。这样聊了一会儿，鹿东平突然丢开电脑，一本正经地对鹿燕平说，哥我想跟你说件事。鹿燕平马上就有不好的预感。鹿东平说，你得保证不告诉爸妈。鹿燕平说，好的。鹿东平说，我不打算上学了。鹿燕平尽量让自己心平气和，为什么呢？鹿东平说，那学校是假的，我们被人骗了。接下来他给鹿燕平解释了一番。原来那学校是私人租了几间房，搞的自考培训学校。鹿东平说，自考根本不需要交什么学费的，自己去考就行了，那学校就是个骗子学校。

鹿燕平问鹿东平，那你以后怎么办？鹿东平说，我打算做生意。你还去西安吗？鹿燕平问他。鹿东平说，去。鹿东平给鹿燕平讲了一番自己的计划，他准备和人合开一家冰激凌店，已经看好地方了，但是他还没确定到底什么时候开始干，因为到明年暑假，他打算回老家搞次招生，也就是像别人骗他那样，再去骗更多的人。鹿东平还告诉鹿燕平，他和几个跟他一样被骗的学生，找到了那个骗子，骗子答应给他们联系学校。西安这样的学校很多的。

如果开冰激凌店，得有六万的本钱，他们三个人，每人两万，选的地方是大学城附近，人流量不成问题，再加上他们用的是一家酒吧的场地，酒吧的顾客也不少，大概半年就能把本钱赚回来。而搞招生，一个能分三千块。鹿东平很乐观，他觉得自己最起码能招十五个左右。你和嫂子如果今年年底结婚的话，鹿东平说，我到时候赞助你们一笔。

8

鹿燕平给鹿东平买了个一千多的手机，自己买了一身西装，原来那件风吹日晒，再加上质量不好，已经变色缩小了。踏上回家的火车时，鹿燕平总共只剩下一千多块。他们出发时，天又下起了大雪。鹿燕平看着窗户外白茫茫的一片，偶尔经过的小村庄，全都缩在山窝里，一路上，人影罕见。火车走了差不多八个小时。

王桂芳早已准备好饭菜。大家围在饭桌前，一边吃一边聊天。鹿常在问了一番鹿燕平的情况，鹿燕平拣好的说。鹿常在问鹿燕平，你跑业务是怎么跑的？鹿燕平讲了自己骑自行车跑业务的经历。鹿常在和王桂芳出神地听着。他们极力想弄清楚鹿燕平的工作到底是什么样子的。鹿燕平告诉他们，他所在的公司是中国最大的网络搜索引擎在本省的总代理。但他们对网络一无所知。鹿燕平想了想说，就好像报纸似的，我去找企业在我们报纸上登广告。鹿常在问，那你们公司利润怎么样？鹿燕平说，好得不得了。鹿常在对鹿东平说，听见了吧，挣钱是要吃苦的，过几年毕业了你就知道了，你得吃苦，就像种地一样。鹿东平说，我知道。鹿常在说，你知道还不好好学习，如果能像你哥一样上个正儿八经的大学多好。鹿东平说，你就别说我了。鹿常在说，不是说你，是要你向你哥学习，这次你也去你哥那儿待了一段时间，有什么感想没有？鹿东平说，爸，你能不能别说了？

吃过饭后，鹿燕平走出家门，月光落在雪上，四周一点儿声音也没有。回过头，发现鹿常在和鹿东平也出来了，鹿燕平取出烟来，一人点了一支，天还是挺冷的，风顺着河道呼呼地刮着。他们一边跺着脚，一边抽烟。鹿东平里面只穿了件保暖内衣，外面的衣服也是走风漏气的。鹿燕平本来想给他买件羽绒服的，但试了好多件，鹿东平都不愿意买。鹿燕平问鹿东平，冷吗？鹿东平说，不冷。鹿东平脸上起了许多的青春痘。他突然跃上围墙，跳了下去，把鹿常在吓了一跳。东平，你干什么呢你？鹿常在叫道。鹿东平没有回应，他朝下面的公路跑去，很快就跑出了老远，边跑边还发出大喊。

燕平，鹿常在说，你得看着点东平，要好好地引导他，你妈老担心他走上歪路。鹿燕平说，怎么可能？东平怎么可能？哥！鹿东平的叫声传来，你也下来跑跑吧，太爽了。下去吧？鹿燕平问鹿常在。鹿常在说，行。他们小心翼翼地下到了公路上，看见鹿东平距离他们有半里之遥。他们踏着雪朝他走去。

一气走了差不多二里，远远地看见邻村点点的灯光了。他们再次站住抽了支烟。这一路，鹿常在一直讲村里的一些事，谁死了，谁改嫁了，谁在煤矿伤了。

站了一会儿，王桂芳的电话打到了鹿常在的手机上。鹿常在接完后说，回去吧，你妈叫了。看样子，王桂芳已经洗完碗筷，并且把吃饭的桌子都收拾干净了。鹿东平把鹿常在的手机要了过去，摆弄了一会儿说，爸，我把我哥给我买的手机跟你的换了吧，你这个太破了。鹿常在说，我的能用就行，我就是打电话，别的什么也不干。

在回去的路上，鹿常在对鹿东平说，东平，你在外面可得小心点儿，不要每天咋咋呼呼的。鹿东平说，我哪里咋咋呼呼的了？鹿常在说，跟你说正经的，你别老是打岔。鹿东平就不说话了。鹿燕平突然想到鹿东平不打算上学的事，他不禁为此事感到发愁。

9

第二天一大清早，鹿燕平就听见他爸妈在院子里忙活，扫雪。鹿燕平按照往年的惯例，等着父母叫他。意外的是，不仅没人叫他，在经过他睡觉的窗前时，他们还故意蹑手蹑脚。鹿燕平觉得有点儿心虚，就起来了。起这么早干什么？王桂芳说，再回去睡睡。鹿燕平声称自己睡得很好。这时候，鹿东平担着箩筐回来了。鹿燕平抢过扁担，说自己来。鹿东平说，你能担动？鹿燕平说，开什么玩笑。鹿燕平送了一担雪，就歇下来了。他干不动。

吃过饭，鹿常在去上班了，他上班地方离家有十里地，得坐小班车。鹿燕平蹲坐在火炉边。鹿东平说要去找他同学玩。王桂芳一边洗碗刷锅，一边给鹿燕平讲事。和鹿常在的重点完全不同，王桂芳讲得具体细致。有一部分和鹿燕平的同学相关，就是和鹿燕平一起上初中小学的那些人。王桂芳问鹿燕平，和这些人有联系没有？鹿燕平说，没有。前些天鹿学峰还来咱家，问你回来没有。这些人大都没继续上学，初中毕业后就回家了。也有少部分上了中专、高中，现在还在老家。王桂芳的重点是，这些人的婚事，谁谁谁找的谁谁谁，谁谁谁已经生孩子了，意思是：鹿燕平该结婚了。王桂芳还讲到，谁谁谁拦路抢劫，住监狱去了。有一个和鹿燕平一样上大学的，王桂芳说，人家找了个关系，进了煤炭设计院。鹿燕平说，那挣不了几个钱的，事业单位。

不到中午，鹿常在就回来了，手里抱着一箱酒。他对鹿燕平说，以前你上学，和村里的人来往不多，现在参加工作了，应该改变一下，找个时间，把大家都叫上喝个酒。鹿燕平说，好。鹿常在说，我买的酒比他们的好，三十多块一瓶，他们就喝点儿十来块的。除了酒，还有肉、蔬菜等。鹿燕平帮忙一起往东屋搬。鹿常在说，还有你那些同学，也能叫他们来家喝点儿。这几条烟，是别人给我的，他还说，你跟东平没烟了就抽这个。午饭时，鹿常在说，他转正的事有了确切消息，开了年大概就能办了。王桂芳说，你听谁说的？鹿常在说，镇长亲自跟我说的，县里发了个文件。这个消息让大家都有点儿兴奋起来。转正后工资两千，还要补几年的。

吃过午饭，鹿常在打起了麻将。王桂芳也打麻将去了。鹿燕平给李丽打了个电话，这几天他们只是短信往来。李丽说，她家里正在托关系给她找工作。她有个亲戚在教育局，她家人送了三万给他，让他打点，看能不能安排进哪个学校。鹿燕平说，难道你打算回老家？李丽说，还不定能弄成不能，这种事，我又不能拦着我爸妈。弄成了也是个好事啊。鹿燕平说，弄成了咱们怎么办？李丽说，你那工作又不是什么正式工作，我先稳定下来，你再想办法嘛。鹿燕平想了想，这事情还远着呢，也就没有继续讨论。挂了电话之后，鹿学峰的电话就打过来了。鹿学峰也在张城待过，上的是中专。鹿燕平去张城读书的时候，鹿学峰已经毕业，他们很少联系，只吃过一次饭。当时鹿学峰正值毕业，说的全是工作的事。鹿燕平刚上大学，对这一点毫无兴趣。再说，他觉得对方上的中专和自己不能相提并论。鹿学峰毕业后开了家理发店。鹿燕平去看过一次，但之后也再无联系。鹿学峰在电话里对鹿燕平说，我从你妈那儿拿的你手机号，过来喝酒吧。

鹿燕平赶过去的时候，才发现是一堆人。有些人的面孔已经陌生得让他想不起对方的名字了。但经过提醒，马上又能令回忆复活。鹿学峰是组织者，这也算是一次小型的同学聚会。鹿燕平问鹿学峰，现在干什么呢，理发店生意怎么样？鹿学峰说，理发店早不开了，现在我就是混。听说你发大财了！鹿学峰说。鹿燕平说，怎么可能，你听谁说的。鹿学峰说，你妈说的，你一个月工资四五千了？鹿燕平说，挣多少也不够花。

在这个过程中，鹿燕平老是想着李丽的话，他喝得很快，中间出去上厕所时，竟然对着茅坑吐了起来。喝完后打麻将，打了一圈，鹿东平突然来了。他站在鹿燕平后面看了一会儿，说，哥，我给你打吧，你打得也太臭了。鹿燕平躺在床上，头昏昏沉沉。他用被子把头蒙上，不由自主地就拿出了手机，给李丽拨电话。鹿燕平对李丽说，我喝醉了。李丽说，喝吧你。鹿燕平说，我想跟你说话。李丽说，那你说啊。鹿燕平说，你能不能不要回老家。李丽说，鹿燕平，你别给我发神经，我讨厌你这副样子。鹿燕平说，我什么样子了？李丽说，你喝点儿酒就不认识自己了啊，你凭什么命令我。说完就把电话挂了。鹿燕平再打过去，她就不接了。

鹿燕平被人推醒的时候，天已经快黑了。麻将散摊了，鹿东平把鹿燕平拽起来，问，你没事吧？鹿燕平感觉了一下，好像没事了。但出门刚下到公路上，鹿燕平就不行了，他再次吐了起来。鹿东平拍着他的背。就这样走一会儿，吐一会儿。用了四十多分钟，才走完二里路。

大年三十的时候，有个同学来找鹿燕平。他想让鹿燕平和他一起开家旅行社。很明显，他对鹿燕平已经有过了解。他说，咱们这里还没有旅行社。你在外面跑业务，可以打听打听，咱们弄一个，肯定能弄到钱的。鹿燕平没有答应。他对这件事情一点儿兴趣也没有。

大年初三，鹿燕平就想走了。他急切地想回到张城去，在家里待得六神无主。尽管他知道，回到张城以后也见不着李丽，也是孤零零的一个人，但他就是想走。鹿燕平对鹿常在和王桂芳说，单位有事，得早点儿回去。鹿常在打电话问了一下小班车，初四才有第一趟。大年初四早上，鹿燕平坐上车，回了张城。

10

鹿燕平正打算掏钥匙，门突然开了，把他吓了一跳。老魏，你怎么在啊？鹿燕平问。老魏说，你等一下，说完就把门又关上了。过了足足有七八分钟，老魏才再次把门打开。燕平你怎么回来这么早？老魏一边说，一边替鹿燕平提了个包。鹿燕平进去，才看见还有个女的。老魏给鹿燕平介绍道，这是胡梅。胡梅说，你好。鹿燕平连忙说，你也好。坐了几分钟，胡梅说，要不我先走吧。老魏说，那你先走。老魏也没去送，胡梅自己走掉了。

你女朋友？鹿燕平问。老魏点了支烟说，不是，人家有男朋友的。老魏告诉鹿燕平，他本来打算回家过年的，结果走前在网上认识了胡梅。他夸张地揉着自己的腰说，燕平，这几天除了吃饭，我就没下过床，怎么样，这姑娘不错吧？鹿燕平嘴上说，挺好挺好。确实挺好，好到让鹿燕平都有点嫉妒了。鹿燕平问老魏，你父母同意啊，你都一年没回去了。老魏说，我说不回就不回，跟他们有什么关系？鹿燕平说，其实回家也没什么意思。老魏说，是啊。

过了一会儿，老魏的电话响了。老魏没接，对鹿燕平说，燕平，我受不了这个女的了，我得想办法赶紧把她甩掉，你等着我，咱们中午一起吃饭啊。鹿燕平说，你还是好好陪陪人家吧。老魏一边穿外套一边说，我也想陪，但是体力不行啊。

自从上次酒后，鹿燕平就再也没给李丽打电话了。李丽也没给他打。鹿燕平拿出手机，想了想，给李丽发了个短信，问，你在干什么？李丽回过来说，没干什么。鹿燕平说，我回张城了。李丽说，哦。鹿燕平真想把手机砸到地上去，他狠狠地踢了面前的凳子一脚，凳子翻滚着撞在了墙上。鹿燕平躺在床上，鼻子有点儿发酸。

鹿燕平胡思乱想了一番，好像每次李丽一回家，就变成了另外一个人似的。

本来李丽应该正月十七回来的，结果她没有回来。鹿燕平忍不住给她打电话，她说，工作的事情有点儿眉目了，这几天她需要去见见某个领导。鹿燕平说，能弄成吗？李丽说，应该能吧。鹿燕平说，那挺好的。李丽说，那就这吧。说完把电话挂掉了。

过了一个星期，鹿燕平下班回家，看见李丽在家门口站着。鹿燕平问她，啥时候回来的？李丽说，刚刚下车。鹿燕平一边开门一边扭头看李丽，李丽用手勾了一下他的腰。一进门，李丽就抱住鹿燕平，扳着脑袋亲他。做完爱后，李丽说，怎么样？鹿燕平抱住她说，挺好的。

他们没有谈到李丽的工作，也没有谈过年时两个人的电话。鹿燕平有几次想张口，但又没说出来。他们又恢复了原来的状态。鹿燕平最近运气好得不得了，单一个接一个地签。有一天，他突然想起刚进单位在电话里大骂自己的那个人，那是一家彩妆培训学校。这次他没有打电话，直接骑车过去了。没想到，这一次谈得也十分顺利。到月底，鹿燕平一共签了五个单，达到了来单位后的最好成绩。其中竟然有三个都是培训学校。鹿燕平感觉，培训学校的单特别好签。并且，根据反馈，培训学校在他们公司做广告，效果特别好。每个月消费的点也特别多。鹿燕平决定，以后要把主要精力集中在培训学校上。

工资加续费提成，鹿燕平一个月拿到了五千八百多。

有一天，老魏请鹿燕平吃饭。他对鹿燕平说，自己要离开公司了。鹿燕平问他，为什么？老魏说，到时候再告诉你，这事情只能等我离开公司再告诉你。鹿燕平问，你什么时候走？老魏说，说不准。吃完饭回去的路上，老魏又对鹿燕平说，我刚才是瞎说的，你可别当真。鹿燕平说，我操，到底什么是真的什么是假的？老魏说，刚才我跟你开玩笑，我能去哪儿啊？鹿燕平说，妈的，吓我一跳呢，上次那女的呢？老魏说，早不联系了，人家回家去了。

回去后，老魏又说，我告诉你个真消息。鹿燕平说，你今天怎么回事？老魏说，燕平，我要结婚了。鹿燕平说，谁信啊。老魏说，是真的要结婚了。鹿燕平说，跟谁？老魏说，你没见过的女的。老魏说，哥们以后不乱了，一心一意跟老婆过日子。鹿燕平根本不相信他的话。

老魏只签了两个单，鹿燕平要抢着付账，被老魏给死活推开了。

老魏躺在床上，给鹿燕平讲了起来。他说，这半年多，他最起码跟二十个女的上过床。他说，上次那个胡梅，不是张城的，正月十六已经结了婚了。老魏越讲越详细，他说有个女的，也是学生，每次跟他做爱的时候，都要打嗝。还有个女的，都五十多了，老魏去她家，墙上挂着她女儿的结婚照。到了半夜，她女婿突然回来了，吓得老魏跳窗逃走了。老魏突然拿出手机，找出一个视频，鹿燕平一看，竟然是老魏跟一个女的的做爱自拍。老魏告诉鹿燕平，这是他偷偷拍下来的。搞女人太花钱了，老魏跟鹿燕平说，你以为我的钱都是输掉的，其实输的只是一小部分，剩下的全是请女的吃饭、开房花掉的。那个老女人，老魏说，我后来又去找过一次，第一次没感觉，第二次去了就觉得恶心。实在是提不起兴趣，勉强搞了一次，老魏再也待不下去了。老女人给老魏讲她原来和个司机的故事。为什么跟一个人好好的，每次搞都很爽，有一天，那个人突然就不找她了？老魏说，我得回去了，有点事。老女人说，你知道我找一次机会多难么？好不容易女儿出去玩，才有个机会，你这样走太不道德了。老魏说，不是已经搞过一次了嘛。老女人说，你走可以，但是得给我钱。老魏吃了一惊。老女人说，你放我鸽子，必须给我补偿。老魏说，多少钱？老女人说，一百吧。老魏从包里掏出一百，给了老女人，然后赶紧离开了。

鹿燕平说，我操，你活得可够丰富多彩的。

11

到六月份，鹿燕平一共签了十五家培训学校，这还是后来别的业务员跟进，抢走了许多单，不然他把这个行业给吃下来，绝对不是一笔小数目。到李丽拿毕业证时，鹿燕平有了两万多的存款。鹿燕平在网上查了一番房价，均价三千块，好一点的地段都五千多，如果买个一百平方米的房子，即使做首付，他的钱也还差得多。鹿燕平想，那就再等等吧。

不过鹿燕平并没有跟李丽说自己有多少钱。李丽托人找工作的事，直到毕业还没确切消息。找的关系说，再等等吧，这事情急不得。这些情况都是李丽主动告诉鹿燕平的，但是她确信，自己的工作肯定能解决掉。她和别人一样，开始找了工作。先干着，等那边有了消息再说。

鹿燕平跟老魏说，他打算和李丽住到一块去。老魏说，那你就住咱们原来那里吧。那你呢？鹿燕平问。老魏说，我不住了。老魏已经很久没有回来睡了，每个月拿房租的时候，鹿燕平都觉得有点不好意思。这样恰好。李丽就搬了进来。她一进来就让鹿燕平和自己进行了一次大扫除。在老魏的床底居然发现了四个用过的避孕套。真想不到，这么一间小房子，可以有这么多垃圾。

李丽还去买了两块窗帘布，弄了几张画。换了窗帘，贴了画之后，房子里焕然一新。

天气又热了起来。有一天，鹿燕平和李丽一起逛超市，看到特价的电风扇，就买了一台，刚二百多。不知道为什么，买完后鹿燕平觉得意犹未尽，就又买了台洗衣机，八百多，双筒的。回来后才发现，洗衣机在这房子里根本没法儿用，水龙头是一层楼公用一个，十几户人。洗衣机又大，搬来搬去的很麻烦。李丽对鹿燕平说，我发现你现在毛里毛躁的，买东西就不想想啊。鹿燕平没有说话，当天下午路过超市，他就又买了个单筒的小洗衣机。一只手就拎回家了。还挺好用。李丽说，把那个双筒的退了吧。鹿燕平说，这还能退呀。李丽说，当然能退。鹿燕平说，我不去，要退你去退去。结果那洗衣机就放在家里了。

鹿燕平发现，自己现在买东西确实有点儿欠考虑，比如上星期买了个包，花了八百多块。其实完全没必要。他还添置了几件衣服，花了小两千。

李丽说是说，但鹿燕平买东西的时候，她并没有阻拦。她过生日的时候，鹿燕平花两千多给她买了个玉镯子。此外，他们几乎每个星期都要去商场逛逛。鹿燕平说，你最近找工作，得买几件像样一点儿的衣服。结果一买也买了两千多。不过，李丽换了装扮之后，确实显得比原来漂亮了许多。李丽对鹿燕平说，等我挣了工资，把钱还给你。鹿燕平听到这话，觉得别扭伤心。不过李丽就是刚开始说说，后来也不提了。

李丽终于找到了工作，在一家私立幼儿园当老师，试用期一个月五百，过了试用期一个月一千二。在李丽的同学中，这工作不算坏了。结果干了两个月，李丽就不想干了，她说，别人合伙欺负她，再说一个月挣的钱也太少了。我就是捡垃圾，一个月也不止拿五百块吧。恰好鹿燕平有个医院的客户，想找一个网络编辑，一个月开一千八，因为是鹿燕平介绍，不需要什么试用期。李丽就去了。李丽说，要不我也去你们单位吧。鹿燕平想了想，让李丽跑业务，有点儿不太可能，那只能做前台了，一个月也拿不了多少，再说两个人在一个单位，感觉比较别扭。就没答应。这次李丽干得还不错，工作也比较轻松，就是从别的网站复制点儿东西，放到自己网站就行。李丽的第一个月工资，也用来买衣服了，她这次买的是套装，看上去一副小白领的模样。才几个月，你已经看不出李丽身上的那股子学生味了。原来鹿燕平买衣服，李丽的意见不多，现在就多起来了。她说，鹿燕平的衣服都不便宜，但效果并不好，因为鹿燕平的眼光太农了，买的东西都土了吧唧的。

房东有一天找到鹿燕平，告诉他，下个月房租要涨八十。鹿燕平说，这一下也涨得太多了吧。房东说，这还算多啊，别人的早涨了，因为你是老住户，我才没涨的。李丽说，要不咱们搬了算了。鹿燕平还真没想过搬家，不过李丽一说，他马上就觉得是个好主意。他们决定，不再在城中村住了，要去找一个那种单元楼。鹿燕平在网上查了查，两室一厅一个月大概得五百块。其实也没多少，李丽说，我也负担一些。鹿燕平说，你算了吧。李丽就一个要求，要铺地板的，不论什么地板都行，不要那种水泥地。你不知道，李丽跟鹿燕平说，我一看见水泥地就觉得辛酸。

之前没想过搬家的时候，还住得好好的。一起了这个念头，竟然连一天也等不及。看了两个中午的房，鹿燕平和李丽就订下来了一家。小区有些老，但是房子挺好，刚五十平方米，结构十分合理，带厨房带卫生间，一点儿都不浪费。客厅铺的是蓝色的大理石地板，两个卧室是木地板。当天晚上下班后，他们就搬过去了，还下着小雨。鹿燕平叫老魏来帮忙，结果他没来。鹿燕平和找来的小货车司机两个人搬了半个多小时，才把东西全部放到车上。平时不觉得东西有多少，一搬家竟然有这么多，实在让人感到意外。

一路上，鹿燕平一直担心司机给盖的塑料布会被风吹掉，那些被褥什么的就湿了。还好，到了之后发现，塑料布还好好的。用了两个多小时，鹿燕平和李丽才收拾了个大概。两个人都兴奋得不得了。房子里自带了两张床，一个特别大的衣柜，还有煤气灶、抽油烟机。李丽把衣柜打开，对鹿燕平说，这一半归你，这一半归我。鹿燕平说，好，睡吧。李丽说，你睡吧，我还要收拾。到了两点多，鹿燕平醒来，发现李丽正在厨房擦煤气灶。

鹿燕平爬起来，过去一看，本来黑漆漆的煤气灶，现在变得明晃晃的，都能映出人的脸了。外面的雨噼里啪啦地打在窗户上。

小县城

> 一个人一生中哪怕捕过一次鲈鱼，或者在秋天看过一次鸫鸟南飞，看到它们在晴朗而凉爽的日子里怎样成群地在村子上空飞过，那他就已经不是城里人了。
>
> ——契诃夫《醋栗》

1

十二岁那年夏天，胜利被送进了小县城的中学，他一个人也不认识，小学的同学们都在镇里上学。在初秋的热气里黏糊糊地走了半个小时的路后，他和父亲坐上了一辆白底红道的公共汽车，从上车的那一刻开始，胜利就开始默默地流起了眼泪，害怕的感觉逐渐在他心里占了上风。这种感觉后来跟随了他一辈子。胜利的父亲对胜利抱有很大的希望，为此他愿意支付一年三百块的借读费，对于他来说，这不是一笔小数目。

此后的每个星期六，胜利都会搭公共汽车回家，他不需要买票，虽然年纪已经足够大，但坐在座位上的他总是会被胖胖的检票员给忽略，他太矮小了。尽管知道不会有人抓住自己，但每一次，只要看见检票员的一只脚踏进车厢，胜利就会紧张得如同小偷马上要被发现似的，他做出各种自己想象出的一个正常小孩面对检票员的自然表现，却总是不尽如人意，这更加加剧了他的紧张，觉得呼吸都会暴露自己。不得已，他在脑海里一遍一遍回想父亲交代的话，如何和发现了自己的检票员交涉，如何谎称自己没有钱，如何大哭。

晚上，在学校二十多人的大宿舍里，胜利总是难以入眠，老鼠们成群结队地在床下钻来钻去，过一会儿，宿舍里就会有人钻进去，揪出一窝粉红色的小老鼠，他们想尽办法折磨这些小家伙——放在火里烤，从窗户上扔下去……兴致大时，他们会把它们当成足球，在脚底下踢来踢去。有很长一段时间，胜利短暂的梦里，全是老鼠，它们发出吱吱的叫声，而后又张着血盆大口，发出震耳欲聋的吼声，死死地跟在他的身后，试图把他吞进自己的肚子里去。

在学校里，胜利想赢得别人的友谊，但怯懦的性格让他总是不能自然地和人相处。为了避免引人注目，他逐渐把自己封闭了起来。没人的时候，胜利会发出让自己都吃惊的怪音，有时候声调很高，几近呐喊；有时候低沉地吼叫，就像正准备往前扑去的怒狗。有时候有别人在场，而胜利的喉咙痒痒得难以忍受必须发出点声音来，他就用手捂着嘴，耳朵里清晰地听到"吱吱"的声音。其实，即使人们发现了他发出的怪音，也不会对他投来过多的关注，有几次胜利没有控制住自己，在操场上大叫了足足有一分钟之长。叫完后他才意识到自己失态了，慌忙低头逃窜，出了学校大门，过了对面的河，最终，他坐在一小片杨树林里，一直坐到天黑了下来，教学楼里的灯全亮了起来，他甚至能清晰地看见同桌的头发，物理老师弯腰在课代表桌子前。本来他以为会有人发现他的失踪，他静静地等待，看大家的反应。等物理老师经过他的课桌时，他甚至心跳加速，这是他第一次旷课，他满怀希望地等着，最终，他流下了孤独的眼泪，没有人注意到他，下课铃响起时，他才慢腾腾地往宿舍走去。

这个有点苍白的小个子总是低着头，跟人说话时只在必须的时候蹦出一两个字来。大家在最初的新鲜感过后，很快就对他失去了兴趣，包括老师们，每次目光到他这里，马上就会跳过去。到秋天来临时，谁靠近胜利，都会皱起眉头，他已经忘记自己有多久没洗澡了，为了避免被人看见，他努力把自己的双手和脖子往衣服里缩。当他母亲发现时，强迫他站在一桶热水里，上上下下给他搓了好久，水很快就变得脏起来，洗完后他双手的皮全裂开了，一丝丝的血从里面渗了出来。

母亲过段时间就会来看他一次，他们默默地从学校走出来，就好像被他的沉默给吓住了似的，母亲死死地拽住胜利的手。在商店里，胜利就好像任人摆布的木偶，他不对衣服发表意见，对鞋子也没有意见，尽管穿上新衣服之后，他感觉糟透了，连动作都变得僵硬了起来，但是自始至终他都没有吭气。

胜利迫切需要和人说话，这样的时候虽然不多，但每次念头一来，就无法控制。终于有一天，就在一晚上校园里落了厚厚一层梧桐树叶的那天，早读时，胜利鼓足勇气对同桌的女同学开口了，他语速很快，一开口就连着说了一个多小时，直到下课铃响起为止。刚开始女同学还处于瞌睡之中，不过后来，她就被胜利的话给吸引住了，至少在胜利看来是这样。女同学胳膊上捆着彩色丝带编织成的链子，看上去十分漂亮，女同学告诉他，这是别人送给她的。你能弄到这种丝带吗？女同学好奇地问，好多男生都能弄来的。胜利知道并没有好多男生，仅仅是一两个而已，他们有胆量在小商场那些老板的眼皮底下，用剪刀剪走柜台上的丝带。

到第二天，胜利就送给了女同桌整整一盘丝带，女同学开心极了，她是个胖胖的红脸蛋的女孩子，没有人会送给她这么多丝带，每次她苦苦哀求，别人才会给她不到一指头长，她手上那条链子是积攒了好久，才编成的。胜利被同桌脸上的笑容给感动了，已经好久没有人对他这么亲切过了，他得使劲控制住自己，才没做出什么奇怪的举动，他想摸摸同桌的鼻子。他忘记了自己偷拿丝带时候的恐惧，忘记了出商场门时颤抖的身体，他突然觉得，这是一件轻而易举的事情。

几乎每天中午，胜利都会在商场里转悠，逐渐地，他的胆子变得大了起来。除了丝带，他看见什么好玩的东西，小小的玩具汽车啦，漂亮的钢笔啦，只要喜欢，就会抓住机会，在许多人的眼皮底下把东西拿走，他甚至为自己的大胆而感到高兴。在若无其事地走出商场的门之后，他从小巷里穿过时，你能听见他自言自语地说着许多话，他把商场里的自己想象成了另外一个人，用各种热烈的语言向他表示崇拜之情，他说得很真切，那样的语气让你觉得就好像一个小孩子见到了书本里的英雄似的，他会问出许多在这种情况下孩子会问出的问题。这个游戏让他神魂颠倒，他虚构出来的这个人，有他自己所没有的所有东西，他的爸爸是司机，妈妈是老师，他们的面貌在他的心里是十分清晰的。他们家在小县城有一套很大的房子，每个星期天，他都会骑着自行车在城里的街道上来来回回地往返，他能把游戏厅所有的游戏都打通关，他不喜欢吃炒鸡蛋，只要看见地上有虫子，他就会拾起来放进自己的嘴里。学校最厉害的混混，也不是他的对手，见了他就会跪下来求他饶命。不过，他并不想在学校大出风头，他非常讨厌那些出风头的人，他警告他们，不允许在学校谈论自己的底细。所有人都以为他就是个普通人。

自从多了这个朋友之后，胜利每次出学校门，都会用隐蔽的眼神观察周围的同学。一方面，他为他们没有发现自己的秘密而高兴，另外一方面，他又觉得他们可怜，竟然没有自己这样的幸运，可以认识那样一个大人物。他还为自己能够保守秘密而自豪，好几次，他差点忍不住想把秘密告诉女同桌。每当这个时候，另外一个人就会在脑子里提醒他，他们是朋友，所以对方的语气跟和别人说话时那种居高临下完全不同，无论什么时候，他都是十分平和的，他跟他说那些只有在朋友间才会说的话，总之，他的朋友提醒他，不要把秘密告诉女同桌。胜利为自己的冲动感到羞愧，他向自己的朋友道歉，会把秘密保守到自己死为止。

不过，女同桌并不像他一样，拥有能为朋友保守秘密的品质，她忍不住向别人炫耀他给她弄的那些小东西，一个瘦瘦的长着长辫子的鼻子很小的女孩偷偷地向胜利示好，她想让胜利给他弄几个玻璃球。胜利的脸涨得通红，他恶狠狠地瞪了自己同桌一眼，同桌低着头向他道歉，并且保证下不为例。不过她还是为瘦女孩求情，她说她觉得瘦女孩是这个教室里最能保守秘密的人，她完全可以当我们的朋友。女同桌满脸期待地看着胜利。瘦女孩连连点头，她们细声细气的腔调让胜利的怒火消失了，他勉强接受了瘦女孩，不过他还是表示，只要发现她有一点点不适当的举动，就把她驱逐出去。瘦女孩为自己不被信任着急得眼眶潮湿，她在心底下定决心，要用实际行动让他们对自己另眼相看。

一个月之后，越来越多的人加入了他们这个团体。尽管另外一个自己对他的行为表达过不满，但胜利觉得自己有权利这么干，他用审视的目光接纳了每一个人。每当他从衣服里掏出东西，一件一件地登记在白纸上，用一整节课考虑把他们分配给谁时，每当这时候，过不了一分钟，就会有一双双眼睛焦急地看着他，她们都希望胜利把最好的那件留给自己。胜利一方面对她们的小动作感到恼火，一方面又期盼着她们的小动作。为此，他才不肯把分配礼物的工作交给女同桌，她只能作出一些参考而已，大部分情况下，胜利都故意对她的参考置之不理，他认为，她应该约束一下自己比别的团员高一等的念头。只要他还没有这么说过，她就不能这么想。

在这个团体里，胜利就像是正被一团烈火燃烧似的，经常就会怒气冲冲，他威胁每个人，要把他们驱逐出境，不过下一次，他就会用好一些的礼物给自己威胁过的人予以补偿。他觉得自己应该完全做主。另外一方面，又有一种担心，他害怕失去她们中间的任何一个。他小心翼翼地维持着这种状况，费了不少的心思。

二月的一天，胜利碰上了那件让他恼怒的事。在送给瘦女孩一本英语词典作为生日礼物之后，瘦女孩邀请他去自己家玩。他们沿着尘土飞扬的马路往前走，胜利渐渐地觉得自己变得不安起来，他还从来没去过县城谁的家里，从来没有人邀请过他，他甚至想转身返回去。瘦女孩处于一种奇怪的矜持中，一出学校，她就一改平时对胜利说话细声细气的那种态度，胜利从她脸上看得出来，她后悔啦，每次一碰见别人的眼神，她就试图拉开点儿和胜利的距离。胜利用书店里自己的英雄行径，用自己面对门口保安的自如给自己打气，谁能做到这一点呢？他又一次回到保安审视的目光前，过了一会儿，他对着自己点了点头，心里想，没有人可以，除了自己。终于，他们到了瘦女孩的家，瘦女孩母亲出去了，这让瘦女孩好像松了口气，她把胜利带进自己的房间，空间的变小，没有外人的打扰，又让瘦女孩逐渐地恢复了过来，她开始给胜利介绍自己的各种玩具，这些玩具，几乎没有一个是胜利见识过的。

瘦女孩家是二层的小楼，跟旁边所有的楼房都是一个样子，隔着玻璃，胜利看到院子里的水龙头正在往外流水，几个小孩子打闹着从大门前一闪而过。那些玩具让胜利感到不自在，他想表现出不屑一顾或者其他能显现出自己见过世面的模样，却感觉无从下手。为了掩饰自己，他站在瘦女孩的书柜前，书柜里放着满满的书，瘦女孩对胜利说，这些书她全部看过，她甚至打算给胜利讲其中一本的故事。胜利根本没有听进去，瘦女孩讲得很快，很明显，她对这个故事无比熟悉，正是因为这种快，让她的语气有一种喘不过气来的感觉。

胜利一直试图找点儿东西出来，和瘦女孩进行对抗，他现在感觉自己好像面对邪恶的敌人，瘦女孩粉红色的嘴唇饱含着恶毒的念头，她打算让胜利露出底细，让胜利低下头来认输。胜利不能容许那样的情况发生，他陷入了一种孤立无援、充满嫉妒的状态之中。

二月的下午，小县城显得如此安静。正当胜利被一种懊恼包围时，突然，院子虚掩的门被推开了，瘦女孩同时终止了自己的故事，她欢快地从床上跳起来，看都没看胜利一眼，就朝外跑去。一个提着一袋子水果的女人出现，她是瘦女孩的母亲。瘦女孩几乎是扑到了她的身上，两个人开始窃窃私语起来，胜利听不见她们到底在说些什么，但是他肯定，她们一定是在谈论自己。一想到这个，他连后背都发麻起来了。

过了好久好久，胜利从来没感觉过如此漫长的时间，在这段时间里，瘦女孩和她妈妈一边说话，一边在外边发出各种响动。胜利一会儿坐在床上，一会儿站到书柜前，每当发现自己正在发愣，他就恨不得给自己几巴掌。他感觉自己被忘记了，不知道该如何是好。他几次试图推开房门走到外间去，小心翼翼地迈出一步之后，马上又好像被蛇咬了似的，连忙缩回自己的脚。此后一生，他时刻保持警惕，却仍然一不注意就陷入这种状态里。

瘦女孩终于推开房门走进来时，胜利已经开始颤抖了起来。瘦女孩领着脑袋一片空白的胜利，走向外间，过道里有一扇巨大的玻璃，瞬间，胜利仿佛被击倒了似的，发出一声呜咽。他在镜子里看见了自己，他一下就看见了自己皱巴巴的衣服，黑漆漆的双手，另外一个自己像被石头砸中的玻璃似的，一下子碎裂开来。平时看上去那么平常的瘦女孩，现在看上去却仿佛天仙似的，她整洁的容貌衣服，让胜利根本不敢直视。镜子里的这个干瘦营养不良似乞丐的小个子男孩，再也控制不住自己了，他飞快地朝外跑去。

天逐渐黑了下来，零零星星的小雨洒在小县城的上空。骑摩托车的青年莫名兴奋地大喊着，在黑色的街道上追逐着。商店门口的霓虹灯一闪一闪地照着潮湿的空气。胜利从拥挤的小胡同里奋力地跑步前进，好几次，他差点儿和别人相撞，但是他无所畏惧，被一种从未如此深入的悲伤鼓舞着，慢慢地，连他的棉衣都湿了。这厚厚的棉衣让他感到恼怒，他拿出一把从商场偷来的小刀，在他路过的每一棵树上狠狠地扎下痕迹，他感觉到自己如此孤独，并且预感，自己将一直孤独下去。

他一直沿着街道向东跑去。

2

这是个大城市，我认识向南时，他刚在一所学校学完理发出来，在一家街边的小店里打工。由于是老乡的缘故，我们很快就熟悉了起来，有时候我会在那个店子里消磨掉整整一个下午。客人并不多，我们一边抽烟，一边说些老家的事情。

我们老家是个小城，只有一条稍微像样点儿的街道，街道旁边大多是一些小服装店，里面坐些从乡下雇佣来做售货员的小姑娘。她们大都长相姣好，到了适当的年龄，就嫁给一个城里人。我和向南谈论了一番各自暗恋过的姑娘后，他的话匣子就打开了，给我讲了一个他朋友的故事。

“我们都是乡下人，连自行车都没见过，在我们很小的时候，进一次城几乎是唯一的梦想，无论谁去了一趟小城，回来后都会被大家羡慕好多天。我这个朋友家里十分穷，过年时，他父母去买衣服都不带他，因为他老吵着要这要那，不给他买，他就蹲在商店里号啕大哭。可惜的是，他一次都没得逞过。好多年他都没有进过城了。”

“他父亲是个个头不高，又很瘦的人。他脸上总是挂着谦卑的笑容，到处打点儿零工，不论什么时候你碰见他，他都是一副劳动的模样，低着头，肩膀上扛着锄头之类的东西，当有人跟他说话时，他就一边点头，一边笑。他从来不发表自己的看法，甚至有人注意到他时，他就会显出一副不知所措的模样。我这个朋友很小的时候，就跟在他父亲后面干活，那时候我们那里所有的父母，教训起我们来，都会以他为榜样。说他懂事，知道帮助父母干活。”

“当人们当面夸奖我这个朋友时，他父亲会难得地笑出声，他的笑声到现在我还记得，就好像意识到自己正在出丑似的，每次都是刚刚开了个头，他就把它给塞回去了。”

“可是，就这么一个胆小的人，对待起他儿子来，却着实是一副暴君的嘴脸。在人们面前，他顶喜欢对我这个朋友呼来喝去，有一次，他甚至让我这个朋友给大家表演稍息立正，以证明自己对儿子施行的是军事化管理。我们没少见识他把我这个朋友绑在门口的树上，抽下自己的腰带狠狠地抽打。有几次，我朋友几乎昏厥过去了。他父亲却冷漠地躲进屋子里，大家把我朋友松开时，发现他身上布满血痕。虽然在背地里义愤填膺地议论纷纷，但是并没有人站出来，对这个离谱的父亲说点什么。”

“我这个朋友即使和我们玩耍，也是一副提心吊胆的模样。不过，每当有人说起城里的事，他就会忘记恐惧，全神贯注地听起来。那时候，我们那里的年轻人们已经开始进城打工了，只有过年时，他们才又聚在村子里，抽烟喝酒打麻将，还谈论一些关于女人的话题。我们虽不理解其中的含义，但也会不时露出会心的笑容，脸红着激动起来。”

“我这个朋友绝对不会放过这样的场合，他坐在角落里，尽量不惹人注意。但是只要你稍微注意他一下，就能看出他脸上露出的笑容，以及憧憬的目光。要知道在平时，他几乎已经跟他父亲一样了，从来都是一副夹着尾巴的模样。”

“那些进城打工的年轻人们，事实上并谈不出多少新鲜的话题来，大部分说些关于勇气的话。他们互相讲一些自己听过的城里的狠角色的故事。你不需要用心就能感觉到，他们对这些狠角色一致崇拜有加，他们梦想成为那些说一不二、不用每天弯腰干活，就能过上好日子的人。在谈到狠角色们摩托车后座上的漂亮女人时，羡慕和嫉妒让他们用上了最下流的词汇。”

“其中一个故事，格外让我们激动。因为故事的主角，竟然是离我们这里不远的一个村子的。我们甚至还和那个家伙照过面。讲故事的年轻人们，每个人都表现出和这个人关系很好的模样。我们当初在一个厂里干过，他们用这样的话开了头。这个家伙又瘦又小，刚开始和大家一样，早睡早起，当有人看着时，便卖力地干活。但是当人走了之后，他们就闲聊起来。因为这家伙又瘦又小，所以别人都看不起他。有一个壮汉，浑身充满力气，平时一个人可以背动别的三个人才能抬起来的麻袋。夏天的时候，这个壮汉脱去上衣，露出的胸脯比女人的都大。没有人敢和这个壮汉对着干，于是这壮汉不把所有人放在眼里，想骂就骂，时刻准备挑起事端。”

“和我们认识的这个家伙，刚开始并没有和壮汉打交道，他和所有人都不大说话。有一次，壮汉不知道怎么，就注意到了他。中午吃饭时，当这个家伙端着面条经过壮汉时，壮汉突然伸腿，差点儿把这家伙给绊倒在地。”

“听到这里时，我们所有人都竖起了耳朵，害怕漏掉一点点细节。讲故事的人注意到大家急切的模样，竟然卖起了关子，说是今天到此为止，直到我们轮番催促，他才再次开口讲了起来。”

“这个家伙把碗筷找了个地方放下，奇迹般地，他碗里的饭没有洒出来一丁点儿。壮汉莫名其妙地看着这个家伙，他不明白，为什么对方没有露出害怕的表情来，并且看上去如此可怕的冷静。这个家伙转身回了自己宿舍，出来时，手放在背后朝壮汉走去。面对壮汉而站的人们，这时候全都脸色发白，他们看见，这家伙背后的手里握着一把明晃晃的刀，在中午的阳光照耀下，不时刺得他们睁不开眼睛。一瞬间，所有的声音都停住了，人们像是被吓傻了似的，竟然不知道该如何是好，全都呆在那里。”

“壮汉看着这个家伙越走越近，脸上露出惯常的轻蔑的笑意，他已经打算好了，只要这个家伙走到自己面前，就把他给放倒在地。可是，当对方真的近到他可以看到对方脸上的表情时，人们吃惊地发现，壮汉本来已经捏紧的拳头，竟然慢慢地松开了。他被对方脸上的表情和凶狠的目光给吓住了。那目光就好像对方不是一个人，而是一颗呼啸而来的炮弹，那目光让你忘记对方又瘦又小的身材，仿佛突然间，对方变成了拥有无穷力量，底气十足的恶魔。”

“多么惊心动魄的场景。那只是一小段路，却让旁边的人觉得比任何一个难熬的难眠之夜都要长。壮汉松开拳头之后，仿佛突然失去了全身的力气，人们都能感到，他现在只是硬撑着没让自己摔倒在地。近一些的人，完全可以清楚地看到，他的双腿正在发抖，脸上的表情是那么害怕。对方看到壮汉的样子，突然停住了脚步，冷冷地一笑。壮汉终于支撑不住，一屁股坐在了地上，为自己的懦弱深深地羞愧，却始终不敢抬头看对方了。”

“这个家伙冷漠地看了壮汉一眼，转身回到宿舍，把自己的刀收起来。接着端着自己那碗面出来，一根不剩地吃了个精光。从此之后，没有人再敢小看这个家伙。没过多久，他就不再在厂里干活了，他成了一号人物，听说即使是城里长大的那些混混，现在都不敢对他有丝毫的冒犯。”

“我这个朋友听完这个故事之后，就仿佛变了个人似的。你经常会看到，他脸上浮现出一丝怪异的笑容。他父亲再揍他时，他不再号啕大哭，而是狠狠地盯着他，就仿佛看见自己的仇人似的。这样的表情只能遭到更严重的毒打。”

“之前他顶喜欢跟我们玩的，是一些角色扮演的游戏，警察抓小偷之类的，但是听了那个故事之后，他不再参与到我们中间了。当我们因为玩游戏太过投入表现得情绪亢奋时，他就会显出一副心事重重的模样，转身离开。”

“我当时理解不了他脸上的那种表情，我哪里能想到，那就是有了一个目标之后踌躇满志的样子。那样子不是你平时看到的那种突然起意，而是要一直坚持下去。我这个朋友成了个怪人，因为他脸上老是带着那副表情，无论他在干什么，那副表情都把你推得远远的。他就像身体在这里，而心思却在别处。这样一副表情让大家对他敬而远之。”

“现在想一想，咱们那个小城是多么简陋，但是那会儿，我这个朋友所有的念头都是，要到城里去。有一年夏天，一个城里人带着条狗经过我们村子，他向在河里游泳的我们问路，用的正是城里的那种腔调和语气，我这个朋友一句话都没说，但是在城里人走后，他竟然蹲在岸上颤抖了起来，把我们可给吓得够呛。”

“从此，我这个朋友再也不肯坐在教室里上学了，他爸一次又一次地把他送回来，他一次又一次地偷跑，终于有一天，他爸跟他妥协了，他如愿以偿地跟着别人到城里打工去了。”

“很偶尔地，我们会碰见从城里回来的他，穿着油光发亮的皮鞋，还戴上了一副近视眼镜，他的脸骨骼巨大，那眼镜又十分秀气，看上去怎么都不协调。最主要的变化在于，他有了许多作派，比如无论走到哪里，都在嘴角咬着根火柴，跟你说话的时候，再也不把目光放在你的脸上，而是非常频繁地向上翻动眼皮，让你感觉，他好像在藐视一切。”

“后来，初中毕业后，我们也都进了城，有的在螺丝厂，有的在玻璃厂，还有一些在砖厂。过了没多久，我这个朋友就分别找到了我们，他扮演起一个老师的角色，用过来人的口气对我们说一些关于这座小城的事情，比如东关的老大是谁，北城混得最好的又是谁。他把我们带到他住的地方，得意地向我们展示了枕头下压着的明晃晃的大砍刀，那刀足足有半人长，刀把上裹着结实的白纱布。他提起来在我们面前晃了晃，我们就感到了恐惧，突然间觉得眼前这个人十分可怕。”

“和大家在一起时，我这个朋友大多谈些自己的英勇事迹，和谁在汽车站附近打了一架啊，或者是几拳头就把谁给撂倒了之类。他吹嘘自己这些光荣事迹时，大家很少附和，但是也并不反对。我和大家一样，认为他并没有那种和人挥起拳头的勇气，但是又不敢确定，受到侮辱时，他是否会举起砍刀朝自己砍来。”

“有一天，我这个朋友带着个家伙来了，他们在我们宿舍吃了午饭。我们这个朋友对那个家伙十分客气。但是，我们谁都看得出来，那家伙对我这个朋友一点都不尊重。吃饭吃到一半，那个家伙说是要喝酒，我朋友二话不说，就去给他买来了几瓶啤酒，另外还买了一份凉菜。那份凉菜我们谁都没动，这家伙让我们所有人都感到不舒服，他是另外一种人，理着光头，胳膊上刺着蛇的图案，腿上穿着红色的灯笼裤。”

“喝了点儿酒后，这家伙脸色更加阴郁，气氛变得让人难受起来，大家都等着他突然跳起来，是的，每个人都感觉这家伙会这么干，对我们所有人破口大骂，也许还会动刀子。我们尽量不惹他注意。我那个朋友也意识到了这一点，但是除了害怕，他并没有表现出其他想法。他用一种谦卑的态度，对这家伙说些中听的话。”

“我朋友一口接一口地喝酒，他那模样，就像想马上把自己灌醉过去似的。终于，他放松了下来，搂着那个人的肩膀称兄道弟，那个人也不反对。我这个朋友受到鼓舞，给我们介绍起了那个家伙。”

“在我朋友的语气里，充满了洋洋得意，他为自己所讲的关于那个家伙的所作所为感到骄傲。他给我们讲了一些琐事。他是一号人物，在这个地盘上！他红着眼睛对我们说，然后回头对那家伙强调到，你是个人物！我们被他激昂的语调给吓住了，心里担心他会遭到那家伙的侮辱。我这个朋友丝毫没有注意到眼前的情况，不过，那家伙也并不怎么在意，虽然脸上还有厌烦的表情，但并没阻止我朋友说下去。”

“那天下午对于我们来说太难熬了。我朋友根本收不住嘴，他平时就不是那种会和人打交道的人，他的举止表情里总是让人产生出别扭得再也不想在他面前坐下去的冲动。那天下午也不例外，他尝试着说出那些表达友好崇拜的话时，身体又不自觉地颤抖起来。”

“那家伙很明显能感觉到我们暗地里的抵触和害怕，之前我们从来没有遇到过像他那样的人。就好像为了惩罚我们似的，吃完饭后，他抽着烟躺在了宿舍的床上，一丁点儿离开的意思也没有。气氛更加阴郁起来，我们一个一个地陷入了一种莫名的绝望中，大家对自己的动作都显得没有把握，不知道该如何是好。”

“我们都期望这难受能早早结束，哪里知道这只是个开始而已。我朋友像是着了魔似的，他仍然在结结巴巴地奉承那家伙。那种奉承给人的感觉是，如果那个家伙现在掏出一条绳子的话，我这个朋友马上就会兴奋地戴到自己的脖子上。他就是一副迫不及待想投怀送抱的模样。”

“时间过得十分缓慢，我们连离开宿舍的勇气都没有，生怕会引起那个家伙的注意。我朋友逐渐地走火入魔起来，也许是那个家伙的态度鼓舞了他，他的一举一动都变得怪异起来，他不停地纠正自己的姿势，先是学着像那个家伙一样弹烟灰，然后他像那个家伙一样躺在了床上，他小心翼翼地观察着对方，然后把对方的动作一切照搬，最终，他也把双脚放在了床单上，漆黑的鞋底很快就在上面落下了印子。”

“猛然间，我这个朋友好像意识到了我们的存在，看向我们的目光充满恼怒的神情。他暂停了自己的动作，大约有十来分钟那么久，我这个朋友变得沉寂，他好像找不到了自己似的，不过，接下来他的表演让他再次自然了起来。”

“我朋友给那家伙点燃了一支香烟，他像是在录像里看到的那样，把两支烟放在嘴里点燃，分了一支给那个家伙。这样的动作很明显让他有点儿得意，他控制住自己，才没有显现出来，仿佛他和这个家伙是关系很铁的朋友似的。那个家伙显得有些意外，但对这样的举动并不反感，他熟练地吐起了烟圈。就在这个时候，我朋友神秘地笑了笑，他这样的笑让我们瞬间都屏住了呼吸。”

“我怎么也忘不了接下来的一幕，怎么也忘不了，一想起来，我就忍不住想哭。我朋友猛猛地抽了两口烟后，把自己的左胳膊抬了起来，把火红的烟头摁在了上面。一股烧焦了的气味顿时弥漫开来，连那个家伙都被我朋友给惊住了，他惊讶地张着嘴巴。仿佛受到了鼓舞似的，我朋友嘴角仍然带着那种神秘的微笑，他的胳膊上一共落下了二十多个圆形的疤痕。”

3

十七岁的李丽来到了小县城，她在一家音像店当售货员，她脸上带着那种被风吹日晒后形成的红腮帮，坐在柜台后面，用几个月的时间，就把店子里所有的录像带全部看完了。其中，有几部她最喜欢的，全部是讲爱情的，每当主人公们因为种种缘故，擦肩而过却如同陌生人时，她就会替他们流下眼泪。她完全沉浸在这些电影电视剧里，丝毫没有注意到自己的变化，所以，当三月的一天，她站在镜子前，看见自己白皙的皮肤，高高挺起的胸部时，不由得感到吃惊。她不敢相信这是自己，那些留在自己身上的田地的气息正在消失。当有人来租录像时，他们忍不住就会把目光停留在她身上好久。

对于这样的目光，李丽感到不知道如何面对，这目光和以前别人注意她的目光完全不同。到了第二年，李丽就变得和小县城最时髦的那些女孩一样，她把所有的钱都用来买衣服之类的东西，如果你为她的美貌感到吃惊，目光在她脸上停留过久的话，就会遭到她不屑的白眼，这样的表情她做起来十分得心应手，眼皮一翻，不待看你一眼的样子。这样的目光会让你感到沮丧。

在来小县城之前，李丽已经订婚了。那个男人是他们村子的小学教师。这个老师话不多，他经常在放学后来找李丽，他们沿着河滩旁的土路往前走，大部分时候都是一个在前一个在后，直到拐上山上的小路，他们才会找一个不会被别人看见的地方坐下来。这个老师从来没和李丽说过什么甜蜜的话，他一边抽烟一边用手抓附近的青草，或者用烟头烫死那些经过的蚂蚁。蜻蜓在他们面前飞过时，他就会发出呢喃的声音。除了我们接下来要讲的那一次，他从来没对李丽做过什么过激的举动。

对于小学老师，李丽并没有过多的感受，不过毫无疑问，她接受得了他。也有其他人来她家求亲，但她最终选择了他，在这一点上，她和父母没有丝毫的分歧。他们都认为，这是一个最好的选择。一想到小学老师稳定不菲的工资，他们就觉得真是完美。

那一次，李丽已经知道自己即将进城打工了，她有点儿兴奋，她是喜欢小学老师的，不过她觉得自己应该出去。她问小学老师的意见。小学老师的脸上并没有出现不舍的表情，至少李丽没有看出来。他对她说，只要她想去就去好了。说这话的时候他死死地克制住了自己，他怕流露出那种不舍，会让李丽看轻自己。李丽虽然有一点儿伤心，她觉得他对自己并不重视，不过很快，这种感觉就被对未来的县城生活的憧憬冲淡了。她忍不住想和恋人分享自己的兴奋，滔滔不绝地说了许多的话，她沉浸在想象里，丝毫没有看出来，恋人脸上被绝望给笼罩了。他觉得自己会失去她。他心烦意乱，充满悲伤。突然间，他狠狠地把烟头灭掉，狠狠地拽住了李丽的手。李丽竟然对此毫无感觉，她仍然在滔滔不绝地说着什么。这样的情景让小学老师的绝望更加地加剧了，他几乎是粗鲁地抱起了李丽，李丽被他给吓坏了，发出尖叫声，小学老师并没因此停止自己的动作，他飞快地向身后的山坡上跑去，李丽终于明白了什么，她放弃了挣扎，不由得感到有点儿紧张。这是他们第一次如此近距离地接触，并不是李丽不让，而是小学老师从来都不采取主动姿势罢了。

小学老师就像是想把李丽塞进自己身体似的拥抱着李丽，他的骨头紧紧地硌在李丽身上。直到天色快黑了下来，他们才从山上下来，沿着小路回了家。在这个过程中，他俩谁都没有说话。

那天晚上，李丽是欢喜的，她被小学老师的拥抱给感动了。她第一次在梦里梦到了小学老师。

自从那次小学老师激动地拥抱了李丽之后，他们的关系比原来亲密了许多。几乎每个星期日，小学老师都会进城来，他们在李丽的宿舍拥抱，接吻，李丽给小学老师做饭，他们头碰头坐在一张小桌子前吃饭。当他们躺在床上时，李丽就给小学老师讲那些自己看过的电影，他们没有再进一步的动作，小学老师和她一致认为，应该等到结婚之后，再行夫妻之实。小学老师深情地盯着李丽，他看她的眼神，就好像看见女神似的。他打来开水，给她洗脚，他能握着她的脚整整一个下午不放。

当小学老师不得不赶去汽车站坐车时，李丽感到不舍，剩下她一个人在屋子里时，她就被一种难以名状的难受给包围起来，渴望能看到小学老师。

坐在床板和砖头搭成的床上，李丽看着坑洼不平的地，她忍不住就哭了起来，她觉得自己很可怜，她感觉不公平。为什么我就得住在这样的地方？为什么我就不能拥有空调，汽车？她突然想起了小学老师，一瞬间，她觉得自己根本不可能跟他结婚，她完全可以得到更好的。这样想了一通，她站在了镜子前，看着自己的脸，充满了信心。

音像店的老板四十多岁了，他胖胖的脸上总是有一层油腻，他的脸是那种没有一丝血色的白，走路的时候，他的双腿夸张地叉开，远远看去，就像是一个跛子似的。对待自己的下属时，他总是脾气暴躁，随时都想找点儿别人的不对，破口大骂一番。看他那模样，你会以为他是一个残忍的将军，用玩弄的意味，看着眼前这些被自己掌握着命运的人们，他喜欢看他们战战兢兢的模样。

他还拥有一家录像厅，就在离音像店不到五百米的东桥底下，夹在喧闹的台球厅和游戏厅之间，每天晚上放完两部香港警匪片后，就会放一个小时左右赤裸裸的色情片。看客大都是附近一所中学的学生，也有一些在城里打工的年轻人，如果你见识过一次他们沉重的呼吸声以及干瘦的面孔，你就会记住他们。他们全神贯注地盯着前面的屏幕，嘴巴下意识地张开的模样，就好像痴呆儿似的。

在寒冷的十一月的早晨，风吹得小县城街道上纸片乱飞，仅有的几个行人，缩着脖子急匆匆地从音像店的门口走过，眼前是一种冷清的颜色。李丽坐在柜台后面，把脚搭在小小的煤球炉上，她突然发现自己的皮鞋后跟已经磨坏了。她把它脱下来，感到恼怒，这鞋子刚买了不到一个月，当她把它拿到手里细看时，发现鞋面上的皮也全裂开了。就没有一个好人！她道，都是些大骗子。就在她为鞋子而恼怒时，脚步声传来，她连头都没有抬，现在的她已经不像当初，一看见有顾客来，就笑脸迎上去，她学会了这一套，不再大惊小怪。直到她意识到这个顾客正盯着自己看，而没去挑录像带时，她才抬起头，眼前站着小学老师，他的脸红红的，身体还在发抖，外面太冷了。不过他的目光里充满激情。李丽一瞬间就被兴奋给包围了。

李丽高兴极了。她把他让进柜台里面，握着他的手放到炉子上，她有点儿心疼地发现，小学老师的手裂开了好几处。她突然涌起一个念头，觉得应该给小学老师织条围巾，戴手套的那种。她想象他围着自己织的围巾，站在讲台上的模样，竟然开心地笑了起来。小学老师心底充满柔情蜜意，他低声告诉李丽，下午刚上课，他就觉得想她想得不行，在那一瞬间，他感觉非得来看她不行。李丽被他的话给感动了，她觉得自己实在是太幸福了，她突然偷偷地亲了一下小学老师的脸，小学老师没想到她会做出这么大胆的举动，他抱着她，两个人在柜台后面竟然一点儿也不觉得寒冷了。

开了年之后，音像店老板把隔壁的铺子也租了下来，把中间的隔断打去，重新装修了一番，铺上了地板，换了柜台。音像店看上去焕然一新，顾客比原来更多了。没多久，音像店老板就又找了个女孩，和李丽一起坐在了柜台后面。这个新来的女孩家就在小县城边上，刚开始她就对李丽采取了一种居高临下的态度。和李丽不一样的是，她有许多朋友，他们经常在上班时间来找这女孩聊天。因为一贯的懦弱，李丽对此不敢表态。那女孩更加过分，有时候竟然对李丽指手画脚，把李丽当作手下似的使唤。

小学老师下次来的时候对音像店的变化显得很不适应，又因为多了另外一个女孩，他竟然手足无措起来。他的举动变得畏畏缩缩起来，坐在李丽旁边，两个多小时，竟然连一句话都没说出来。那女孩用不屑的表情看着李丽，带着嘲讽，对着小学老师开起了玩笑。小学老师没有想到这个女孩会和自己说话，他越发地紧张起来，就好像变了个人似的。李丽被一种羞愧的情绪包围起来，她为小学老师感到寒酸。一到中午，她就带着他离开了音像店，两个人都没说什么话，吃完饭后，她对小学老师说，自己不能陪他，现在太忙。小学老师只好一个人回去了。

小县城几乎没有春天，寒冷刚过，天气就炎热得需要穿短袖了。李丽突然对那些录像感到厌倦，她再也看不进去那些爱情故事了，坐在柜台后面，她也不像原来那样安静，顾客们可以在她的脸上看出她的不耐烦。她更加疯狂地买衣服，不过，现在她对那些年轻女人不再有兴趣了，尽管她会把自己打扮成她们那个样子。小学老师偶尔会来看她，她看着他站在柜台前畏畏缩缩的样子，也感到厌烦。只有回到她的宿舍，小学老师才能放松下来，他不再像原先那么沉默，没完没了地说一些疯话，见李丽对他毫无回应，他不知道该如何是好，这个长相十分普通的年轻人被爱情给折磨得够呛，他费尽心思买的礼物，李丽只那么淡淡地看一眼，就放下了。

每次小学老师一出现，那女孩就会对着李丽会心一笑。李丽皱起眉头，流露出一副对来人十分厌恶的表情。现在李丽和那女孩竟然成了朋友，谈论起自己的小学老师，她的抱怨没完没了，她表现得比那女孩更加看不起小学老师。每次她都下定决心，要跟小学老师说清楚，让他以后不要再找自己了。

那女孩把自己的朋友介绍给了李丽，晚上下班后，就会有一些男男女女骑着摩托车来接她们。李丽学着那女孩的模样和这些人交往，几乎每时每刻，她的目光都会盯在那女孩身上，她穿的衣服，走路姿势，说话的模样，越来越跟对方相像。当在烧烤摊一边喝啤酒一边哈哈大笑时，李丽不得不费尽全力扳开同行男的死死捏着自己屁股的手，有时候，她也会像那女孩一样，对这些动作当作没发生似的。她的裙子越来越短，不过对着镜子时她却越来越自信，现在每一个路过的人，几乎都会扭头在她身上细细打量，眼睛里闪烁着欲望。李丽很享受这些目光。她站在高跟鞋上，每路过一次玻璃，看见自己的影子，都会停下来细细观赏一番。现在即使在她宿舍，小学老师也不敢直视她了。他被自卑笼罩，慢慢地，他不再来找李丽了。

就在确定小学老师再也不会来之后没多久，李丽碰上了那件让她不知所措的事。夏天很快就过完了，这天晚上，女孩有事先走了，李丽只好一个人待在店里，这样的情况并不多见，通常她们都会结伴和另外一帮人玩到很晚的。李丽为了让自己有事做，把鞋子脱了，给脚指甲抹起了指甲油，尽管她用尽全力想把自己完全地放到这件事里，结果却不理想。她感到不安，她现在竟然不会一个人打发这傍晚的时光了，她感觉自己如此需要那女孩。

一个年纪已经不小的顾客，不知道出于什么原因，挑了会儿录像带之后就开始刁难她。他让她给他拿最上面的那些录像带，她告诉对方，那些是已经废弃了的。由于不耐烦，她的态度非常不好。顾客突然火冒三丈，他恶狠狠的样子让她感到害怕，他威胁说要跟老板举报她。不得已，李丽妥协了。当她站在搬来的椅子上努力去够那些该死的录像带时，突然看见那个老家伙正蹲在下面色迷迷地盯着自己的裙子，那目光让她感到恶心。她迅速地跳下椅子，连脚都歪了一下。老家伙竟然恬不知耻地继续对她进行骚扰，他上上下下地打量她，让她有一种衣服被剥光了的感觉。

李丽忍不住了，这是她第一次对着陌生人破口大骂。她心中充满怒火和委屈。她以为对方会因害怕而退缩。没想到，各种污言秽语从对方的嘴巴里涌出来，没完没了。李丽刚开始还试图反击，没几分钟就发现自己根本不是对手。没有人出来替李丽说话，相反，隔壁店的老板娘脸上挂满幸灾乐祸。

就在这时，音像店老板突然出现了，李丽像看见救星似的，希望对方把自己解救出来。事实也确实如此，听到店里的吵闹声，音像店老板用平时那种不快不慢的动作走了进来。他一进来屋子里就安静了下来，所有人的目光都被他给吸引了，他是如此的冷静自信，居高临下地看着那个老家伙，李丽发现，老家伙的神情变得害怕起来。

“给我滚!”音像店老板的声音并不大，老家伙还想争辩什么，不过看到对方正朝自己走来，连忙低头灰溜溜地跑了。

音像店老板并没有给李丽好脸色，他像往常那样东瞧瞧西看看，当看到指甲油时，他怒火中烧，破口大骂，他看着李丽的脸上出现了熟悉的恐惧的表情，不由得感到开心。不过，他没有想到，当天晚上，李丽躺在宿舍的床上时，她觉得自己爱上老板了。她被这个念头折腾得根本睡不着，一遍一遍地回想音像店老板的样子，想象他的走路姿势，想象他居高临下的目光，她觉得她真的爱上了对方，她觉得从来没有一个男人像音像店老板这般出色。

这就是李丽的故事。从第二天开始，她就费尽心机想吸引老板的注意，像所有陷入爱情的人那样，她有时候高兴，有时候伤心，有时候发出傻笑，有时候在雨夜的大街上独自走好远的路，以使自己的心情能平静一些。

4

那年夏天，建新被太阳晒得发黑，身上的皮褪了好几次，也许在旁人看来，这个少年跟平时没什么两样，谁都不知道，有一件到现在为止最快乐的事情，让他完全跟以前不同了。

那次父母亲带建新进城的时候，建新像以往每次那样，被所有的东西吸引着，连臭烘烘的下水道的气味都让他感到向往，他理所当然地认为，城市本来就应该是这个气味。他不会要求父母给自己买什么东西，尽管商场里的一辆自行车让他连目光都舍不得离开，差点儿和父母走散，但他不会提出那样的要求来。他不是那种跟父母张口要东西的孩子。

跟任何一个九岁的乡下孩子一样，建新满脑子都充满对小县城的向往，他常常为自己不是小县城的人而感到懊恼。在他最常做的白日梦里，他会骑着一辆自行车，跟所有的城市孩子那样，熟练地在小县城的街道上来回骑行。

所以，随着时间逐渐接近公共汽车发车点，他不禁变得不舍和伤心起来，进一次城对于他来说并不是一件容易的事情。其实还不到中午，而下午四点，那辆白底红道的公共汽车才会在东桥下启动。

跟在父母身后，建新想尽量走得慢一点儿，过一会儿，他就有特殊情况，还没走到十字街，他就已经上了三次厕所了，并且每一次都用了几乎要超出父母限度的时间，为此，母亲狠狠地瞪了他好几次。

他们在拥挤的小饭店一人吃了一碗炸酱面，建新吃得津津有味。就在他们走出饭店时，突然下起了雨。刚开始并不大，他们在屋檐下飞快地跳动，接着逛商店，不过没多久，雨就大得让他们寸步难行了，到最后，街道上的积水竟然高过脚面了。他们只好跟其他人一起，站在一家商场门口，茫然地等着雨过去。

他们没有想到，这场雨下得实在太大了，没多久，就有消息传来，说是东河已经涨了。又没过多久，又有消息传来，说是所有的公共汽车今天都不发车了，到各个乡的路全部被冲毁了。

父亲带着他们在招待所登记了房子，建新好奇地打量着周围白色的墙壁，之前他从没住过旅馆，一切都这么新鲜。他站在窗户旁边，外面的雨还下得十分大，建新看见房顶一个接着一个，有几只鸽子缩着脖子落在屋檐下的电线上。建新在那里站了好久，一直到吃晚饭的时间，他怎么也看不够窗户外的景象。他觉得自己从来没有离县城这么近过，不过，他的快乐并没有在脸上表露出来，他克制住了自己。他们在招待所的食堂吃饭，圆桌上铺着白色的布子，建新觉得自己从来没吃过这么好吃的馒头和土豆丝。他比任何时候都吃得多。

晚上在房间里，大家都在讨论这场雨到底什么时候能过去。那些抱乐观态度的人让建新愤怒，而那些觉得这雨会下好久的人，建新会毫不犹豫地在心底给他加到满分。从此之后的每天，建新都在祈祷，他希望这雨可以一直下下去，每当天空变得亮一些，露出一丁点儿要晴的迹象时，建新就会变得情绪低落起来。

那是建新从来没有过的体会。

二十一年之后的一天，三十岁的建新和妻子躺在床上聊天时，他突然间想起了那年夏天的事。他开始滔滔不绝地讲述，对妻子说，那是他度过的最快乐的一个星期。刚开始妻子还有点儿兴趣，做出在听的样子，后来她就失去兴趣了，他可以从她脸上看到她正在走神。他突然间停止了自己的叙述，觉得自己恼火起来，他使劲克制着自己，直到冲进厕所，狠狠地在墙壁上砸了几拳之后，他才平静了下来。坐在马桶上的他一边抽烟一边感觉到孤独。

不由自主地，他开始回忆自己这些年的经历，照常人的目光来看，他所有的一切都实在正常不过，他来自乡下，在大学成绩不好不坏，他并没有浪费过机会，像大家一样，他开始在这个城市工作，他换过好多份工作，有过落魄不知所措的时候。不过，程度和大家并没有多少区别，他有条不紊地前进，终于遇到了觉得合适的女人，他们有过美妙的经历，他们一起憧憬过美好的未来，为此他们下过努力的决心，不过最终他们明白，自己的命运并不会比别人特殊。明白了这一点，他们坦然地接受了很普通的工资，很普通的房子，他们过着许多人都在过的生活，尽管有时候会幻想突然间发财之类的情景，不过他们也只是随便地谈论用以打发时间而已。他们安于自己普通的命运，能在公交车上找到合适的位置，没有了野心，他们变得十分谨慎，不投机，不冒险，一星期一次找个公园之类的地方，拍拍照片，偶尔他们还是会谈论谈论未来，他们的存款一丁点儿一丁点儿地变多。他们从来不在菜市场斤斤计较，但是他们也从来不投入过大的花销，家里的每一样东西，他们都会非常珍惜，努力让他们的寿命更长一些。

这么多年的经历，一幕幕地在建新的脑子里闪过。他突然间为自己刚才的表现感到可笑，我这是在干什么啊？他脸上露出平和的微笑，为这么一丁点儿的小事，居然发这么大的火。他把烟灭掉，回到床上静静地看起了书。妻子已经睡着了，他再也没有试图谈论跟那个夏天哪怕有一丁点儿关系的话题。晚上他们一个人做了一个菜，味道都还不错，他们再次讨论了生孩子的计划，得出的结论是，还需要再等等，他们存的钱还不是太保险。他们过着有计划的生活，从来没有过捉襟见肘的时候，他们有着一个共同的底线——千万不能跟别人借钱——一切都以此为标准。

不过，建新发现他再也无法踏实地干活了，他有了心事，妻子并没有发现他的变化。偶尔，他会陷入沉思之中，甚至在公交车上错过站。好几个晚上他在床上翻来覆去，怎么也睡不着，不得已他偷偷地躺在了客厅的沙发上。

直到一个星期之后的一天，建新一个人逛超市出来，鬼使神差地被一个银行的业务员给拉了过去，不到半个小时，他就填好了所有需要的表格，他没有跟妻子说起这件事。当一张三万块的透支卡寄到他单位时，他竟然有一种偷偷摸摸的快感，他把它放在口袋里，下班时又把他放进了办公桌抽屉里。突然间一个念头出现了，他马上为这个念头兴奋不已。

第二天，建新像往常那样在七点一刻出了家门，他背包里放着准备好的银行卡，手机充电器。坐上出租车时，他想了想，把手机给关掉了。他买了最快的长途汽车票，下午五点时，他已经走在小县城的街道上了。他的神情有点疲惫，他已经好久没有回过小县城了。偶尔回家的路上经过，也从来没有停留过。小县城的变化比他想象得大多了，不过，记忆里的各个地方，还是隐约地可以找到影子。

这会儿，建新感觉到无处不在的热浪一波接一波地朝自己涌来，几乎是下车的瞬间，他就发现自己被摩托车给包围了。这些骑摩托车的人全都只穿着背心短裤，脚上是已经破旧得如同垃圾颜色的拖鞋。他们的长相有一种小县城特有的特点，蜡黄色的皮肤，发黑的双腿，被尘土裹得严严实实的脚。

他们全都直视着建新，大概由于人多的缘故，建新觉得他们的目光里充满放松与戏谑。去哪里呢？先生。其中一个家伙问道，由于很少说普通话的缘故，也许还因为没有信心说好，他故意拿着腔调，让人觉得很不舒服。其他摩托车手哈哈大笑起来。建新一瞬间就被激怒了。他觉得这些人对自己缺乏尊重。他试图盯着这些家伙的眼睛，他们竟然丝毫不躲闪，结果建新只好故作自然地把头扭开了。

坐上出租车之后，建新控制不住自己激动的情绪。他开始对小县城表达自己的不满。他并没有说本地话，用的是普通话，他把自己假装成一个来自大地方的人。为了不引起出租车司机的怀疑，他甚至打听了一番附近的一些旅游景点，在司机给他介绍时，他装作十分感兴趣的样子。他逐渐有了高人一等的感觉，真是个小地方啊，这街道也太窄了！仿佛只有这样说话，才能让他从刚才被戏弄的感觉里走出来。

本来他打算住那个招待所的，不过不一会儿他就改变了主意。他要出租车司机把自己拉到小县城最好的宾馆。当表达出这个意思时，他好像从司机的眼神里看出了一些羡慕与自卑，这让他越发地迷恋起自己的新身份。他好久没有这么美好的感觉了，用怜悯的目光打量着周围的一切。

刚到目的地，建新不禁被吓了一跳，没有想到小县城会有这么豪华的宾馆，这样的宾馆即使放到那个四百万人口的大城市，也算得上高级了。只是外表的装修，就让建新有点儿心虚了起来。他不得不偷偷地调整了一番，才装出司空见惯的表情下了车，在迎宾小姐彬彬有礼的问候声中通过了旋转门。没过多久，建新就站在了宾馆十一层一个房间的窗户前，他研究了好久，才弄明白了房卡的使用方法，这让他终于松了口气，他害怕最终还是要叫来服务员请教。现在，在凉爽的空调下，建新逐渐放松了下来，他对自己说，这一切都是值得的，这么贵的宾馆感觉果然不一样。他试图让自己踏实下来，却毫无效果。他在床上、卫生间的马桶上、沙发上来回换了好几回位置之后，突然想起了一个人，对方是他中专时候的同学，恰好前段时间他们联系过，对方问他有没有门路给他的一个侄儿找个单位。仔细回想了一下，建新觉得自己当时的表现十分恰当，他没有拒绝对方，那样会让对方低看自己，他对对方说，这种事情得等机会，前段时间有单位托他给找人，他却没有合适的。他当时根本没有存下这个人的电话，含糊地对对方说，有机会了就给对方回电话。

还好，建新在通话记录里找到了对方的名字。正当他松了口气时，妻子的电话打过来了。她问建新在哪里？怎么中午不回去吃饭也不打声招呼。建新很快就从慌乱中恢复过来，他对妻子说，中午单位有点儿事，晚上下班他就回去了。挂掉电话后，建新靠在沙发上，头顶冒出了一层细细的汗。在这一瞬间，他感到悔恨交加。

这个名字叫胜利的小个子的表现让建新满意极了，建新给他打开房门时，从他脸上看出希望中的惴惴不安，很明显，他被豪华的宾馆给搞得手足无措。他客气地跟建新握手，动作生硬。建新让他坐的时候，他紧张地打翻了茶杯，好在地毯足够厚，茶杯还好好的。对方这样的状态让建新很快就进入了角色，他比任何时候都放松，开始滔滔不绝地讲了起来，他惊奇地发现，自己竟然没有一句真话，他想把自己塑造成让对方羡慕甚至嫉妒的那种人，并且为此感到十分满足。他告诉对方，这次回来是参加一个会议，是关于小县城未来经济结构研究之类的。胜利被建新的话震惊了，他没有想到，坐在自己面前的竟然是这么一位大人物。建新故意营造出一种神秘的感觉，越发让对方好奇和羡慕。

小个子是建新的中专同学，毕业后就回小县城来了。小个子很快就把自己的经历交代了一番，他现在在劳动局上班，孩子已经上小学了。得知建新还没生孩子，他没完没了地给他讲起了孩子的事。他情绪低落地对建新道，他真后悔回到这个小县城来。他悲伤地说，老兄，我这一辈子就这样了，每天浑浑噩噩，一想到这点，我就觉得害怕，我为什么要回这么个小地方呢？待在外面，说不定现在我也成了个什么大人物呢。还是老兄你有远见啊！因为建新的缘故，对方也结结巴巴地用上了普通话。

到了吃饭时间，建新已经完全进入状态了，胜利叫了几个建新已经记不起面貌的同学，就在宾馆下面的餐厅弄了个包间。不到一会儿，一个又一个灰头土脸的家伙出现了，他们脸上挂着不自然的笑容，两腿并紧小心翼翼地坐在沙发上。其中竟然还有两个女同学，看得出来，为了赴约，她们可是用尽心思打扮了一番。她们的目光始终放在建新脸上，哪怕一个微小的笑话，全桌人都会跟着哈哈大笑起来。

建新被自己扮演的角色给迷住了。他从来没像今天这样，说出那么多让自己都感到吃惊的有见解的话，他从来没有像现在这样侃侃而谈，他从来没有像这一刻这样，为自己感到骄傲和自豪。

哪怕他说出粗俗到极点的下流话，人们也不会感觉有什么不对。建新觉得自己的脑子运转得如此之快，许多平时记不得的东西，全部涌现了出来，段子一个接着一个，在每个恰当的停顿处，人们都会乐不可支，两个女同学浑身颤抖得都快晕倒过去了，她们脸上越来越多的红晕让建新感到满足。

时间过得如此之快，每次一抬头，墙上挂着的钟表指针都会让建新感到吃惊和不安，他竭尽全力地表演，他注意每一个人的表情，担心某个家伙流露出要走的表情。每当有人表现出这样的迹象来，建新就会加重语气开始另外一个段子，或者点对方的名，和对方开一些玩笑。对方一副受宠若惊的表情，屁股再次在椅子上坐实了。

建新突然想起了那年夏天跟这次几乎一模一样的提心吊胆，他端起分酒器，给饭桌上喝的最少的家伙敬酒。这个已经糖尿病多年的家伙正想推脱，在座的各位就谴责起他来，小个子作为组织者武断地打断了他的话，喝，死了你也得喝这杯。对对对！得喝！大家纷纷对这个家伙说，不然我们以后都不理你了。他们还认为，为了表达自己的诚意，糖尿病还得多喝一些。糖尿病手都抖起来了，建新脸上的表情如此冷淡地看着对方。在手足无措地委屈了一小会儿后，糖尿病终于霍地一下站了起来，他脸上一副豁出去的表情，二话不说端起满满一分酒器的酒，一仰头就倒了下去，掌声瞬间猛烈地响了起来。

一小片阴云

那天半夜醒来，李东突然发现吴燕不在床上。他出去，听见卫生间传来压抑的哽咽声。在门口站了会儿，他想打开门进去，但是里面被锁上了。他靠在门上，等待着。过了好一会儿，他又旋转把手，里面仍然没给开。

李东光着，过了一会儿后觉得有点冷。他应该返回去穿件衣服的，不然说不定会感冒的。但是他只是这么想着，并没有动。有那么一会儿，他脑子里空荡荡的，目光呆呆地看着被中介和房东叫作客厅其实只能算是个过道的窄小的地板，看着过道里放着的鞋架冰箱，看着墙上挂着的孩子的红领巾和学校要求孩子每天必须戴的黄色帽子，这一切模模糊糊的。他又感觉到了冷，寒气从四面八方传来，他感觉自己长着两条棍子一般的细腿……

就在这时候，他听见里面传来开锁的声音。一打开门走进卫生间，他就被吴燕给抱住了，她的脸挨着他的肩膀，湿漉漉的，有些冰凉。他也伸出手抱着她。她用尽全力地抱他，把他的腰箍得都有点疼了。他感觉到她的身体传来一连串的抖动。

她开始说话了，她不得不说几个字就停顿一下，要不然她肯定会号啕大哭的。

咱们不要在这里了，她说，咱们回自己家好不好。她在说完“自己家”后，停顿了很长时间，才说出了“好不好”三个字。

冷：他坐在教室第一排，戴着写字手套，即使写字手套也没有用，就连鞋子也没有用，他觉得冷。他轻轻地跺脚，他用一只手握另外一只手。教室右前方有一个火炉。老师坐在火炉上。他盯着他们。有时候他突然间拿粉笔砸向某个学生。大部分时候他坐在那儿一支接一支地抽烟。如果是晚自习，火炉里蓝色的火苗晃来晃去。他们每个人课桌上的蜡烛也晃来晃去。外边遥远的群山传来猫头鹰的叫声，河水也不再流动了，河水在冰下。后来他的脚不再感觉到冷了，手也是。下课后他站起来时，有一种踩在棉花上的感觉。他的脚和手都失去知觉了。他和别人一起抢着往前，把手伸到火苗上方。有时候手突然感觉到很疼。

他蹲在一辆蓝色汽车的车厢里，汽车正在爬上山顶，过了山顶就全都是下坡路了，他们很快就能到达县城。他妈妈和他蹲在一起。还有其他几个人。他们搭这趟顺风车到城里去。周围是蓝色的。这就是黎明。风吹着他的全身，手里的铁皮凉冰冰的，多冷啊。他的腿一阵阵地发麻。

因为对口的小学是市里排名前三的好学校，这个小区租金要比别的区域同样面积的房子贵出一千块来。即使如此，也大有人租，每次快到入学季时，甚至还要排队租房。小区里大部分出租的房子连像样的装修都没有，白墙水泥地。厨房连抽油烟机也没有，到处都是黑漆漆油腻腻的。卫生间呢，大都是蹲便，便池里发黄发黑的东西都有，还发出一股刺鼻的臭味。

李东一家租的是顶层的一套四十平方米的套间。刚住进来，房顶就漏了，房东还不管。给她打电话，一直都是不耐烦的语气。老房子当然要漏了，漏了你找人补一下嘛。不得已，李东自己找人补，为了省钱，找了个便宜的，没想到这才过了不到一年，就又漏起来了。李东想去找当初给自己做防水的人，后来他发现根本想不起对方的长相，在装饰城门口转了好半天，也不确定是哪个。他只好用砖头压了块塑料布权且凑合着。

所有的塑钢窗户都装得很敷衍，缝隙宽得都能看见外面，一天下来，家具表面就能积一层厚厚的灰。秋冬时候，你坐在房间里，能明显感觉到呼呼的冷风吹着脑袋。每当风大一些，李东就担心窗户会掉下去。

厨房更让人头疼。因为窗户的缘故，夏天时你在那儿站上一小会儿，汗水就会像雨水一样流下来，冬天呢，哪怕你穿上棉拖鞋，一会儿脚尖都会冷得发疼。

几乎每次做饭，李东的妻子吴燕在厨房都会被呛得咳嗽个不停。过上几天，她就会拿着铲子冲出来对李东说，我真的后悔当初的决定，我们为什么要这么逼自己呢？后来实在受不了了，他们换了台抽油烟机，因为不是自己的房子，所以选了价钱比较低的一款，没想到装上后效果和原来也差不多，声音嗡嗡地响，油烟却吸不进去。

李东自己的房子位置比较偏，对口的学校不好。李东女儿要上学时，突然就有一个机会，李东认识的一个人找关系花钱搞到了指标，但是又不想去了，问李东愿意不愿意去女儿现在所在的这个学校。李东的心狠狠跳了一番，他觉得这是个机会，所以极力劝说吴燕。你想想，孩子在咱们这个学校，认识的同学就都是咱们邻居这样家庭的人，而去了那个学校，同学家长里都是有本事的人，这对孩子可是太重要了。

吴燕也被他说服了。给了关系人五万块，租房子一年两万五千块。日子就变得紧巴巴起来。不得已，他们还把自己那套房子给租出去了。吴燕可是舍不得，那房子虽然装修花的钱不多，但装修时他们俩起早摸黑，大部分活都是自己干的。这才住了几年呀，吴燕说，就让别人给糟蹋去了。

这个小区是单位宿舍，加起来八栋楼。八栋楼里有两栋是九几年修的，都是大户型，一百二十平方米以上。听人说是给单位领导们准备的，质量也很过硬，可以扛得住八级地震。那两栋楼中间的空地不像别的楼塞得满满的都是汽车，而是两个花池，里面被住户们种的都是蔬菜。剩下的六栋楼是七几年盖的，都是预制板结构，有时候有地震传闻时，李东老是想到，这房子肯定一秒钟都撑不住，就会被夷为平地的。附近修路拆迁时，李东都觉得自己这边的房子摇摇晃晃好像要倒下似的。

倒下：他想造一所房子。刚开始他设想自己能找到一个山洞，他在书上看过山洞，他们在山洞里，他们点起篝火，但是他们这里没有山洞。后来他想用石头垒，他在山上找比较平整的石头，这样的石头也不多，他花费了十多天，连一堵墙也没盖起来。有一天他看见邻居的猪圈，他想即使他花再长的时间，也就盖得和这差不多而已。他站在麦秸堆上，用木棍和铁丝扎起了正方形的框架，他用力地把木棍往下扎，这样更牢靠一点儿。一大片阴云沉甸甸地停在头上。开始刮起风来了，他得加快动作。他把麦秸往框架的上方铺，四面他也打算用麦秸遮起来。他想象外面在下雨，而他待在自己的房子里。他听见风从房子四周刮过，听见雨点落在河面上。真的下起雨来了，在地里干活的人们跑着往家赶。他的衣服已经被淋湿了，但他还在那里盖自己的房子。他爸爸朝他大喊。如果他再不回家，爸爸大概就要来揍他了。他站在院子门口，看见麦秸堆上自己弄的房子，是那么地小，风已经把麦秸都刮跑了，现在正在刮那几根棍子。棍子也被刮倒了。

小区的居民分为三种，一种是原住民，他们都是同一个单位的员工，当初单位把房子分给了他们，每个人只交了一两万块钱。这些人大多年纪都很大了，有许多需要拄拐杖，太阳好的时候就坐在院子里晒太阳。过段时间，院子里就会摆上许多花圈，这是又一个老人死了。老人死了之后，老人们的儿女们会搬回来住。不过一家里挤着住两代人甚至三代人的也有。另外一种是买房子的，每次听到又有房子卖出去了，听到成交价，原住民老太太老头们就会唾沫横飞地说，都疯了，花一百多万买这样的房子？也有一些合计着，要把这老房子卖了，钱足够去买个环境更好的大楼盘的房子了。最后一种，就是李东这种租户了。

李东不知道别的租户的遭遇，他住过来这一年，碰上过好几次原住民不友好的刁难了，都跟停车有关。前面说过，这是一个老小区嘛，没有专门的停车位，一般情况下，大家就停在院子两侧，留下中间一条通道出入。但是到了晚上，连通道里都会停满车，前面的车要出去，最起码要打七八个甚至更多的挪车电话才行。也是因为老小区，没人管理，外面的车辆随随便便就能进来停，因此可没少发生矛盾。那次早上，李东送了孩子回来，正用布子擦玻璃，一辆车停在他旁边，一个女的把头伸出来对他说，师傅你把车往前开开吧？李东的车在两侧的车位里，两侧都停满了，也就是说，这个女的要让李东把车开到通道里去。李东一股怒火涌了起来，对她说，你为什么不往前开？李东把冰凉的布子捏在手里说。

话出口的瞬间李东就有点儿后悔了，他虽然没和这个女的说过话，但知道她就住在旁边的楼上，毕竟邻居了好几个月了嘛。有时候他在阳台上还看见过这个女的在抽油烟机下炒菜呢。

你他妈怎么说话呢？那个女的提高音调说，她把脑袋伸出了车窗。

周围正在经过的一个老太太停下脚步，扭过头来看着他们。远处一个拄着拐杖的老太太也停下来了。

李东说，我怎么说话了我？你又是怎么说话的呢？

这是小区里个子最高的一个女人了，她打开车门，一只手抓着门把手，身体往前倾，另外一只手指着李东说，嘴巴给我放干净点儿啊，你再来一句试试？

我嘴巴怎么不干净了？李东还没把这句话说完，那个女的就已经扑过来，伸出双手对着李东的胸脯就推了一下。你他妈要打架啊，这次李东真的说了脏话了。那个女的又用右手推了他一下说，你嘴巴给我放干净点儿。李东想找旁观者，问一个老太太说，阿姨你看见了吧，我哪儿说脏话了，她就动手。老太太突然间怒目圆睁，对着李东喝道，你哪儿的，你是不是我们院子里的你就往我们这儿停车？李东说，我当然是院子里的，我就在对面四楼。老太太说，哪个对面？哪个四楼？这里哪个人我不认识？你给我指指，哪个房子是你的？李东说，我租的房子，我租的房子可以不可以停车！老太太说，我说你不能停车了吗？问题是你租别人的房子还这么大喊大叫，你嚣张什么啊年轻人？旁边另外几个老太太纷纷帮腔，都指责李东不对。这时一个拄拐杖的老大爷出来了，原来是李东的对门。老大爷做出和事佬的模样，对李东和那个女的说，大家都是邻居嘛，小伙子，她的意思是，你不是马上就要去上班，就要走吗？你往前开开，她停下来今天就不走了，是这个意思，大家都是邻居，互相体谅一下好不好？

每次被这样歧视后，李东都会有好多天平静不下来，即使到今天，过去的时间都按年计算了，他还是会在某一刻想起当时的情景，进而他会设想，如果当时自己就不让步呢，就要和对方干到底呢？吴燕对李东说，又有什么用呢？万一碰上个脾气更暴躁的，像新闻上说的那样，拿一把刀过来捅你一下，把你捅死了怎么办？能不发火还是不要发火，你根本不知道对方在跟你发生冲突之前发生了什么，也许他已经被上司骂过，父母在医院每天花一万块，孩子还在学校打架了，他已经像站在火山口似的了，你随便一句话，就成了压垮骆驼的最后一根稻草。李东跟吴燕说这件事的时候，往往是处于郁闷中，他希望吴燕跟他同仇敌忾。她讲的道理一点儿问题也没有，但是会惹得李东怒火更甚。吴燕深吸了一口气说，李东，不要这么跟我说话，我是在安慰你，不要把怒火发泄到我身上。

问题是，吴燕碰到类似的事情，表现也跟李东差不多，比如有一次，她站在阳台上，看见下面一个女的，踢了他们家的车一脚，然后对另外一个男的说，开个这破车，还是租的房子，每天还乱停车。抱怨完后，她又狠狠地踢了几脚。

吴燕后来跟李东说起的时候，也是一样，恨不得冲下去跟对方干一架。

哭腔：有人死了。人们穿上白衣服，脑袋上戴着白帽子，跪在地上，跟在棺材后面，排成一列往田里的坟地走去。女人们发出哭声。她们的哭声和真正的哭声不一样。她们拉长了声音，把一些字模糊地喊出来。那个节奏和音调是固定的吗？她们知道人们都在看着她们吗？她们怎么能坚持下去？如果是我的话，我肯定哭不出来——他害怕他一哭出来，别人就注意到他了——多亏我不是个女人。她们的哭声碰到山谷，山谷发出了回音。

这个小区里许多人都会给李东吴燕带来不安的感觉。你觉得大家认识这么久，已经算是熟人了，碰见的时候应该打个招呼。结果你挥着手，脸上挂着足够真诚的微笑，问了对方一个好。对方却好像根本没有看到你似的，目不斜视地走了过去。有些人，上次还好好地打了招呼，下次见了你就好像不认识了似的。弄得李东吴燕现在迎面碰上同小区的人，都不知道把眼睛往哪儿搁了。

踢李东车的那个大妈是小区里最活跃的人之一，经常可以看见她一边东张西望，一边压低声音和人聊天。谁都不能在她窗户外的空地上停车，因为她的电动车要停在那里充电。谁往那儿停，第一次贴纸条警告，第二次就会拿钥匙划你车了。

那天李东把车停好，一下来就看见大妈在不远处和几个拄拐杖、坐轮椅的人手舞足蹈唾沫横飞地聊天。李东特意绕开他们回了家。回家之后，发现吴燕站在阳台上张望。看见他时，吴燕急切地问，听见他们说没有？李东说，说什么啊？吴燕指着两栋后建的楼说，今天有人买了那边一套一百二十多平方米的房子，猜猜多少钱？上一次院子里有买卖房子的消息，都是半年前了，李东印象中那次的成交价是一万一一平方米。一万二？李东猜道。吴燕摇着头说，一万三千多，可怕不可怕，这才半年啊，花了一百好几十万呢。这个人傻吗？李东说。吴燕说，听人说，现在学区房涨得厉害，这还真不算贵的。

接下来几天，小区里到处都能碰见人聊这件事。其中一个光头，每天晚上喝得醉醺醺的，人们说他经常在家里耍酒疯，摔盘子打碗的。还有人说有一次他都到自己家门口了，却没力气开门也没力气敲门，就那么躺在楼道里睡了一个晚上。李东有一天听见这个光头对别人说，房价肯定还要更高的，房租肯定也会涨，别的小区哪儿能跟咱们小区相比，咱们小区这些人都是什么档次？环境不能比对不对？素质上差距远了去了。

吴燕有一次对李东说，那家人真是有钱，听说是一次性付的全款呢。又有一次说，这都买了这么久了，也没住进来，人家肯定在别处还有房子。还有一次说，如果那房子是咱们的就好了，我今天在窗户上看了看，说是一百二十平方米，可看上去比我同事高层一百三十多平方米的都要大，结构也合理。李东对吴燕说，别跟我说这个。吴燕有点儿生气，我怎么就不能说了。李东说，咱俩工资加起来才七千块，怎么可能买得起这么贵的房子。我说说也不行嘛，吴燕说，那我以后不能跟你说话了是不是？

拐杖和轮椅：轮椅是书里的东西，他从来没有见过，就像书里提到的船一样。船横在水面上，下雪时船上坐着穿蓑衣的人，他脑子中经常想到这样的场景。两山倒映在船身下的水里，两山就是他每天都能看见的那两座山。而拐杖，他的老师每天都拄着拐杖，他只有一条腿。人们说他在看集体的粮食时，房子塌了把他的腿砸断了。后来他被安排做老师。他走路时发出咚咚咚的声音。夏天，老师把拐杖从教室窗户伸进来，对着他的脑袋轻轻地来了一下，对着跟他说话的另外一个同学也来了一下。他把拐杖放在岸边的石头上，跳进河里游泳。

那房子就在一层，李东每次路过，都忍不住往里看。他又何曾没设想过这个房子是自己的呢。这些有钱人是从哪儿弄到这么多钱的呢？最主要的问题就出在李东和吴燕都是从乡下来的，家里一点儿忙也帮不上。李东那些出生在城市里的朋友同事，哪个为房子发愁过呢？

那家人搬进来时已经是一年后的暑假了。小区的房价也涨到一万五千块一平方米了，小区单元楼的楼道里以及每家的防盗门上经常被贴上求购信息。李东对吴燕说，所以说嘛，有钱的越有钱，人家房子就放在那儿，钱就到手了，都不需要出租什么的。

李东先遇到的是那家人的儿子。有一天女儿非要在院子里和别的小孩玩。虽然小区里一共八栋楼，但平时不会有那么多小孩聚在一起。小孩中间，有一个是和李东一样的租户。另外两家是原住民。还好的是四个孩子都是女孩，平时相处还算是融洽。两个租房子的家长不时看看手机，脸上都露出着急的模样。而那些原住民的孩子通常都是由老人带着，老人们站在一起聊天什么的，一点也不着急。

一个小男孩，戴着顶蓝色的棒球帽，双脚疯了一样地踩着自行车脚蹬。他刚开始只是绕着楼转圈。后来他越来越靠近四个小女孩。靠近小女孩们时，他的速度比在别处还要快。小女孩们被吓得尖叫了起来。小男孩大叫着：胆小鬼。过了一会后，从楼后绕出来，再次向小女孩们发起了冲锋。

其中一次，小男孩经过时，女儿突然尖叫着跑了起来，差点儿和自行车撞在了一起。

李东忍不住了，他对小男孩说，小朋友，这样太危险了啊，可不能这么骑车。小男孩撇了撇嘴，骑着车离开了。

李东本来以为这只是外面偶尔来院子里玩一次的小朋友，他没想到是新搬来的。他一直认为新搬来的孩子应该是刚上学的，而这个骑自行车的小孩年龄明显要更大一些。

没想到过了几天吴燕带来消息说，那个骑自行车的孩子就是新搬来的那家的。他上二年级了，跟咱家孩儿一样，吴燕说，他们家原来在北京。你说他们为什么要回来呢？是不是因为北京压力太大了呢？

这搬来的一家三口人，还带着一个保姆。最先跟大家熟悉起来的是保姆。她每天负责买菜做饭打扫卫生，午饭时和晚饭时来，常常和老太太们聊天。这家的丈夫是个高个子。无论什么时候碰上他，他都是皱着眉头，脸色阴沉着，如果你盯着他看，他就会一直盯着你看。女主人看上去要年轻得多，个子比较小，长得很漂亮。她每天都穿不同的衣服。

李东搬到这个小区这么久了，还真没人主动跟他打过招呼。但这家人搬来没几天，有一天李东站在阳台上，他看见那家男主人从一辆丰田车上下来，旁边恰好站着几个男的，其中有那个老是喝酒的光头。光头竟然和那个男主人聊了起来。他还能听见他们的对话。光头问那男主人，这车油耗大吧？男主人愣了一下说，还好吧。然后男主人抱着手臂和光头他们聊起天来。他们一边聊天一边还发出了笑声。

慢慢地，大家就都熟悉了起来，即使是李东，也和那家的妻子说过话了。有一天，是那个妻子开着那辆车，要从两辆车中间穿过去，她开得很慢，因为两辆车离得挺近的。李东正在经过，就挥着手给对方指挥了一下。妻子专门打开车窗，对李东说，谢谢你啊。

但是对那个小男孩，李东还是感到讨厌，他还是像原来那么骑自行车。李东总感觉，这么骑下去总有一天会出事的。有一次，小男孩为了避开一个拐弯过来的大人，急刹车，车子一下子横了过来，差点摔到地上去。李东又说过几次，但小男孩对他不理不睬。李东想加重语气，又觉得是不是有点儿小题大做了，毕竟别的孩子家长好像并没什么反应。问题是女儿每次都要尖叫。你为什么要那么叫呢？李东问女儿。女儿说我看见他骑过来了嘛。李东说，别的人也不叫啊，过来又怎么，难道他敢撞你吗？李东这么一说，女儿就会生气，噘着嘴抱着胳膊，一个人站在角落里，半天也不理他。

自行车：十二岁那年，他做过好多次关于自行车的梦。他梦见自己骑着自行车，在县城的街道上疾驰而过。他一年大概只有两次到县城的机会。他看见那些骑自行车的学生们，他多羡慕他们啊。更小的时候，他在一个商场里号啕大哭，因为他想要一个小三轮车。他爸爸抱着他出了商场。他能记得他使劲地挣扎反抗。爸爸告诉他在下一个商场给他买。但他知道他在骗自己。有那么一会儿，他觉得他们会给自己买的，但他们犹豫了，他们没给他买。他还能记得那辆蓝色的小三轮车，放在商场货架的最上面，他能记得商场里的售货员站在柜台后面，看着他。

有一次，李东和大学同学聚会，喝了点儿酒，在回家的路上，突然意识到，也许当初硬是把孩子送进这个学校，是一个错误的选择。

当时他快回到家了，已经拐进了家所在的巷子里。一只猫突然往旁边的一堵矮墙上跳去，它的前爪伸出去，但是没有抓到东西，身体又落回了并排的四个垃圾桶上，发出嘭的一声响，吓了李东一跳。

在那一瞬间，就好像有一道闪电从他脑袋里划过，照亮了长久以来糊糊涂涂的那一团，让他看清楚了。这个学校的家长们普遍经济情况都比较好，但也正因为条件好，孩子们吃穿用度等都是名牌。就说暑假，李东每年也带孩子出去一次，但也就是在国内，出去了也不敢住好酒店，钱得省着用。而别的同学呢，几乎大部分都出过国了。甚至还有几个孩子，半年在美国上学，半年在中国上。英语、见识什么的，根本没法比。即使不在国外上学的，也有好多请外教什么的。有一段时间，一个接送孩子的家长每天都把车停在他们院子里。小孩和李东家小孩是同学。每次都打招呼。不过李东没有和对方家长打过招呼。有一天李东突发其想，查了查对方开的车，结果是二百多万的奔驰。

那天李东往家走，这些他本来以为忘了的信息一下子全涌了出来。他想起孩子有一次问过他，爸爸我们家是不是特别没有钱？李东原来并没有这种感觉的，以前在自己小区住的时候，他觉得还挺好的，和老家的同龄人相比，他已经是很好的了。首先能在大城市待下来就已经不容易了，更别提还考上了公务员，娶的老婆吴燕也是事业单位的，还凭自己的能力买了房子车子。父母很是因此为荣。但是现在他越来越觉得自己太渺小了。李东对孩子说，咱们家挺好的了，如果平均一下的话，爸爸妈妈在这个城市应该比一大半的人挣的钱都多。

记得孩子幼儿园毕业的时候，老师在留言册上写的是，你一直都是一个大胆的孩子。而现在呢，女儿明显比原来胆小了许多。孩子的成绩也很普通。

我自己又何尝不是如此呢？李东想。在以前的小区，楼上装了空调，出水管做得不够长，每天滴在他家的遮阳伞上。他硬是找了对方好多次，期间还争吵过，让对方把出水管放回了自己家里。而现在呢，在院子里停在他后面的车超过三辆，他就没有勇气给他们打电话了，尤其是其中有好车的话。他可是碰到过好几次脾气暴躁的，下来就恶狠狠地瞪着他，数次询问他是哪儿的，为什么要把车停在这儿。

开学后的第一天，吴燕把女儿接回来就告诉李东，那个新搬来的小男孩分到了女儿班。女儿很激动，说，爸爸，那个范超越可搞笑了，老师讲着讲着课，他咣当一声就摔倒在地，把我们都给笑死了。从此之后，女儿每天回来都会讲到范超越。爸爸，范超越写了篇作文，把我们都笑死了，他说操场上有一汪水，是努力跑步的同学流的汗水。爸爸，范超越上着上着课，就偷偷爬到地上了，他在课桌中间爬来爬去。李东问女儿，老师不管他吗？女儿说，管呀，罚他站，结果他在那里做鬼脸。老师都没有办法了。

肉：他在武侠小说里看到“叫花鸡”这种东西，说是把鸡的肚子刨开，取掉内脏，塞进去调料，用泥土裹起来埋在地下，然后上面烧火。香味弥漫，人们流下口水。他一直想做这样的肉。他用弹弓打落几只在杨树树枝上和电线上的麻雀。其余的麻雀们绕着电线飞来飞去。电线从对面的山上拉下来，又长又直的两条平行线，傍晚的太阳在平行线的末尾处，它很快就消失在群山后面了。他试图用爸爸的刮胡刀片切开一只麻雀的皮肤。根本不顶用。刀片太钝了。他用石头把麻雀围住。下一次来看时，它就不见了。他还听说鱼也可以吃，他们这里的人不吃鱼。他还知道有人钓鱼。他按照书上说的，把缝衣针放在火里烧红，弯成一个钩子，用线拴在一根棍子上。他把蚯蚓穿在钩子上。他坐在河边。他一条鱼也没钓上来过。有外地人在啤酒瓶里塞上石灰，扔到水里能爆炸，死鱼漂浮在水面，他们收走了死鱼。啤酒瓶碎片留在河底，夏天的时候割破了他们的脚。这些外地人。书上说蝉也能吃。在阳光下闪闪发亮的树叶子里，到处都是蝉。它们没完没了鼓足了劲地叫。他悄悄地靠近杨树，手指弯曲起来对着趴在树干上的蝉摁过去，蝉太好捉了。他看着它的翅膀，看着它突出的眼睛，看见它纹路复杂的黑色的身体，他想象书上说的身体里鲜美的肉。但他还是吃不下这东西。他想一想都觉得恶心。他用力把蝉扔出去，扔到地里去。

一个月后，有天李东晚上加班，回去时孩子和吴燕都吃完饭了，孩子已经开始写作业了。李东吃完饭，坐在沙发上看手机。原来他还看看电视什么的。但吴燕认为孩子写作业的时候，家里的其他人最好不要去娱乐，声音会影响孩子的。李东戴着耳机刷抖音，刷起抖音来时间过得快极了，他的姿势从坐着变成了躺着。吴燕突然间提高了音量，最近你是长翅膀了是不是？一页题你给我错三道，你给我讲讲这是怎么回事！擦了给我重写！李东想过去看看，但还是克制住了自己。

吴燕气呼呼地走进来，还把门给关上了。她一副要谈正事的模样。李东把耳机摘下来看着她。你说咱们要不要去跟老师说说？说什么？李东问。你一点都不关心孩子，吴燕说，难道你不知道现在范超越跟她是同桌吗？范超越每天上课都动来动去的，很影响她听课的。我担心这样会影响她的成绩。

李东感觉，女儿平时学习挺用功的，每次考试成绩也还行，排不到最前面几个，但也在十名左右。

他想了想对吴燕说，以后她肯定还会碰到范超越这样的同学，难道每次都去找老师吗？还是得让她接受这个状况，然后调整自己。

吴燕说，今天作业写得就很不好，明显不够专注。

李东说，再等等看吧。反正座位一个月就会换一次的。

刚开始几天，女儿受到的影响很大，一回来就抱怨，范超越每节课都不消停，小动作老是不断。李东和吴燕一再地给她讲道理。还好后来女儿慢慢地又恢复了。作业出错的概率没那么大了，上课的内容也大致能够掌握了。到最后几天，吴燕几乎是掰着指头过日子的。你又不辅导孩子作业，吴燕对李东说，我每天看着呢，真是有影响的。

调座位那天，一家三口都很开心。李东发现，这个月自己的心情也受到了影响，就好像头上笼罩着一小块阴云似的，现在阴云终于消散了，他觉得浑身都充满了力量。他们没有在家吃，而是去外面吃必胜客。女儿说，今天刚调完座位，范超越的新同学就受不了范超越了，找老师告范超越的状了。结果老师对全班同学说，大家要学会不受别人干扰。接着他表扬了女儿。说女儿和范超越也同桌了一个月，这个月女儿就表现得很好啊。女儿讲得开心，因为受到了表扬嘛。但吴燕听了就不愿意了，说，这老师怎么这样啊，不去批评搞破坏的，反倒埋怨起被影响的了，这个思路可不对。李东也认同吴燕的看法，不过反正现在女儿已经脱离苦海了，也就无所谓了。

吃完饭回到家后，天已经黑了。路过范超越他们家时，里面的灯亮着，李东看见平时和他经常打招呼的一个租客站在那家，和男主人聊天。孩子还不愿意回家，尽管院子里没有其他小孩，她也要待一会儿。李东陪着她。过了一会儿，那个租户出来了。李东忍不住问他干什么去了。租户说，我想把门口那个门面租下来，弄一个蔬菜水果的铺子，刚刚和房东谈了谈。李东惊讶地问，房东？租户说，是啊，就那家，儿子好像和你女儿还是同班同学吧？李东问，那门面房是他们家的，什么时候买的？租户说，听说买这个房子的时候人家同时买了门面的，好像还买了不止一个。

回到家后，孩子去看电视。李东叫吴燕来到另外一个房间，对吴燕说，你知道外面有好几套门面房都是范超越家的吗？吴燕说，不可能吧。李东把刚才碰到的情况告诉了吴燕。

这也太有钱了，吴燕说，听说一个门面房一年的租金都四万呢。李东说，还不止一个。

唉，李东吴燕说，人家这家庭，即使孩子不好好学也没有关系吧？说不定一辈子的钱都给攒够了呢。

李东说，到时候还不知道怎么样呢，学习好才是最重要的。

租金：他租过多少房子啊。从初中开始，他父母就把他送到了城里的中学，三十个人的宿舍，他几乎每天都丢东西，还一直担心被别人拿弹簧匕首抵着喉咙让他拿出口袋里的生活费。后来他妈妈租了房子，专门给他做饭。他跟自己的大部分同学一样，每天下课后穿过一片田野，看着远处三根巨大的烟囱。后来他又租过多少次房子啊。

过了三天，本来该李东接女儿，结果单位又加班，他回来晚了。回来后就觉得家里气氛很不对。吴燕把卧室的门关了，以免在客厅的孩子听到。她激动得嘴唇都有点儿发抖了。她对李东说，咱们必须去跟这个班主任谈一谈了？怎么了？李东问。吴燕说，她竟然又把范超越跟咱家女儿调到一起了。为什么？李东问。还不是别的家长孩子受不了范超越，都不愿意跟他同桌嘛，吴燕说，这也太欺负人了。李东说，这必须去找她，明天我就去。吴燕说，你说是不是咱们没给她送东西的缘故？

当初刚入学，吴燕就打算送东西，但被李东给拦住了。吴燕说，肯定得送啊，以前咱们给幼儿园老师送点儿钱，对女儿的好处你又不是没感受到，小孩子就是这样，老师表扬一句，就会有很大的促进作用，可比你费唾沫强。李东说，问题是现在这个小学不一样啊，咱们能送多少，刚刚入学不到十天，就有两个家长为孩子生日送全班礼物了，一个铅笔盒，一个橡皮，在网上一查，都是好几十的东西，一个班四十五个孩子，这得花多少钱。我的意思是，和这些家长比，你去送钱，肯定送不过人家的，说不定还有什么反作用呢。就让孩子做个普通孩子，李东说，自己努力点儿，不惹老师烦就行了。

现在吴燕旧事重提，李东突然有点儿窝火，对她说，那你去送去，你有钱送？

当天晚上李东没睡好，他一遍又一遍地设想如何和老师交谈。第二天早上给老师打电话，老师说第一节就是她的课，时间来不及。李东想约晚上。老师对他说，晚上我也有点儿事啊，有什么事你在电话里说嘛。李东就把情况跟她说了。李东说的时候，老师一句话也没回，李东说完后停了好一会儿，他都怀疑对面是不是有人了。老师说，范超越同学刚来，还和同学们不熟悉，还在适应环境的过程中，我主要考虑你们不是同一个小区的嘛，生活中也熟悉，两个孩子在一起坐了一段时间，其实也没有产生什么影响。老师说话速度放得很慢。当然，你如果觉得不合适，我可以调整。李东之前还没怎么和她打过交道。听着她的声音，突然就涌起了一股怒火。这就是不面对面谈的问题。如果是面对面，李东肯定不会说出下面的话，他提高音量说，怎么就没有影响呢？孩子最近明显没有原来那么专注了。吴燕本来在走道里给孩子梳头，听到这里后专门跑进房间，用询问的眼神看李东。其实说完后李东也感觉自己的态度有问题。那边的反应也很迅速，声音变得很冷淡，对李东说，好了，你也不要担心了，我今天就给你家孩子把座位调了。李东的怒火又涌了上来，但他还是克制住了自己，说，那谢谢老师了。但他还没说完，对方已经把电话挂掉了。

蔬菜：夏天的中午，他妈让他去河对岸的地里摘西红柿。太阳晒得他头皮发烫。他讨厌去摘西红柿，他讨厌去挑水，他讨厌去河里涮墩布。他先下到公路上，远处高一些的路面被太阳晒得微微晃动。他穿过公路，从另外一侧的台阶走下去，踩在滚烫的石头上。他走向河面，踩着河水中间的石头，向河对面走去。水在石头中间流过，透过水看见湿淋淋的河床。他慢腾腾地过了河，走进了高大的杨树中间的小路里。树荫里的小路像山洞似的。再往前走，再左拐，就是他家的地了。在这幅情景的四周，是连绵的群山。

本来班主任老师根本不会注意到李东的。她跟着学校的队列到了接送点，很快就被其他熟悉的家长给围起来打招呼了。但打完那个电话的第二天，情况不一样了。尽管她没有把目光投向李东，但当李东看向她时，他能感觉到她处在紧张的状态中，她一副想装出若无其事的样子，但她认出了他，并且不想搭理他，这情况是可以明显感觉到的。吴燕接孩子回来后也反映，老师现在变得怪怪的。李东还考虑过怎么能把情况给缓和缓和，后来他又想，她又能怎么样呢？于是跟吴燕讨论好几次，最终也没有采取行动。她不搭理咱们，咱们也没必要贴上去嘛，原来那样互相不认识不也挺好的嘛，他这么跟吴燕说。再说了，孩子不跟范超越同桌后，现在做作业的状态又稳定了下来，相信以后老师再也不会把范超越跟孩子放到一起了，也算好事。李东还对吴燕说，最起码让老师知道咱们也不是好惹的，人就是这样，你不反抗，他们会觉得你好欺负，跟你没完没了的，但你一反抗，他们就会收敛了。

吴燕对李东说，也不知道是我的错觉还是怎么，那个范超越他妈也怪怪的，平时见了打招呼也没有反应，去接孩子的时候，我跟人聊得好好的，她一过去就把大家给叫到自己身边，一副不让大家跟我说话的模样，搞得我尴尬死了。不理就不理吧，李东说，就当大家不认识呗，又不会少块肉。

又过了几天，吴燕一进门就对李东说，真是气死我了。李东问怎么了？吴燕说今天她停了车，突然听见后面有人让她再往前开，并且语气很不客气，好像她做错了什么事似的。她从后视镜一看，是范超越他爸。她没有理他。之所以她不往前开，是因为前面有一侧的车是斜着停的，中间留的位置不宽，如果她开过去，就没有足够的空间供电动车自行车进出了。后来呢？李东问。吴燕说她没有搭理他，就把车停在那里。下车后看见他一直盯着她看，一副恼火的样子。当然，最终他也没做出什么举动来。现在我真是后悔，我应该当面去问问他为什么那么说我的？他凭什么用那样的语气对我说话。过了会儿，吴燕还是平息不下来，妈的，她骂道，有钱了不起啊，不要他妈的再招惹我，不然我让你吃不了兜着走。在李东听起来，吴燕放这样的狠话是毫无意义的，你怎么可能让对方兜着走呢？不过还是安慰吴燕说，不要跟他一般见识了。

肯定是班主任把情况告诉了他们，吴燕说，李东我跟你说，事情不会这么完结的，不是说你不理他们他们就不找你麻烦了。

半夜的时候，吴燕突然腾地一下坐了起来，说，李东李东，你快看看，是不是有人砸咱家车。

半夜：他钻在被窝里，打着手电筒看一本武侠小说。其他人都睡着了。整个小学的寄宿生都睡在这个房子里。他们在地上铺上麦秸，在麦秸上铺上他们的褥子。他们翻动身体的时候，可以听见麦秸被折断的声音。他听见风从窗户上刮过的声音。他突然间感到害怕。他想起前些天看过的一个故事，在那个故事里一个圆圆的脑袋在月光里出现在女主人公的窗户玻璃上。他不敢往被子外伸脑袋。在那个故事里，最后人们发现圆圆的脑袋只是其他人的恶作剧，是他们用西瓜做出来的假样子。但是他还是害怕。他害怕看见一个不是西瓜的圆脑袋。

晚上在家里，如果碰上刮风的天气，你就能听见院子里传来金属摩擦的声音。这是废弃的灯罩子被吹得晃动，摩擦着固定它的柱子。

有一天，李东站在阳台上，突然间看见一个灰色的物体从楼顶向院子掉去。一眨眼的工夫，它就要撞在平房的顶上，眼看就要分崩离析了。突然间，它止住了下坠的趋势，横着飞出去，然后又往上飞，落到了对面的房顶上。原来是一只鸽子。李东第一次看到鸽子这么飞。

那天中午李东送完孩子回来，发现自己的车后面挡了两辆车，其中一辆正是原来和自己发生过冲突的高个子女人的。

自从上次发生冲突之后，李东极力避免面对她的机会。比如每天他都会尽量靠后停车，以免被那个女人的车给挡住，还得给她打电话。李东实在想象不出如果自己给她打电话，她会是个什么模样。

这次是李东大意了，也是因为昨天吴燕折腾了一晚上，搞得李东也没有睡好，今天中午他躺在床上就睡过去了，并且睡得还很死，直到闹钟响才醒来，所以就没像往常一样饭后就站在阳台上等院子里的空位。

现在李东坐在车里，有那么一会儿他想要不出去坐个公交车，要么就骑个自行车到单位去。但后来他还是下来给对方打了电话。

然后他继续坐在车里等着。并没有他想象中的麻烦发生。很快，那个高个子女人和另外一辆车的车主就都赶来了，给李东让了车。

高个子女人看见李东和李东的车，也没有什么特别反应，就好像是普通邻居似的。她脸上甚至还带着笑容。

那天晚上李东和吴燕聊天说，也许你说得对，当时她只是情绪失控了而已，也许是我太敏感了，别人对咱们根本没有什么歧视之类的感觉。

他有一种松了口气的感觉。后来那个女的也给他打过电话让他挪过车，他也又让对方挪过车。李东再也不需要在阳台上时刻看着等后面的空车位了。

不过还是留下了后遗症。好几次李东突然间发现自己已经站在阳台上了。有时候他正从阳台上往下看，突然间意识到大概就是五分钟之前，自己刚刚过来站在这里往下看过。有时候后面一个空车位空出来，李东马上心跳加快，想像以前一样赶快拿着车钥匙冲到院子里去，以免别人把车位给占去了。

鸽子：那只鸽子落在小路旁金黄色的麦子地里，爸爸蹑手蹑脚地走下去，伸出手去抓它，它并没有如同他想象的那样挥动着翅膀飞走。爸爸捉住了它。他们把它养了起来。它的腿上有一个金属圆环，上面刻着字。爸爸说这是一只信鸽，它可以飞很远的距离。他想象那些养信鸽的人，他们在那么远的地方。之前他还从来没见过真鸽子。有一天晚上，他起来对着便桶撒尿，突然听见刺啦刺啦的声响，然后听见门帘被撞的声音。那一瞬间他有点儿害怕，过了好一会儿他才意识到那是鸽子发出来的声音。它飞走了。外面漆黑一片。他以为它会再回来。但是它没有。

这天，李东回到家，吴燕已经开始陪着孩子写作业了。李东吃了饭洗了碗，正坐在外间沙发上看手机。听见吴燕叫自己。他进到里间，吴燕手里拿着台灯，对着孩子的耳朵照着。你快过来呀你，吴燕扭头对他说，在那儿发什么呆。李东过去后，看向吴燕指的方向。孩子的耳朵上有一处指甲印，红红的都有血痕了。你跟我说，吴燕把台灯放下，对孩子说，你跟我说你怕什么，他敢掐你你为什么不还手？李东想插嘴，吴燕说，你先出去，先让她写作业。

吴燕跟着李东出来后把房门关上，说，是范超越那小崽子干的。她神色凝重地抱着双臂走动，我就跟你说，事情不会完的。

李东说，我现在去他家找他们家人，如果他们管不好自己的孩子，就别怪别人替他们管了。

吴燕说，还是先别找他们家人了，我觉得还是应该找班主任，要找他们家人也得通过班主任，毕竟孩子是在学校出的事。

李东觉得吴燕说得对。他拿出手机就给班主任打电话，他内心被一种愤怒给鼓舞着，原先给班主任打电话时的障碍也消失了。他觉得自己站在了正义的一边。班主任接起电话后，李东问她知不知道范超越又欺负自己孩子的事。班主任在电话里说自己正在接孩子，听不清楚李东的话，她跟李东说待会儿再给李东回电话。李东也确实听到对面乱哄哄的，于是就挂了电话。挂了电话后他的怒火又增加了几分。你自己也有孩子，李东说，你怎么就不替别人家的孩子想想呢。

足足等了半个小时，班主任才把电话打过来。期间李东给她打了一次她没有接。她在电话里问，现在孩子怎么样？李东说，我也不知道为什么那个小孩为什么这么狠心，怎么能下得了手，硬生生地在孩子的耳朵上抠出了血痕。班主任对李东说，也有可能是孩子之间的打闹吧。还没有说完，李东就忍不住了，你一看那指甲印就知道是用力掐的，怎么可能是打闹？班主任说，今天也晚了，我明天去了学校处理好不好？李东说，如果没有人能管得了这个孩子，那我们可得自己想办法了。班主任说，出了事情咱们要齐心解决事情对不对？主要目的不是置气，不是要加深矛盾对吧？咱们还是希望能和谐地把事情解决掉对不对？

她说起话来真是一套又一套的。李东数次想打断她的话问问她，我家孩子受伤了，怎么这听起来你倒是训起我来了呢？但还是忍住了，毕竟孩子还要在人家手底下上好几年学的。

老师我不是针对你的，李东后来说，只是希望自己家孩子不要被人欺负。

班主任说，明天我给你回复。

第二天上午，班主任给李东回了个电话，对李东说，她已经狠狠地教训了范超越一顿，并且和对方家长也联系了，相信以后不会发生这样的事情了。李东还得在电话里对班主任说谢谢你。

吴燕对李东说，你说范超越他爸妈知道这事情吗？李东说，老师说跟他们说过了，他们应该知道啊。吴燕说，那你有没有觉得他们的表现有点儿怪，毕竟是住在一个院子里的，每天都能碰到这么多次，正常的话他们总得跟咱们说点儿什么吧，怎么现在见了好像不认识似的。李东也有同感，不过他对老婆说，只要他家孩子不再找咱家孩子的麻烦，打不打招呼也无所谓了，他们不理咱们咱们也别搭理他们好了。

李东对吴燕说不要搭理他们。但是每次遇见范超越他爸，他都觉得很不自在。有一天他忍不住了，送孩子回来的路上，恰好看见范超越他爸就走在前面。于是他走上前去，打算跟对方谈谈。

后来他为自己当时的举动后悔死了。他叫对方范超越爸爸。对方用一种莫名其妙的眼神看着他，好像对他一点印象也没有似的。怎么可能一点儿印象也没有呢？他们家刚搬来时，上学路上，他家孩子还经常叫李东家孩子的名字。两家人每天接送碰上过多少次啊。但是他已经叫了，对方表现出这副样子，他也没有办法，只好自我介绍，我家孩子是你家孩子同学。范超越他爸爸皱起眉头，问，你有什么事吗？李东被噎了一下，说，没什么事。接下来的路程，他们还得往同一个方向走。李东想过要放慢一点儿速度。但又觉得不能服输。于是硬着头皮用和对方差不多的速度往前走。那么短的一段路，走起来让李东觉得比其他所有路都要漫长。更让他难受的是，范超越他爸爸不紧不慢地走，没有一丝不舒服的模样。

路：路上要穿过一片坟地，那些坟堆静悄悄的，他一个人的时候从来不往两边看，他盯着脚下的路，越走越快，后来他跑了起来，那段路太长了，他怎么也跑不完。他从来没跟人讲过这个。他从来没有讲过，即使是夏天的大中午，太阳那么明亮，周围都是玉米地，经过那片坟地时，他竟然比在天快黑的冬天还要害怕。

那天李东加班，到了晚上八点多，活儿还没完，领导一遍一遍地改讲话稿，一会儿觉得这里不对一会儿觉得那里不对。中间李东上厕所，拿着手机看了起来。他突然看到学校的家长群里，老婆发了好多条消息。有一条说，谁都不要小看人。又有一条说，告诉你们，谁欺负我家孩子，你给我小心点儿。李东连忙打过电话去。老婆在电话那边咬牙切齿地说，你家孩子被人给打了李东，腿上黑青一团一团的，这不是一天两天留下的，你不知道孩子被吓成什么样子了，都被欺负成这样了，还不敢跟我说，还说是自己撞的，我什么手段都使上了，才告诉我又是范超越给掐的。我给你打电话，你他妈也不接，你是什么意思？

说老实话，我最近就觉得不对了，每次孩子在院子里玩，只要那个范超越出现，孩子就躲来躲去的。有好几次，我看那范超越分明是故意用自行车撞咱家孩子的，我当时还以为小孩子在一起玩呢。没想到这小狗东西这么狠。最近李东一直加班，没怎么在院子里看过孩子，对这情况也不了解。

李东对老婆说，你等等，我马上就回去了。李东没有再回办公室，给领导打电话请了个假往家赶。中间老婆给李东一次又一次地打电话，就好像一秒钟也等不及了。

孩子班主任也把电话打了过来，劈头盖脸地问李东，你老婆怎么回事？你们家的人讲不讲道理？李东说，你什么意思？我家孩子被打成那样，你怎么这种态度？班主任说，孩子打没打，在哪儿被打，现在咱们都还不确定，我也说马上就处理，但你老婆在电话里说什么你知道吗，在群里怎么说话的你知道吗？我什么时候歧视你们了？李东打开微信，老婆果然又发了很多条。最后老婆被班主任给移出了家长群。老婆发的最后一条是：班主任，范超越家长，如果你们管不了范超越，那可就别怪我了。

李东赶到家时，发现老婆在阳台上团团转，手里紧紧地捏着一把改锥。李东把孩子叫过来，开了灯仔细查看，大腿上果然有两处黑青，一处是膝盖正上方，应该是磕碰的，另外一处确实应该是被人掐的。

你看见了吧，我真想捅死这些狗小子。老婆说。从阳台上看下去，光头以及那个踢过李东车的女人聚在一起，也不知道在聊什么，不时传来哈哈大笑的声音。

李东对老婆说，我刚和他们班主任说了，他们班主任说明天一上班就了解情况。

老婆说，了解个屁，孩子说她找老师反映了好几次了，咱们也还去找过她。每次老师都是口头上训一训范超越。每次训完，范超越就会更加恶狠狠地报复孩子。所以后来孩子都不敢跟老师反映了。

就在这时候，班主任的电话又打过来了，说是她联系了范超越家长，范超越他爸妈说要来看看。他爸妈说肯定会负责的，他们的态度挺好的。

李东开着免提，他看见老婆的表情马上就变了，连忙掐了电话。这是什么意思？他们的态度好，难道我的态度就差吗？老婆喊了起来。

等老婆平息了一些，李东又给班主任打电话。

李东对班主任说刚才信号的问题，电话突然断了。

楼梯被踩得咚咚作响。打开门后，李东发现范超越一家三口都来了。两个大人手里都提着东西，范超越跟在父母身后，低着头一声不吭。家里顿时拥挤了起来。好几次李东撞到了墙，踢到了地上的鞋子。吴燕脸上的肉耷拉着，抿着嘴唇把目光投向别处。范超越父母道歉，孩子呢，让我们看看孩子，你们放心，我们会承担所有责任的，我们没有管好孩子，我俩都忙，没有顾得上，现在专门回来看管他。他们看李东孩子腿上的黑青。你们说怎么办就怎么办，他们说，我们全力配合。以后肯定不会这样，我们会好好收拾范超越的。

能说什么呢？

他们要留下钱，李东坚决拒绝，吴燕脸都白了，李东感觉她也许马上就会发作。好在他们两个把钱装了回去。但是他们说，只要有用钱的地方就跟他们说，要去医院检查也好，孩子有什么后遗症也好，他们都会负责。我们想不出办法，我们只能这样了。他们说。我们希望孩子不要留下什么阴影，以后还能好好相处。

说话的主要是范超越他妈，范超越他爸还是原来那副样子，阴沉着脸，皱着眉头，好几次李东注意到他的目光在自家三人身上还有家里左左右右审视着。但是你不能说他们的表现有什么问题，一点儿问题也没有。

他们走后，吴燕用尽全力踢他们带来的盒子。他们态度好？她咬牙切齿地说，他们有素质对吧？他们以为钱就能摆平一切事情是不是？

钱：有一天上午妈妈讲了好多次，她讲她怎么在中巴上和别人挤着，旁边有谁和谁，她讲她怎么看到那张五十块钱从别人的口袋里掉了出来，她怎么假装，怎么伸出脚踩在那张钱上，怎么一直想着弯腰，怎么弯腰的时候一直觉得别人看着她，所以她假装系了系鞋带又站了起来，她怎么在下车的时候迅速地，用旁人都注意不到的动作，把脚底踩的那五十块钱捡了起来。

有一天中午爸爸也讲了好多次，他讲他怎么就要回家了，被别人给拉住了，别人怎么也不放他走，因为别人打麻将三缺一。爸爸说自己身上没带钱都不行。别人借给他钱让他上场。天黑的时候，第二天早上，爸爸两次都要走，别人就是不让他走。如果那时候他们让他走的话，他也就是赢点儿钱而已。他们不让他走。结果到第二天中午，爸爸把他们所有的钱都赢完了。他们终于放他走了。爸爸赢了五百块钱，比他两个月的工资都多。

那天夜里他们在卫生间聊了好久，后来他们又回到卧室聊。是的，他们想通了。李东说起自己小时候，我那时候在那么偏远的乡下小学上学，我的老师连个高中学历也没有，那又怎么样？我还不是活下来了吗？吴燕说是啊，我那时候也一样啊，老师前一天去打麻将，第二天全天我们就都用来自习了。女儿在这个学校上学已经两年了，他们对这个学校也足够了解了，那些老师又高明到哪里去了呢？并没有。吴燕说，这些老师大都是师专生，这些在高中时候就被淘汰了的人，现在竟然居高临下地要指导他们。李东说毕竟我们两个都上过大学的对吧，我们那时候考大学可要比现在难多了，你知道问题出在哪儿吗？问题就是我们太懒了。如果我们多花一点儿时间，我就不相信我们辅导不了孩子。

他们开着灯，把门关着，压低了声音。逐渐地，他们脸上难过的表情消失了，连泪痕也消失了。他们已经好久没有这么展望过未来了，上一次还是新房子装修完的时候，刚刚买了沙发，当时他们坐在沙发上，下午的阳光照在客厅里，其他家具都还没有回来，他们坐在沙发上，那一次他们都聊了什么呢？那时候他们觉得未来一切都会非常美好，房子他们已经买上了，再攒点儿钱，车子也能买上的。尽管没有明说，但他们都在脑子里设想了一番，开着自己的车子回到老家的情景。在我小的时候，当时李东还是吴燕这么说，哪儿想到有一天能过上这样的生活呢，那时候我最大的梦想就是不要在乡下住着，能变成小县城里的人，能闻到下水道的气味，能随时走到商场里，那就已经是我能想到的最好的生活了。是啊，另外一个附和道。他们能记得带着烧煤的气味的空气从窗户上涌进来，连这种气味都让他们觉得快乐。他们看着对方的脸，那时候他们多年轻啊。

李东在地上走来走去，吴燕说，你别走了，晃得我头都晕了。李东说，这几年让我们这么难受的问题，现在想起来多么简单啊，我们之前怎么就想不到呢。他挥了下手，就这么简单就解决了。

他们又开始找起这个学校的问题来，校园那么小，每次开个运动会都还得去附近的一所中学去借地方。学校里竟然连一棵树也没有。还有去学校的路，老城区的街道又窄又破，周围密密麻麻的商店，还有许多乱停乱放的车，走路都能被堵上好几分钟。李东和吴燕都曾经被电动车自行车给轻微地撞到过。也不知道怎么回事，那些家长骑起车子来，也跟疯了一样。

还有还有，咱们平时接触到的这些人，这些人肯定会对孩子产生不好的影响的。

是的，简直不知道为什么还要在这个学校上下去了。只有把孩子转回他们家房子对口的学校，一切问题都会解决了。

问题是第二天起来，他们没有谁提到昨天晚上的谈话，他们都在故意回避。事情没有那么简单。孩子在附近上的舞蹈课，上的英语课，上的数学课，这些课以后还上不上？孩子在这个学校已经两年了，认识了那么多的同学，换一个新的环境，对孩子会不会有坏的影响？无论如何，这个学校毕竟是全市排名靠前的，靠前肯定有靠前的理由，那么多人削尖了脑袋想进这个学校都进不去呢。每当有人问起李东，他家孩子在哪个学校上学，李东回答之后，对方都会马上表示，那可真是所好学校。还有还有，他们当初可是花了五万块的。而现在他们感到的压力全是自己的压力，除了被范超越给欺负过一次外，孩子在学校待得可还是挺好的，她从来没有表达过不满。如果他们因为自己的缘故，放弃这个学校，是不是太自私了？

最最重要的是，换学校后肯定会带来一系列的后果，万一孩子受到了不好的影响，到时候谁来承担责任？

他们都没有睡好，一整天脑袋都昏昏沉沉的。

学校：暑假结束后，他们返回学校，整个学校院子里都长满了荒草，它们有的比他们的腰都高。他们会花一整天的时间来打扫卫生。用力把草拔出地面，当草的根完全脱离出来时，他们会感到一种快乐。拔完草后学校的地面就变成深黄色的了。他们能闻到湿土的气味。在他们拔草的时候，很多麻雀从这里飞到那里，他们就是不愿意离开校园。教室门口的水泥地上铺着晾晒的麦子，他们跳着走路，以免踩到麦粒上。麻雀们是为了这些麦粒来的。

第二年暑假，他们还是搬回自己的房子住了。搬回自己的房子后，孩子也转学到对口的小学上学。他们搬家那天，踢李东车子的那个女人不停地围着搬家公司的车转，她东张西望，一副想找个什么人好好聊聊的模样。她几次开头，想和李东聊聊，打探点儿消息，但是李东都没有回应她。

租他们房子的人在门上贴了个福字，他们回来后才想揭下来，结果一揭发现后面是个洞，应该是用拳头或者锤子之类的砸出来的，还有空调也坏了，门把手掉了两个。想当初，租他们房子的年轻人说，哥，我们都是刚参加工作，没有钱，你们给便宜点儿吧。哥，我们没有钱，你们能不能不要收押金啊！放心好了，我们肯定会好好爱护你的房子的。结果他们走的时候都没有跟李东他们打照面，李东给他们打了十来个电话他们才接，说钥匙放在楼下邻居处。当初把房子交给他们的时候，李东和吴燕打扫得干干净净的，他们呢，把房子弄得乱七八糟，一进来就是一股恶臭。

有一天晚上，李东起来上厕所，他没有开灯站在马桶前面，微微低着头弯着腰，就在那个时候，遥远地传来一声火车鸣笛声，它隔着无数栋大楼传来，突然间一种幸福感涌了上来。这声音让李东想起了遥远的一个午夜，他和父亲躺在县城招待所的床上，父亲已经睡着了，但是李东睡不着。当时他就是为这么一声鸣笛声才入迷的，那是他以前从来没听到过的声音，这是城市的声音，他当时这么想，如果我能一直住在城市里，而不是第二天就要回到那么安静的乡下的夜晚里去，然后一年里再也没机会再进城里来，那该多好啊。那是多久多久之前的事情了啊。

李东和吴燕花了差不多一个星期，才把房子打扫出来。每一个犄角旮旯他们都仔细擦过了。想想这两年租的房子，想想房子里简陋的咯吱咯吱作响的家具，再看看现在干净整洁的房间，他们的心情好了起来。最主要的是停车位充足，他们当初没有买车位，但是可以租，一年才六千块钱。再也不用大早上的给别人挪车了。小区院子里环境也好，一方面是因为车，另外一方面是因为新小区有绿化，尽管是些低矮的小树和草地，但也要比租住的房子好多了。

孩子很快就和幼儿园时候的同学恢复了联系。过了没多久，就有小区里的孩子来敲门找女儿玩。他们在院子里发出尖叫。

宋晓军很快乐

我表哥宋晓军是个天才，还没上学，他就能背下许多乱七八糟的东西，当时我甚至理解不了。后来我才知道，他把我奶奶家墙上贴的报纸全记下来了，连性病广告都不放过。我说嘛，为什么每次去我奶奶家，这个小个子都要仰着脖子盯房顶。因为他只比我大三天，所以人们总是拿我俩来比较，结果总是让我很失望。我妈比我还失望，她对我说，你看看你表哥，你再看看你。言简意赅，但非常有效果，每次她一说这话，就能搞得我情绪低落好多天。有一天，我终于想出了反驳之词，对我妈说，谁让你找我爸的，如果你找了我姑父，我也能背下来。我妈一巴掌就摔在了我脸上。不过，这并不能改变我的看法，我姑父从三岁开始就教我表哥认字了，而我爸呢，还没我表哥识的字多。

我姑父在非常遥远的地方。长这么大，我只见过他一两次，他的眼镜比玻璃瓶底都厚，抽起烟来没完没了。他第一次见我，给我吃了块糖，然后问我，会背"鹅鹅鹅"吗？我摇头表示自己不会。我姑父也摇摇头，就不再说话了。我非常不喜欢这个家伙，因为我妈他们在背地里经常骂他，说他是白眼狼什么的。在我五岁多时，我姑姑带着我表哥回来了，她在我家住了间房。那天，我妈进姑姑的屋子里两个人聊了一下午。然后，我表哥就站在了我面前，我妈就摸着他的头对我说，毛毛，你以后要向你哥哥学习。然后叮嘱我表哥说，毛毛是你弟弟，你以后要看着他点儿，每天要跟我汇报。我表哥大眼睛、圆脸盘，他向我妈敬了个礼，道，保证完成任务，说完就盯上我了。

那时候我表哥很牛的，跟我说话用的语气跟我妈差不多。他经常跟我说的话就是，毛毛，少壮不努力，老大徒悲伤。说完还盯着我的眼睛问，你懂了吗？如果他不是天才，我早就一巴掌抡上去了，被我妈揍了这么多年，抡巴掌我可是很在行的。后来我就后悔了，不该在刚开始就对我表哥采取这么敌对的态度，他比我想象的要可怕得多。在我的童年时代，我表哥就是我的噩梦。只要发现我犯了错误，甚至有丝毫的犯错误的思想倾向，他都会像捡到宝似的冲到我妈面前，一边观看我妈对我的惩罚，一边露出一副怒其不争的模样。

有一段时间，迫于无奈，我打算收买他。我把自己仅有的几件玩具让给了他，还把他领到我在山后用树枝和茅草搭成的小屋子里，对他承诺，他随时可以征用这里。玩牌时，我也总是给他放水。没想到的是，对我这些好心的举动，我表哥丝毫不感兴趣。直到上了小学，他也丝毫没有放松，哪怕我去上趟厕所，他也要跟得紧紧的。他的这个特点很快受到了老师的欢迎，他们摸着他的头夸奖他，受到鼓励的他更加卖力地搜寻我们这些小家伙的蛛丝马迹，他甚至比任何一个女孩子都跟老师走得近。之前是我一个人，现在是我们所有的人都对这家伙感到厌烦。我们给他起了各种各样的外号，汉奸、叛徒等等。尽管如此，我们却没有人可以敢跟他直接对抗，他手握尚方宝剑，受到大力扶持。

那时候我表哥是很得意的。他比我们所有人都快乐。他的一举一动都完全符合老师的要求，有一天上体育课，老师刚给我们喊了个立正，就有事出去了，刚开始迫于我表哥的压力，我们还尽量保持着队形。过了一会儿，我们就受不了了，大家约好了似的，各自散开去玩了，法不责众，我表哥也没办法。下课铃响时，他仍然在那里站着，大概是想得到老师的赞扬。可惜的是，我们的老师正在打麻将，早就把我们这些家伙给忘记了。我们看见我表哥的表情变得十分怪异，也不顾我们这么多双眼睛正盯着他，在操场上哇哇大哭起来。

除了花费精力监视我们而受到大人们的欢迎之外，毫无疑问我表哥的学习也十分好，尤其是作文，他一有空就抱着本作文书一页一页地往下背。小学四年级时，他代表我们镇去县里参加口头作文比赛，县电视台都进行了直播。我表哥瘦小的身子上挂着西装，头发上打着啫喱，两腮涂着胭脂的模样把我们所有人都镇住了。不出大家所料，不论什么题目，都难不住我表哥，他就相当于一本移动着的作文百科书。他闭着眼，津津有味地给大家讲了一个拾金不昧外加照顾孤寡老人的好学生的故事，受到了评委的热烈欢迎，他们才不管这家伙见没见过一百块钱呢。我表哥获得了第七名的好成绩。回到学校那天，他受到了隆重欢迎，校长让他站到操场上给大家作演讲，我们鸦雀无声地等待他发出声音，出乎预料，这个平时私下里自信十足的家伙，对着话筒却变得手足无措起来，最终，他一个字也没蹦出来，倒是流了一脸的鼻涕和泪。

晚上回到家，我姑姑问我表哥，你哭什么啊，作文做得那么好，却连话都不会说。我表哥鼻子一酸，差点儿再次掉下眼泪来，他委屈地说，我又没有背过，他们就让我上台。

我表哥终于得到了报应，上初中的第一年，他就三次在厕所被人把头摁在了从茅坑里突出的粪上。每一次，他都会在宿舍的床上躺整整一个星期，谁找他谈话都没有效果，他好像打算把房顶给瞪出个洞似的。他不明白，为什么小学时候所有能给自己带来快乐的手段都不顶用了，找老师是没有用的，他们忙着自保还来不及呢。前段时间刚有过老师晚上被人用砖头袭击的事件，那位老师现在还躺在医院里没有出院。尽管不情愿，为了避免回去后受到我妈和我姑姑的教育，我还是去和我表哥聊了聊。

一不留神，我就控制不住自己的嘴巴，把慰问变成了批斗，你不是要打小报告吗？这下爽了吧！我表哥的眼泪很快就涌了上来，他直直地看了我好一会儿，毛毛，怎么你也这么说我，我打报告不都是为了你好吗？这家伙说起谎话来，连眼睛都不眨一下。他的态度让我愤怒，你能把自己照顾好就不错了，就不要替别人操心了。我表哥不甘心地回答说，我总不能看着别人走上错误的道路吧。我懒得理他了，你爱咋就咋吧，不过提醒你一句，我听人说，下一次他们要把粪直接塞你嘴里呢。

我表哥的好时光就这么快地完蛋了，尽管嘴上不认输，但他分明还是被吓住了。很快他就被改造成了个沉默寡言、默默无闻地坐在课桌前发呆的家伙。他用自己的胸膛顶着桌子，一双眼睛茫然地盯着虚空某处。如果有哪个老师叫他起来回答问题的话，他就好像没有听见似的，看得出来，他对所有的老师都充满仇恨。他能保持那个姿势整整一上午，连课间都不放松下来。不过，他天才的那一方面倒是没有退化，相反，还进步了不少。他就那么一节课连笔帽都不摘掉地坐着，却能把政治课本从目录一直背到版权说明页连个磕巴都不打，他用笔计算加减乘除的速度比计算器还快。

在此期间，我们的关系逐渐融洽起来。真没有想到，我表哥会有对我言听计从的一天。他经常把自己的零花钱给我，每次我一张口，他就会把钱递过来。后来我发现，他舍得把钱交给我但是舍不得自己花，除非我买了给他吃，不然他连个泡泡糖都舍不得买。所以，一般情况下我用他的钱买东西的时候，肯定也会给他买一份。有一天，我听见我妈和我姑姑在聊天。我姑姑说，毛毛肯定没问题的，性格好，以后到哪里都吃得开。宋晓军就不行了，这孩子性格不好，以后跟人打交道肯定成问题的。我妈说，毛毛才成问题呢，说不定哪天给我捅个大娄子出来。连我都听出来了，我妈的语气里竟然充满着自豪。这让我很是心花怒放了好长一段时间，得意完了又对宋晓军感到担心。跑到小卖部买了两瓶啤酒，在操场和宋晓军偷偷地全干了。这是我俩第一次喝酒，很快就头昏脑涨。我俩挨着双杠坐在土地上。宋晓军，我对他说，以后你别担心，只要有我喝的，就不会少了你的吃的，如果我有两万，就分你一万。宋晓军对我说，毛毛，我也是。我用可怜的目光盯着这个家伙，他还不知道自己将来悲惨的命运。我下定决心，如果真的像我姑姑说的那样，宋晓军连个老婆也找不到的话，我会毫不犹豫地把老婆让给他，当时我就是这么想的。

大概是第一年的三次下马威给我表哥留下了心理阴影，他越来越胆小了，刚开始碰到个稍微高大点儿的人，他就躲躲闪闪，连正眼都不敢看一下，后来除了我之外的所有人，他都不敢打交道了。有一天上课，我翻着物理书，突然发现有一个天才的故事，里面的家伙连回家的路都找不到。在那一瞬间，我就像被雷电给劈了一番，从此以后，我完全用看天才的眼光对待起了我表哥。果然，一切都迎刃而解，一切都变得好解释起来。

我的天才表哥直到十六岁，才对女人产生了想法，之前我跟他探讨相关问题时，他总是丝毫没有反应。我鼓励我表哥和对方表白，我表哥下了无数次决心，结果一看到对方，就变得呆呆傻傻，连路也不会走了。在那年暑假，我表哥每天拉着我，坚持步行五公里山路，在那姑娘家门口转悠。幸好那里有几个我们的同学，他才不至于显得过于突兀。他和这几个同学坐在那姑娘家对门的走廊里，从早上打麻将一直打到晚上，几乎每天他都会输掉十块钱，这是难免的，他的心思根本不在麻将上，那姑娘偶尔出来一次，他就会浑身发抖，那姑娘家里的某个人出现，也会达到相同的效果。

回来后在饭桌上，他就变得心不在焉起来，晚上睡觉也来回翻身，我感觉整整一个暑假，他都没怎么睡过，难以想象每天他的精神还是那么好，居然没有病倒过。暑假快结束时，有一天我表哥鼻青脸肿地回了家，从此他再也没提过那姑娘的名字。后来当我得知发生了什么的时候，差点疯掉。我表哥什么也没做，就站在哪里眼巴巴地看着那姑娘，对方就突然走了过来，正当宋晓军激动得想着怎么跟对方开口时，突然惊觉前额一疼，回过神来，那姑娘已经噼里啪啦地对他动起了拳脚。他当然不会回手，老老实实地挨了顿揍。那姑娘对他放了狠话，以后再敢用你那狗眼看老娘，老娘就把你塞茅坑里去。我表哥被吓得够呛，于是就绝了和对方白头到老的念头。

上高中时，我姑姑他们已经完全把我表哥交给了我，为此，她还去找了个关系，把我和我表哥分在了一个班。这下，我的天才表哥名正言顺地成了我的手下，所谓三十年河东三十年河西啊，没有想到我也有这么一天。我表哥在高考时出了点儿意外，这得怪我，我带他去看了一趟录像，我们爬墙出去，又爬墙回来。在往下跳的时候，天才往往不擅长这个，我先落地后脑子里这么想，已经来不及提醒后面的宋晓军了，他几乎像一块石头似的扑通一声从围墙上落了下来，离我不到三步远。

我问宋晓军有什么问题没有？他说没有，就是脑子有点儿晕。我把他扶起来，靠在围墙上歇了一会儿。他晕了有一个月，高考完之后，我俩一起去玩了一趟，就是那种坐着汽车随随便便的玩。从我们那个小地方开始，有时候在一个地方待一段时间，有时候刚下车我们就随便搭上另外一辆车，最终我们在一个远房亲戚家住了几天。那是我们第一次住楼房，第一次坐在沙发上看爱情动作片，这种感觉和录像厅硬巴巴的长椅分明天上地下，只要亲戚们去上班了，我们就开看。事实上只有一张碟，是我们从电视柜里找到的，我们反反复复看了大概有他妈五十多次。在这期间，我俩都学会了如何熟练地操作DVD机，在我们那个小地方可没这玩意儿。我记得是一个下午，看到一半，宋晓军突然站起来在地上单脚跳起来，就像那些游泳时候耳朵进了水的家伙干的那样，我不知道他的目的何在，不过我没有打扰他。他来来回回跳了大概十分钟，笑容满面地对我说，毛毛，我，我，我好了。他的下面鼓得跟他妈钢笔似的，但是他好了，我不由得松了口气。

等我们回去后，成绩已经出来了，我发挥得太他妈好了，宋晓军受头晕的影响，也许是因为其他，总之，他失去了自己应有的水准。结果还算不错，我俩考上了同一所大学。

那时候考上大学还能受到大家的赞扬或者嫉妒，在我们那个小地方，太他妈风光了，我妈她们很是过了一段好日子，我和宋晓军也是。我们要到大城市去了，为此我们列了有一本书那么厚的计划，我妈她们专门进城给我俩搞了两套新衣服，一模一样，黄色的运动衣，蓝色的料子裤，那会我们那个小地方流行这个。

不过我们到大学后不到一个星期，就把这身行头偷偷塞进了垃圾桶，你可以想象，当我俩穿着同样的土了吧唧的衣服在众人面前亮相的场面。以女声为主的尖细的笑声让我头皮发麻，连路都不会走了。这笑声给宋晓军带来了更大的刺激，天才容易被刺激到，他连着好几天没去上课，直到我俩结伴去一人买了一身李宁为止。可是这花了好一笔钱，我们从没自己花过这么多钱，我心疼不已，宋晓军却并不惋惜，他只是不愿意站到专卖店的镜子前，非得把我叫进试衣间，让我给他判断是否合适，天才就是这么买衣服的，我原谅了他。可惜的是，人们对我俩的印象太深刻了，他们怎么也忘不了当初，一见面就忍不住要发出笑声，至少宋晓军是这么认为的。

你没有想到，笑声可以给人带来这么大的影响，要我说，千万别他妈随随便便地对着天才发出笑声。他们知道你是什么意思。一个星期过后，宋晓军这个天才开始拒绝和陌生人说话，不仅如此，当听到我张开嘴巴发出奇怪的普通话腔调时，他就变得跟只老鼠似的，一副跃跃欲跑的模样。不仅美女他不敢直视，连丑女他也不敢看了，走在路上，他尽量靠在墙边。

一个月之后，我姑姑打来电话，顺便说一句，在我们上初中时，她就改嫁了。她打电话可不是一件容易的事情，得他妈到镇上去，在电话里我姑姑问我，宋晓军怎么这么快就跟家里要钱了？谁知道，这回我可真没从他那儿拿过钱。对着电话我脑子运转得很慢，我还不习惯对着这玩意儿，如果旁边没有人的话还好一点儿，问题是我姑姑挑选的时间也太差了点儿，问题是他妈的那会儿宿舍里的这些家伙还没学会过夜生活，他们眼巴巴地看着我拿着电话，在他们的目光里，我必须考虑自己的姿势是否出了什么问题。一个学期一千二百块的生活费，宋晓军这个天才一个月就花光了，他他妈的忘记我们到底是从哪儿来的了？

我跟我的天才表哥是在小地方长大的，长这么大我只见过一个漂亮姑娘。这他妈的造成了一个非常严重的后果，当后来我见到越来越多的漂亮姑娘之后，发现自己根本不会跟这些姑娘说话，而漂亮姑娘，她们根本不会主动找上门来。因此，我对我们那个小地方一点儿感情也没有。听到有人说，想念自己的家乡之类的话时，我就觉得他在说谎。如果可能的话，我宁愿一辈子不再回那个地方，当然，如果我像那些幸运的家伙一样，能开上好车，我肯定会回去的，我要回去赢得尊重和嫉妒。一想到落在自己身上的此类目光，我就他妈的感到自己要飞起来了。我觉得每次回去，我妈都唉声叹气，就是因为我没开上个好车。她现在只剩下一个梦想，想让我在老家盖一栋豪宅，有抽水马桶、暖气、热水器，然后弄一大票人来参观。这简直就是做梦，尽管已经有些大腹便便的家伙真这么干了，我觉得他们脑子进东西了。不过，也许有了钱的话，我也会这么干的。至少为了我妈，对吧？

在我们那个小地方，每一个大人物的经历我们那里的人都了如指掌，每一个。人们热衷于谈论这个。下面这个也是。结婚大概五年之后，这个家伙跟自己老婆离了婚，那时候他还是个穷光蛋，我当时难以理解他为什么离婚，这家伙老婆正是我们那个小地方唯一的漂亮姑娘，也许这话有些绝对，现在想想，我们那里的漂亮姑娘不止一个。这个家伙离婚之后和另外一个女人结婚了，这个女人他爸是个银行的行长。于是，这个家伙弄了一大笔钱，在我们上大学的城市办了所中专，后来又改成大专了。我承认，这家伙的故事是个好故事，我喜欢这样的故事，飞黄腾达之类，我就喜欢这个，问题是我讲不好，从上面这一段里你就可以看出来，我觉得原因在于，我离飞黄腾达太他妈远了一些。

这个名字叫什么统计学校的中专，招收的百分之八十的学生都是我们那个地方的人，剩下的也大都是在离我们那个地方不到一百里范围之内的家伙，这些学生有一个共同点，他们全部说的是我们那里的土著语言，前后鼻音不分，卷舌不卷舌音不分。

这就是宋晓军那么快把生活费花完的原因。他把铺盖都搬到那个学校去了。当我去找他的时候，他兴奋地领着我在那个学校观光似的转了起来。我发现，站在那些穿着校服的学生中间，对！那个学校还有统一的校服，宋晓军也弄了一套，他看上去一点都不突兀，就跟一滴水融入了大海似的，请原谅我这个烂比喻。当我们第二圈转了一半的时候，宋晓军看了看表说，上课时间到了，我得到教室去。在这个过程中，我根本没有时间发表自己的看法，尽管这个天才他妈的是个结巴，但他妈的结巴有时候也会让你没有插嘴的空隙。我只好跟在他身后，上了楼梯，到三楼的一个教室，宋晓军跟真的似的坐在了课桌前，继续斜视上方的某个点。

更神奇的是，没有一个家伙对宋晓军感到奇怪，就好像这家伙本来就是同自己一伙的似的，倒是他们多看了我几眼。在这个过程中，我发现了不下十张看上去非常熟悉的脸，等我想一想，那个长着淡淡的小八字胡的家伙不正是初中时候经常拦着我们的混混之一吗？我又看了他一眼，他笑着朝我点了点头。

课堂乱成一团糟，上面那个正在黑板上写字的家伙显得有气无力，当他正面对着你的时候，他那套十分合身的西装会给你一种暂时感，这是一具它十分不满意的躯体，躯体正在跟它进行着让人流汗的抗争。最主要的是，躯体的主人很明显也跟我们来自同一个地方，他开口说话后我才发现这点，我本来应该早些发现这点的，我们那个小地方在每个人身上都留下了一种共同的东西，这种东西用眼睛是看不到的，只能纯凭感觉。也许就是这点东西让西装大人感到不满的，我这么觉得。

我很快就睡过去了。我是被嘈杂的声音给吵醒的。我迷迷糊糊地睁开双眼，在这一瞬间，我突然有一种错觉，就好像我正在我们那所镇中学上学似的。我习惯性地扭头，果然看到了宋晓军，我们坐在自己熟悉的座位上，旁边的乡音十分热烈，多么亲切、温暖，就跟一个最美好的梦似的。

讲台上的家伙突然暴躁起来，他用黑板擦狠狠砸向了台下这些乌合之众，它准确地落在了宋晓军屁股后，却没惹得宋晓军走哪怕一丝一毫的神。下一秒钟，仿佛被自己的失态吓住了似的，西装开始整理自己的领带，我们镇中学那些家伙可不会这样。过了好一会儿后他才放松了一点儿，操着一点儿都不熟练的普通话，语重心长地用这样一个句子开了头，同学们，我痛心哪！妈的，这下他找到状态了，我仿佛看见了自己中学时候的班主任。不经意地回头，我看见宋晓军虽然姿势没变，但嘴角露出了点儿笑容。我从来，从来没见过这家伙露出过这样的表情。除了快乐，我想不出其他形容他现在这种状态的词语。我已经好久没见过这家伙这么快乐过了，自从我们上了那所该死的大学之后。

刚看到宋晓军的时候是他让我插不上嘴，后来是我自己不想插嘴了，我甚至在他的宿舍住了一晚，他早早地在下铺占据了一个好位置，从他坐下的姿势上，我就明白会发生什么了。果然，三分钟之后，包括胡子混混在内的几个家伙很快各就各位，床铺下压着扑克，他们像我们在中学时候那样玩起了扑克。这大概是宋晓军的妥协之举，作为加入这一伙人的代价，他之前可是从来不搞这套的。我好奇地看着他，很快就发现，他根本不是那块料，他做不到表情平静，如果他拿到了好牌，不仅手，连脚都会抖起来。

暗黄的电灯熄灭之后，他们找来了充电手电，在那种不常见的白色的暗淡的光里，所有的人都显得那么不真实，就好像是被上方绳子牵引之下的木偶似的，一举一动都透露出诡异的气息。一个人大笑着把人民币朝自己扒拉过去，另外几个人失落地盯着他。大概由于瞌睡，宋晓军变得迷糊起来，他用尽全力用手击打自己的脑袋。我第一次发现，我表哥宋晓军看上去这么消瘦，锁骨突出几乎抵达下巴，说老实话，我当时觉得这正是天才应该拥有的模样，作为观众，我喜欢看到这一幕，我爱他爱得发狂。

第一学期很快就过去了。我本来以为宋晓军会回来考试，我相信，只要他愿意，他完全可以取得第一名的好成绩。“第一名的好成绩”这样的句子是不是让你觉得十分亲切，我爱死这样的句子了。直到第二年放寒假时，他才给我打了个电话，约我一起回家。

我还以为他早跟胡子那帮人回去了。上一年他就是这么干的。在火车站，我看到宋晓军的同时，也注意到了他身边的那一大帮子人，感谢他还记得我。对于回家过年的学生来说，这帮人带的东西有点儿太多了，不过这一点并没有吸引我过多的想法。他们几乎没跟我打什么招呼，宋晓军走过来，试图搂搂我的肩膀时，我才发现，这个天才目光里闪烁着绝望，我环顾四周，他们每一个都是这副半死不活的模样，就好像丢了身上所有的钱似的。坐了不到十分钟，我就受到了影响，心烦意乱，连看看那些高挑美女的兴趣都没有了。这真是糟糕的感觉，本来回家就不是一件什么快乐的事情，这帮狗日的还要火上浇油。

我和宋晓军上车之后挤过了十个车厢，才在六双散发着怪味的脚边，找到了空地。我们像别人那样把报纸铺好，席地而坐，很明显，我们需要长谈一次，毕竟得到明天早上七点才能到目的地。在我第二次去车厢连接处抽烟时，宋晓军跟了过来。他跟我要了一支烟过去，一边咳嗽一边把那件事情告诉了我。

大人物不办学校了，他要去搞酒店还是什么玩意，现在胡子那些家伙有两个选择，一是转到另外一所粮食学校去，二是接受大人物退回来的学费，自己走自己的路。宋晓军用的是“我们”，“我们有两个选择。”他就是这么说的。他的腔调让我以为他要哭出声来，还好他没有这么做。我最害怕别人在我面前流泪，那种情况总是让我不知如何是好，幸亏他没哭。

等我们回去之后，好不容易找到的地方已经被别人给占了，一个肥胖的家伙躺在那两张报纸上，我和宋晓军只好继续往前挤，大概又走了三个车厢，人还是一样多，我失去了继续往前的动力，宋晓军固执地要再往前。我对他说，你自己一个人挤吧，我在这里待着。我们又站在了车厢连接处，再次抽了一支烟。宋晓军把烟头一扔，突然头也不回地往前挤去。他的背影好像在对我生气似的，他妈的，不过很快就不见了。我看着车窗外，黑漆漆的一片，一想到接下来自己要面对的这个夜晚，我觉得自己一分钟也待不住了。

我梦到了一个正在长牙的孩子，他一直对着我哭。我用尽了浑身解数哄着孩子，可是一点儿效果也没有。我睡过去了，这是我唯一一次站着睡过去的经历，正当我在梦里恨不得掐住那孩子的脖子时，有人捅了捅我的胳膊，我以为我睡了很短一段时间，没想到，已经三个小时过去了，看来我睡得实在不错。宋晓军正满脸兴奋地看着我。

宋晓军之所以如此兴奋，在于他碰到了李玲，就在那趟拥挤得让人绝望的火车上。李玲比我们小三岁，曾经是我们镇中学胸部最大的女生，她可是很出名的。关于她的传言几乎每天晚上的男生宿舍都会讨论，有人说她经常在半夜偷偷地溜进一个数学老师的宿舍，还有一些人说她最起码和十多个男生干过那种事。我们认为，之所以她的胸部比别的女生大很多，原因在于她的胸常常被人摸，胸才会越来越大，这是我们当时对胸部的认识。

宋晓军拉着我向前挤了一个车厢。让我吃惊的是，李玲跟我印象里那个姑娘已经没有任何一丁点儿的相似之处了。这么多年，她并没有再长高一些，胸部比原来更加巨大，到现在为止，我再也没在现实生活中见过那么大的胸部了，她的头发染成了大红色，并以一种奇怪的形状盘旋在她的脑袋上。她的屁股很小，十分吸引人的目光，因为她下半身穿的裤子又薄又紧身，连内裤的形状都看得清清楚楚，天气并不暖和，即使在人口密度如此之高的车厢连接处，她仍然冷得瑟瑟发抖。她一口一句他妈的。当她张开嘴巴时，我突然发现眼前光亮一闪，再度仔细观察，我发现她的舌头上有一个银色的耳环，这是一种怎样的状况啊！尽管在初中我们说过的话不超过十句，但她看见我并没有一丝陌生之感，用夸张的声音跟我打招呼，我试探性地给她递过一支烟去，她熟练地接过去点着抽了起来。

很快我就弄清楚了李玲的现状，她在另外一所中专上学。接下来的聊天中，成了她的个人表演时间，她对我们居然没有去金昌盛唱过歌感到神奇，她对我们居然没有去长江吃过饭感到神奇，她对我们居然不知道天美名店、横店影城、美特斯邦威而感到神奇。她甚至怀疑我们根本没在张城待过。你们每天就钻在宿舍里吗？你们就不觉得无聊？她就是这么跟我们说的。我发现，自己根本插不上嘴了，跟宋晓军一样，乖乖地闭上了嘴巴。

忘记抽到第几支烟的时候，李玲问我们，你们不会还是处男吧？现在我们抽的是李玲的烟，她抽的是熊猫，一百多一盒呢！她这么告诉我们，我和宋晓军目瞪口呆。当李玲的问题问出口之后，我看见宋晓军的脸一下子变得通红起来，相信我也好不到哪儿，左右看了看，还好没有人注意这边。我们的表情告诉了李玲我们的答案，她一副吃惊不已的表情。来，把打火机给姐。这次，宋晓军抢在了我前面给李玲再次点上了烟。我和宋晓军都不行了，抽烟抽得口干舌燥。她越说越多。最终，她端着宋晓军的下巴道，可怜的，以后跟姐混吧。姐给你脱贫，可怜的，都这么大了，还没尝过女人的滋味。宋晓军配合着上下晃动脑袋，居然一副要流泪的模样。别哭别哭，李玲道，来，姐姐抱抱。说完她真的把宋晓军的头贴在了自己的胸前。

第二年，在宋晓军的强烈要求下，不得已，我陪着他去找了李玲。他那副样子让我想起他的第一次暗恋。那会儿是夏天，李玲穿得更少了，她除了胸和屁股，其余部分几乎全部暴露在我们面前，李玲的旁边坐着一个光头男，十分凶狠地看着我俩，仿佛随时准备给眼前这俩歪瓜一刀似的。迫于光头的压力我甚至不敢多看李玲一眼，这实在是一次糟糕的经历。光头让李玲端盘子、拿筷子、倒水、出门买啤酒。那家饭馆真是怪得离谱，其实不是光头要求，是光头一坐到那里，李玲就自觉地把这些事情全摆平了。当李玲完成所有光头让做的事情，正准备往椅子上坐的时候，那个光头突然把椅子给撤走了，咣当一声，李玲摔倒在地。她下意识地抓住桌子上的布，结果把暖壶给抓到了地上，还好里面并没有多少水，也不是很烫。幸好，李玲只是湿了些衣服，幸好，她穿得不多。

光头是张城土著，他不说普通话，而说本地话，同样是方言，我们那个小地方的方言遭人笑话，但他的方言就显得高人一等。我终于找到李玲那奇怪的口音来自何处了，原来是我们两种方言和普通话杂交的产物。光头时而把手放在李玲的胸上，时而放到她的屁股上，对这样的举动，李玲象征性地推脱两下，就没有其他动作了。当光头把手拿走之后，她就会喊着老公老公的，把自己贴过去，故意用胸部磨蹭对方的胳膊。

在回来的路上，我的天才表哥像正在被一团火给燃烧似的，他焦灼不安地对我说，他爱上李玲了。照我的看法，如果火车上那次的经历会让他对李玲有点儿非分之想的话，那么这一次完全能让他把这个念头给吸回去。我目瞪口呆，以为他是换了一种不会让自己感到不好意思的方法表达想和李玲上床的意愿。他摇摇头对我说，我是真爱上李玲了。这下轮到我发慌了，尽管他是个天才，我还是忍不住想摸摸他的额头，看他是不是发烧了在说胡话，我对他说，人家有男朋友的！宋晓军充满伤感地对我说，我看得出来，那男人一点儿都不爱她。你打算怎么办？我问他。我表哥摇了摇自己硕大的脑袋说，我也不知道。

和第一次相比，我表哥这次追求女人的手段进步了不少。他再次搬出了宿舍。李玲那个学校里我们那个小地方的人并不多，但也有那么几个，他们恰好住一个宿舍，李玲轻而易举地就把宋晓军塞了进去。就像她说的那样，在那所学校，她如果说一，就没人敢说二了，因为她有一些朋友。宋晓军每次一见我，即使是打电话时，都会唾沫飞溅地给我讲许多李玲的事，我惊奇地发现，现在他的话里已经没有自己了，几乎每句话的开头都是：李玲说。

在此期间，班主任找我谈过无数次的话，全部是关于宋晓军的。最后一次，他甚至给我下了最后通牒，你告诉他，不回来不上课不要紧，最起码得把学费给交了。我这才知道，原来宋晓军已经两个学期没交学费了，班主任告诉我，宋晓军告诉他说家里没钱，这家伙，我分明看见我姑姑把钱给他缝在内衣上的。

我给宋晓军打了好几回电话，每次他都不在。终于联系上后，我对他说了学校的情况，我们的班主任找了他许多次了，如果他再不出现的话，就要通知家里人了。我清楚地知道，如果我姑姑去镇邮政所接到学校的电话（那时候我们家还没有电话），相信各种各样的传言会马上泛滥起来。我姑姑肯定会哭哭啼啼地赶到学校的。这样的状况想想都觉得麻烦。宋晓军在电话里问我，最迟什么时候？什么？我问他。班主任给我的最后期限是几号？我说，班主任没有给最后期限，她说的是尽快。那我就尽快吧！

宋晓军在电话里说。不行！我有点儿恼火，这家伙怎么就不知轻重缓急呢？你马上给我过来。宋晓军在那边沉默了一会儿说，好吧，那我一会儿赶过去。

我一直等到下午四点多，也没有等到他。再往他宿舍打电话，被告知他接完电话就走了，也没告人去了哪里。一直到两个星期之后，我才再次联系上了他。好像知道我正怒火中烧似的，刚接起电话，他就给我解释了起来。他的第一句话就让我消退了愤怒。他的话给我的震撼太大了。他对我说，上次他本来打算来找我的，结果出了点儿事。什么事？我认为他在胡扯。他说李玲怀孕了。

我没想到他的进度会这么快，不由得感到嫉妒。我连女孩的手都还没拉过呢。就好像知道我在想什么似的，宋晓军低头抽了会儿烟之后，对我说，孩子不是我的。不知道是谁的，李玲自己也不知道。虽然这话有点儿意外，但我想了想，又觉得是情理之中的事。不过，看着宋晓军的表情，我突然想到了另外一个问题，你那个她了吗？我问宋晓军。果然，宋晓军摇了摇头说，没有。

现在的问题是，宋晓军得把这个问题给解决掉。这是多么麻烦的一件事情！我连想一想去买安全套都觉得头大，我连这个城市的亿万分之一都没有了解，而宋晓军，却面临找到打胎的诊所这种难度的问题。但是，为什么是宋晓军？我觉得难以理解，也许我得跟这家伙语重心长地谈谈了。他很不对劲。不过这是迟早的事，宋晓军说。我不知道他从哪儿来的这么强大的自信，尤其是当我有意地去打听李玲消息的时候，更加觉得宋晓军没有希望了。李玲已经不是当初那个小姑娘了，这我已经说过，她现在和各种各样的男人混在一起，她成了那个学校的名人，类似荡妇的角色。为什么她走到哪里都能得到这样的名声？

在我的建议下，宋晓军同意去班主任家拜访一次，缓和一下紧张的气氛。去班主任家的路上，宋晓军显得有些局促，这是他第一次来这里，我陪着他。我不知道该说什么啊！他对我说，你不去我不知道怎么弄。我说我也不知道，两个人总比一个人好点儿吧。要不要拿点儿东西？走到门口时，宋晓军问我。拿点儿什么？我根本没有反应过来。咱们就这么空手去人家家，有点儿说不过去吧？我想了想，觉得他说得对，不过他的话却把我们拖进了困境，该拿点儿什么呢？便宜了寒酸，贵了又买不起。

我们第一次碰到这种状况。最后的结果是我俩都放弃了。等班主任再找你时再说吧。我对宋晓军说，到时候咱们直接去她办公室。宋晓军马上松了口气道，对，这几天我就待在宿舍等她电话吧。

宋晓军从我这里拿了一些钱，他没有关照我别告诉家里人，不过我并没有那样做。

这是一段艰难的时光，李玲打完胎后，宋晓军就给她在外面租了个房子。我们好奇地去见识了一番。坐在铺着蓝色小碎花的床单上，我们打了一下午扑克。宋晓军并没有参与进来，尽管这房子花了他一笔不少的钱，并且看样子会持续不短的一段时间，但他现在考虑的，是怎么告诉李玲这个消息，而又不会让她感到难堪。他为她做的一切都遵循这个规则。

那时候我们还没意识到，其实在开始城市生活这一重要事项上，宋晓军已经远远地领先于我们了。宋晓军知道怎么打胎，怎么去和小诊所的秃头医生打交道。他现在又知道了怎么租房子，二手市场在哪里。他在那里买了一台旧电视和一个电视柜。他还顺便买了一辆二手自行车。我在意的是，这家伙又开口借钱了，一学期的生活费他已经用得干干净净。至于李玲自己的钱，宋晓军说开学的第二天下午，她就花完了，做了个头发，买了几身衣服。距离下一次从父母那里拿钱，还有很漫长的时间，我不禁为这两个家伙感到绝望。

第二天下午宋晓军喝得醉醺醺地出现在了我面前。还是不行。什么不行？我扶着他躺到了床上，真不知道他是怎么来的，他说他在公交车上吐了。宋晓军对我说，李玲再次拒绝了他。她没有住进去？我问他。住进去了！他说，但是她不让我住，她对我说以后会还我这笔钱。我看着宋晓军枯黄的小脑袋，一时间不知道该说什么好。

我以为宋晓军也许会停下来了，事实证明我错了，他在我床上躺了三个多小时，突然打了个哆嗦醒了过来，脸上一副不知道自己在哪儿的表情，盯着我的脸看了半天之后，他打了个嗝儿问，几点了。我说快十点了！他腾地一下坐了起来，慌乱地往脚上套自己的鞋子，我得回去给她炖汤，医生说这段时间要好好对她。

那年冬天有一天凌晨四点多，宋晓军在外面敲了半个多小时的宿舍门，这样的天气从被窝里爬出来是一件痛苦的事情，所以，即使我们都听见这家伙捏着鼻子在外面轮番叫我们的名字，还是装着继续打自己的呼噜，连节奏都没变化。直到五点多，我从一个莫名其妙的梦里醒来，在这个梦里，我和宋晓军蹲在初中时候的操场上，对着喝啤酒。宋晓军对我说，毛毛你太不够意思了，你吃巧克力都不给我分一块。我对宋晓军说，你别听别人瞎说，我哪里吃巧克力了？宋晓军说，我都看见了，你从小卖部买的，偷偷吃的。我于心不忍，对他说，算我不对，我再给你买去。但是宋晓军不答应了，他说，好呀毛毛，我还以为别人骗我呢，原来你还真吃了，你他妈的，我以后再也不理你了。我的愧疚感涌了上来，看着他几乎哭出声来的嘴脸道，宋晓军，我这就给你开门去。

眼前的宋晓军让我吃了一惊。他比原来小了足足一号，头发像泥巴似的贴在脑门上，天气已经冷成这样了，他还穿着衬衣西装，就像刚从洞里钻出来的，浑身皱巴巴地散发着浓烈的土腥气。你这是怎么了？我问他。宋晓军从地上腾地站起来，这时候我才发现，虽然表面上看去他十分落魄，但他的精神好极了，双眼闪闪发光。我还从没见他这么精神过呢。什么废话都别说了，他说，什么也别问，我先问你，你的学费还有剩下的没？我摸了摸他的脑袋道，交学费是夏天的事，这都多会儿了，怎么可能剩下？他恍然大悟的样子，一拍自己脑瓜子道，你看我，一着急就乱了。

还是在我的提醒下，他才记起自己从昨天晚上到现在都没吃饭了。天还是灰蒙蒙的，我领着他去后面的城中村找了家卖烙饼拌汤的饭馆。看得出来，这家伙饿得不轻，吃了五份烙饼才让他安静了下来。饭馆里惨黄的灯光落在他油腻腻的脑门上，他一只手伸进嘴巴里剔牙，另外一只手夹着我给他的烟，口气带着一股子菜叶子味地道，跟你说，李玲这次找对路了。一听这个我就火了，敢情这家伙跟李玲耗上了。他把夹烟的手往下按了几下，示意我少安毋躁，且听他讲完。真的能搞到钱，我去的晚了，李玲已经弄了一笔了。到底是搞什么呢？他绕来绕去的搞得我好奇心涌了上来，还有这么好的事，说什么我也得插一脚。他又绕来绕去地给我讲了半天，我一边听一边琢磨，到最后终于恍然大悟，原来这狗日的说的是传销。

我严肃地对宋晓军说，如果你再这样，我就告姑姑去。宋晓军却很有把握地对我说，你告诉她又有什么用？我现在即使回学校，也得留级，再说了，两个学期的学费可不是小数目，除了让我妈伤心，还能有什么用？这家伙有恃无恐的态度让我非常生气。我对他说，你别不相信，我还真敢说，到时候看看你怎么跟你妈交代，你可是知道，你妈现在身体不好，再出个什么问题……宋晓军坐在那里待了半天之后，下了决心，毛毛，老实跟你说，这些我已经不在乎了，我他妈的一点儿都不在乎。这话让我一惊，不好的预感泛上心头，宋晓军，你别这样，这样很吓人知道吗？宋晓军看透了似的说，你说吧毛毛，人为什么要活得那么累，我才不在乎别人怎么看我。你以为我妈真关心我呀，屁，她只是面子上下不来而已。话说回来，宋晓军接着道，如果我真的有一大笔钱，我妈还在乎什么大学不大学的啊。

本来我想留宋晓军住几天的，他坚决地拒绝了我。看着他亢奋的背影，我突然感到有点儿伤感。

我是好久之后，才得知宋晓军他们被解散了的消息的。不过包括李玲在内，他们都是些小喽啰而已，并没有被弄进去。到底有没有弄到钱？当然没有，很快，宋晓军就又开始借钱了。

一直到大三下半学期，班主任才再次记起了宋晓军。她找我谈了番话，让我给宋晓军传话。说老实话，我对宋晓军感到发愁极了，每天我都想给他点儿合适的建议，我希望能给这家伙指出一条光明的道路，问题是每次开口，我都觉得自己是在说胡话。

我受不了班主任每天没完没了的唠叨，有一天把宋晓军押到了她办公室。班主任上上下下打量了两次宋晓军，问我，这是？我差点没把下巴掉下来，对她说，这就是宋晓军啊。班主任恍然大悟，你就是宋晓军同学啊？你这学还上不上了？也许她的眼神让宋晓军感觉自己受了侮辱，他头也没抬地说，我不上了，退学怎么退？

本来以为退学是件简单的事情，没想到还这么麻烦，系里、教务处、档案馆、派出所、学工处、后勤来来回回跑了好几趟，盖了好多个红色的大章，最终的结果是，一个胖胖的女的告诉我们，宋晓军得补交学费和宿舍费。宋晓军问，我都两年多没住过宿舍了，两年来也没去上过任何一堂课，再说我都要退学了，怎么还要交钱呢？胖女人说，这是规定，你欠下的。你没去宿舍住，但你也没告诉人呀，那床不是一直都给你空着吗？宋晓军愣了半天，看了我一眼，转回头就下了决心，对胖女人说，你先把学生证给我，我拿了钱回来再办。那不行，胖女人说，你已经不是我们学校的学生了，拿着学生证谁知道会干什么？宋晓军说，我不是还没交钱吗？没交钱就还没退完学，就还是学生。胖女人掌握着真理似的说，同学，我已经把你学籍给注销了，好多手续也走过了，你已经不是我们学校的学生了。如果你还想拿出你的户口和档案，就得把钱给交掉。这样来回争执了一番，宋晓军只好让步。我们还没走出门口，那胖女人已经把学生证撕成碎片，扔进了垃圾桶。

你要学生证干什么？我问宋晓军。坐火车什么的不是还用得着！宋晓军说，都怪这胖女人，她肯定是到更年期了。接下来怎么办？我问宋晓军，你有什么打算？宋晓军说，我懒得再搞了，再说也没那么多钱，有我也不交，还不如自己花呢。宿舍也没他什么东西，坐了一会儿，他站起来在地上来回走了几趟，下定决心似的对我说，我走了，毛毛，你要保重。还有，退学的事情别告诉我妈。我对他说，好吧。气氛变得有点儿伤感。

宋晓军，你还要追李玲吗？在他关上门的一刹那，我还是忍不住问道。宋晓军的背影僵了一下，嘭的一声把门带上了。

宋晓军走后，我继续钻进被窝睡回笼觉，试了半天，怎么也睡不着了，脑子里全是担忧。我想，我表哥学历没有，能力也看不出来，他以后可怎么养活自己呀！现在倒还无所谓，他才二十三岁，问题是过几年他就三十了，再过几年他就四十了，在我看来，工作找不到，追李玲他也没什么指望，到时候一无所有的他可如何是好？想到这里，我的脑袋里出现了一个画面：胡子拉碴穷困潦倒的宋晓军，蹲在一个绿色的垃圾桶前面，手举别人剩下的半块面包，正吃得津津有味。这并不是没有可能的，我觉得，宋晓军一不留神就可能变成这样。

事实证明，我的担心是多余的。没过多久，宋晓军就兴冲冲地来找我了，一见面就道，毛毛，我找到工作了。我问他，是不是在哪个饭店端盘子？你这叫什么话？宋晓军说，哥怎么说也上过几天学，不可能去干那种粗活的。我不抱什么希望地问他，那你找到什么了？宋晓军说，哥现在是潮流前线的店长，一个月一千五的底薪，还有提成呢。我不由得上下打量了一番宋晓军，这时候我才发现，宋晓军其实看上去挺像那么回事的。李玲也找到工作了！宋晓军跟我说，想一想，李玲的中专也应该念完了。

第一次找到这么正儿八经的工作，宋晓军显得十分兴奋。晚上他请我吃涮锅，李玲也在。李玲再一次让我感到吃惊，她的头发恢复成了黑色，马尾辫绑在脑后，衣服包得也比较严了，还戴了一副白边眼镜，真有点小白领的范儿。在她身上，我看不到一丁点儿原先那个土了吧唧的女人的影子了，至少从表面上看去，她和这个城市街头那些昂首挺胸的美女们没有什么区别了。我实在没有想到，经过那么多次打胎等等类似的事情之后，她居然没有变得更糟糕一些。

想吃什么就点什么！宋晓军摆出东道主的架势道。你去哪里？见他站了起来，我问。去买点儿东西！宋晓军道。只剩下我和李玲两个人，我根本不知道该说点儿什么。小个子服务员很明显是个新手，动作极不熟练，在给李玲换杯子的时候，一不小心就把杯子给撞到了，我还没反应过来，李玲已经跳了起来。怎么搞得你？她拿着纸巾擦着自己的裤子，四周的顾客纷纷转头看向我们。服务员慌乱地给李玲找布子，我不知道服务员为什么要这么做，为什么认为李玲需要布子。总之，服务员手忙脚乱地打开旁边的柜子，没有布子，她嘴里念念叨叨。抬头寻找救援，可惜其他服务员全部远远地站着。一瞬间，我觉得自己应该做点儿什么，于是作出些笑容，想打消服务员的慌乱。去，把你们经理叫来！李玲道。

宋晓军回来的时候，李玲正对着经理大声抗议，我们是顾客，我是女士，有你这样说话的吗？好几次，我想做点儿什么，结果发现自己一点儿勇气也没有。"女士""顾客"这两个词把我搞得浑身不自在。

半个小时后，我们空着肚子回到了大街上。宋晓军变得战战兢兢的。他几次试图提过李玲手里的包，都被李玲给闪开了。最后一次，她甚至一把推开了他，致使后者一个趔趄差点儿摔倒在地。

正是下班高峰期，一辆空出租车也没有，这种情况让宋晓军有时间固执地再次尝试，他慢慢地靠近李玲，他他妈的又去动那包了。这次李玲并没有躲闪，但是也并没有放开手，两个人默默用力，僵持在那里。终于有一辆出租车靠了过来，仿佛觉得要发生什么最恐怖的事情似的，宋晓军脸上的表情显得如此绝望，他死死地拖住了李玲。司机等了不到一分钟，重新启动，钻进了车流中。

也许是路过人们的眼神让宋晓军的脑子转了起来，他用另外一只手伸进自己的口袋，拿出一盒特仑苏，满脸堆笑地给李玲递了过去。原来刚才他去买这玩意儿了。这次李玲没有拒绝，宋晓军塞了两次，她就接过去了。我算是看透你了，李玲大喊，你他妈的。与此同时，她把特仑苏狠狠地甩向左边的隔离带，奶汁飞溅！

第二天下午，宋晓军愁眉苦脸地来找我，他说他的工作黄了。怎么就黄了呢？我不明白，这才几天呀。宋晓军说他跟老板干了一架。接下来的时间我一直试图说服他，尽管我还没工作过。你不能这样，我对他说，老板不都是那样吗？你拿人家的钱，人家说你两句怎么了？宋晓军躺在床上盯着天花板，他一支接一支地抽了差不多一盒烟。我对他说，你刚干了这么点儿时间，什么也不了解，也许过段时间就磨合好了呢？最终，宋晓军在我的陪伴下，找了个公用电话给他老板打了过去。宋晓军给对方道了歉，可以看得出来，对方的态度还不错。挂掉电话后，宋晓军对我说，人家已经又招到人了。

到我毕业时，宋晓军已经换了十多份工作了，每一份都不会超过三个月，有的就一两天。他的工资大部分都花在了电话卡上，现在李玲不见他的面了，他只好在电话里倾诉相思之情。感谢上帝，在我新租的城中村的房子里，居然装有卡式电话。二十块一张的电话卡，宋晓军用不了两个晚上就会用完。即使我用被子捂上自己的耳朵，还是能听见他反反复复地说那两句，明天我去找你，我现在就去，为什么呢？你是不是又有男朋友了？把电话挂掉后，他就会控制不住地大骂：贱货。一边骂一边发出呜呜呜的哭泣声。

李玲会接他的电话，但是再也不给他见面的机会。有时候她说，改天吧，等我有空了。有时候她说，不行，我不想见你。以前我没注意，现在每天在一起，我发现宋晓军变得怪异起来。他很少出门，即使出门了，也是沿着最边上走，如果有东西挡在了他的固定路线上，我就感觉到他的情绪变得十分焦虑起来。有时候，背后汽车的一声鸣笛声，都能让他颤抖半天，并且他还在极力掩饰自己，故意装作若无其事的模样。

我觉得这样下去我表哥非完蛋不可，只好去找了趟李玲。那是我第一次去咖啡厅，在低低的音乐声中，李玲端坐着用勺子搅动眼前的咖啡。你也看出来了！她对我说，我现在已经过上了这样的生活，宋晓军一点儿都不适合我。我说我知道，你跟宋晓军现在不是一个档次了，但你能不能给他一个快活，让他绝了念头，现在这半死不活的，他干什么都没心思。李玲对我说，毛毛，咱俩都认识宋晓军这么多年了，宋晓军打算干过什么没有？不要扯上我，干不干事情是他的事。我不知道该说点儿什么。李玲姿态优雅地喝了口咖啡接着道，当初他退学的时候，我就不让他退，你不是说我可以影响他吗？能影响的话他现在肯定跟你一样拿上毕业证了。所以，宋晓军现在这样也好，将来怎样也罢，其实是他自己想变成那样，我充其量是他找的一个理由而已。我没想到还有这么一回事。一个多小时后，李玲站在咖啡厅门口，看着还有些战战兢兢的我说，毛毛，我跟你说，宋晓军最好的出路还是回老家去，你有时间还是劝劝他吧，回去养个鸡什么的。说到这里她竟然扑哧一声笑了出来。

宋晓军的最后一次挣扎，动作有点儿大。他和另外两个人合伙，一个人拿了三万，把大学城附近的一家原来做酒吧生意的店子租了过来，搞了个加盟的冰激凌店。那两个家伙我也认识，都是原先那个统计学校的。那段时间我吃的冰激凌比之前二十多年加起来都多，吃完我就跟宋晓军去人流量很大的各学校食堂门口发传单。顾客少得可怜，连我都不明白，这些家伙为什么来光顾，吃一顿就差不多一百块了，太奢侈了。

宋晓军的钱是从家里拿的，我不知道他是怎么说服我姑姑的。在宋晓军的极力邀请下，有一天下午，李玲终于大驾光临。刚进大厅时她眼睛一亮，过了会儿对着寥寥无几的顾客她又皱起眉头。宋晓军跟从总部过来的肥胖过度的师傅忙活了好一会儿，给李玲端出一大盘大便状的颜色非常丰富的冰激凌，上面“我爱你”三个大字闪闪耀眼。眼前的一幕让我骨头都麻了。

当天晚上，宋晓军显得十分兴奋，他肯定地对我说，等李玲老了，老到头发花白的地步，肯定能想起这么浪漫的一幕。无论如何，我得在她的人生中留下点儿东西。宋晓军这么道。我实在不忍心跟他提和养鸡相关的话题。

那段时间，李玲出现的次数还是比较多的，她一眼就看出来如果不做些努力的话，宋晓军的店非倒闭不可。她顺理成章地扮演了一个专业人士的角色，给宋晓军提出了各种各样的建议，他们把桌子椅子移动了三次，动手在墙上挂了心愿纸条。宋晓军灵活地跳上跳下，当他站在椅子上回头朝下看着李玲时，脸上的表情让我都觉得有些太过于快乐了。

宋晓军的店子没开几天就完蛋了。等到完蛋的时候，他才发现自己实在是太倒霉了，两个合伙人竟然一分钱都没投，他们告诉他需要九万，而把宋晓军的三万花完后，他们根本就没有钱，服务员的工资啦，师傅的工资啦等等，很快他们就散伙了。宋晓军试图让他们给自己一个说法，结果他们带了十来个提着砍刀的光头后生跟宋晓军谈判。事情就这样结束了。

我是一点儿忙都帮不上的，唯一可以做的就是，在我姑姑打来电话的时候，给她说上一堆宋晓军的好话，什么店子正在进入状态，离赚钱不远了之类。

2009年五一期间，宋晓军终于决定和我出去旅游一趟，不过费用得我出，他日子过得紧巴巴的。我姑姑在电话里对我说，没事，钱姑姑给你，只要他能出去就行，毛毛啊，你千万得照顾着点儿宋晓军知道不，他最近胖一些没有？改天我给你寄些钱过去，你给他买个冰箱吧，不要说是我给的钱。感谢我姑姑的第三次再婚，她找了个快垮掉的老头，虽然老态龙钟，但手里有钱。这让我姑姑变得底气十足起来。她一直想办法想让宋晓军回去，到老头的厂里弄个职位，为以后打下点儿基础。她对宋晓军还是有信心的，她还记得当初宋晓军背作文书的事，这孩子还是有能力的，到现在她都不知道宋晓军退学的事，老头那几个儿子都没文化，宋晓军肯定能搞得过他们的。在她眼里，宋晓军毫无疑问将有一个美好的未来，唯一的障碍在于宋晓军对此不感兴趣，他现在仍然是个天才，跟着一个老乡在电脑城卖电脑。虽然之前连电脑都没用过，但宋晓军很快就把那玩意搞得一清二楚，他经常挎着个小包包，去给各个公司修电脑。一个月一千两百块，钱是少了点儿，但架不住宋晓军快乐。他快乐死了，快乐到他已经干了五年多了还没失去兴趣。

宋晓军不为房子发愁，不为车子发愁，他不娱乐，没有社交活动，除了摆弄电脑，剩下的时间他足不出户，他租的城中村的那间房子已经住了差不多五年了，还没有换个房子的意思。和我相比，他现在的老家话还是十分地道，我从没见他开口说过普通话。他和电脑的关系十分不错，和人就差了点儿。如果我不去找他，他绝对不会来找我。他已经有两年多没有回过老家了。我怀疑他是受了李玲当初养鸡之类的话的刺激，打算一辈子再也不回我们那地方了。我姑姑之所以老给我打电话，是因为宋晓军不接她的电话。他的手机跟个摆设似的，有时候一不留神忘记了，可以一个月不开机。

一路上，我都在打量宋晓军，窗外春暖花开，冰雪融化，宋晓军偶尔跟我笑一下，剩下的时间都在摆弄他手里的电脑，那电脑价值两万多，算是一笔巨款，我都不知道宋晓军怎么攒够的，它就跟他的宝贝似的，也许晚上睡觉他也抱着它。干什么呢？我问他。装系统！他对我说。他不打游戏、不聊天、不看玄幻小说，这么好的电脑，他就用它来一遍又一遍地重装系统。和几年前相比，宋晓军确实胖了不少，下车后没走多远，我就听见了他的喘气声。

所谓无巧不成书，我站在景区门口买票时，突然看见一家三口走来，一股热血冲上了我的脑袋。竟然是李玲。旁边的胖子毫无疑问就是她的老公了。那个男人看上去年纪已经不小，满脸横肉。小孩子也十分肥胖，一副天下老子第一的神情，看一眼，厌恶之情就会油然而生。李玲身上的小白领气质消失得一干二净，身材壮实了不少，倒是有一种老板娘的味道。他们大概刚吃完什么，一人嘴巴上一张卫生纸，正用力揉搓着。他们三个叉着腿横着从我身边走过，我目送他们开着一辆丰田霸道离开，在他们踏上车门的瞬间，我分明看见，轮胎一下下陷了足足有三分之一。那车横冲直撞而去，一副老子天下第一的感觉。

当我回头时，宋晓军脸上的表情已经恢复了平静。不过眼睛里隐约有泪花闪现。他看上去如此年轻，我真想走过去对他说，表哥，你太棒了。是的，我的天才表哥，你太棒了。

在大街上狂奔而过

我骑着自行车，双腿用力。我把自己想象成一颗巨大无比的炮弹，在并州路上飞速前进。这是凌晨两点，所有的红绿灯都停了，每一个路口的交通灯都闪着黄灯。车很多，都停在马路两边。偶尔开过来一辆，跟疯了似的，横冲直撞。好几次，我差点儿和它们相撞，但结果都是被我熟练地躲避过去了。

最近一段时间，每天一到凌晨两点，我就不由自主地兴奋起来，无论我做什么都不能让自己平静下来。好吧，好吧，我这么大声跟自己说道。接着我起床，点支烟，像飞奔的狗似的跳到院子里，推上我买的连锁子都没有的二手自行车，咣啷作响。房东每次都会被我吵醒，他把肥大无比的脑袋从窗户里伸出来，猛地朝我喊道，你在搞什么，再这么折腾就给我滚出去。他说着唾沫随口而出，从空中纷纷扬扬地落下来，把我全身都给粘了厚厚的一层。我忍不住伸手捏了一点，放到鼻子下一闻，真是又酸又臭。我连忙把它扔开，跳上自行车，屁股冒烟，马上消失。

我曾经怂恿老鸟跟我一起来每天这么搞一下。我是这么跟他说的，你应该去试一试，效果非常不错，你会觉得自己越来越平静，越来越感到满足，对这个世界充满感情。老鸟禁不住我一而再再而三地劝说，最终决定和我结伴而行。

不过，他这么跟我说，咱们怎么办啊？难道就这么耗下去吗？他连着抽了三支两块钱一盒的“红旗渠”，末了长长地叹了口气，这样下去不是个办法，绝对不能再这样下去，咱们应该想个办法。

我对老鸟说，放心吧，哥们，车到山前必有路，没什么大不了的。

我跟你不一样，老鸟这么跟我说，我老婆马上就要生了，都这么多天了，我连顿好吃的都没给她弄过。还有几个月呢？我又一次问老鸟，他跟我说过无数次了，但是我怎么也记不住。不过老鸟丝毫都不在意，他又一次回答我说，还有两个月，还有两个月孩子就要出生了！你说，老鸟跟上次一样，说着说着就难受了起来，他甚至眼圈发红，声音发颤，流出了几滴眼泪，你说我他妈还是个男人不？老鸟每次跟我说起他老婆孩子的事，都会流点儿眼泪出来。他每次都会说他老婆对他多么好，说他们多么不容易，说他多么对不起他老婆。

我和老鸟在同一个地方工作。两个月前，老板突然跟我们玩起了失踪游戏。要知道他已经三个月没给我们工资了，按照当初签的合同，老鸟一个月有八千，而我一个月也有六千多。毫无疑问，在这个城市，这样的工资绝对是非常高的。到现在我还清楚地记得当初我们老板在开业典礼上讲的话，他说，我们的目标是，冲出亚洲，走向世界！我们有本市最好的办公环境，我们也有本市最优秀的人才，我们有党和政府的支持。请大家相信我，我们的未来注定是光明的！大家不由自主地感到热血沸腾，长时间热烈而响亮的鼓掌声在我们好几千平方米的大厅里回荡了好久好久，每个人的脸上都腾起了一片红云，每个人的嘴角都挂着一长串口水……等掌声终于平息下来，我们老板又用英语把刚才的话讲了一遍，据说他是美国哈佛大学的经济学博士，所以平时说话总是中英文结合，我看见周围每个人竖起的耳朵，好像错过一个字这辈子就会黯然失色似的……

可是我实在平静不下来，我已经好多年没有这么兴奋过了。于是我忍不住拉了拉旁边一个男人的衣角。这个男人立马瞪了我一眼，他的目光告诉我，如果我敢再动他一下，他就会把我放倒在地。一看就知道是个头脑简单四肢发达的货色，不值得沟通。我只好扭回头，去找别的目标，这时候，老鸟突然出现在了我的面前。一看到这家伙，我就感到浑身乱颤，好了好了，我这么在心里对自己说，去跟他打个招呼吧。

我并不认识老鸟，但是看到他的第一眼，我就觉得这家伙跟我是绝配，他身上散发出来的气味让我几乎晕眩过去。这狗日的！我在心里暗暗骂道，太他妈对我的胃口了。于是我就凑了上去。

当天晚上，老鸟就把我带到了他家。他租了个两室一厅。让你看看我的藏书！他在路上这么跟我说，出租车司机都被他给侃晕了。现在这社会哪还有人卖弄这个啊，我没想到他居然这么上档次。他还跟我说，让你尝尝我老婆做的菜！这点还比较靠谱，曾经有一段时间我每天做梦都想着讨个会做川菜的老婆，因为我实在太喜欢吃辣的东西了，一天不吃辣椒，我就会感到自己发了霉。好呀好呀，我这么跟老鸟说。这时候司机突然插进话来，他红着脸，哀求老鸟，我能去看看你的书吗？我一听差点儿把自己的舌头给咬掉，真是运气好啊！多么难得的机会，一下子有两个活宝摆在了我的面前，我实在不知道拿他们俩怎么办。老鸟左看了一会儿司机，又右看了一会儿司机，然后他说，看你这个人还不错，就带你开开眼界吧！

我起点低，不像你，上过大学。老鸟这么跟我说，初中毕业我家就没钱送我上学了。这么多年，我只好自学，如果我不看书，现在肯定是在老家做农民的料，或者为了讨老婆不得不去挖煤，你知道现在的煤矿有多不安全，说不定我现在已经挂了……说到这里，他歪着脑袋想了一会儿，如果我挂了，煤矿给我爸妈或者我老婆二十万，他妈的，二十万不是个小数目啊……二十万！

一进老鸟家门，我就被吓了一跳。出租车司机也不例外，他几乎是扑了过去，我靠！他把脑袋钻到书堆里，嗷嗷地叫唤，像一只发情的动物。老鸟过去照他屁股上就是一脚，起来！他却好像没听见似的，更加用力地朝里钻去，不一会儿，他就消失了，也不知道他游到哪里去了。老鸟强忍得意面带微笑地说，没想到这人“潜水”挺好的嘛！为了配合这种气氛，我也试着做出一个扑过去的姿势，但终归还是有点儿别扭，掉在书上的时候，我被狠狠地硌了一下，疼得我差点昏过去。老鸟过来把我拉起来，对我说，兄弟，别这样嘛，我知道你看不起我的这些书，就别难为自己了。我不知道为什么即使他这样诚恳地说话的时候，都难以掩饰一种得意扬扬的情绪，这种情绪迫使我低头就范，说道，哪里哪里，我对大哥实在是佩服得紧。为了使自己表现得更有说服力一些，我伸手拿起一本书，准备做拜读状，没想到是《青年文摘》。不知道为什么，也许是小时候有什么人拿这本书刺激过我，我见它的封皮就觉得浑身难受，于是连忙扔开。又抓起一本，却是《读者》。靠，老天也太不给我面子了吧，怎么全来我有反应的啊，没办法再抓，我靠，这次是《青年文摘》……

我不得不认真面对这一屋子书了，糊弄是糊弄不过去的。于是我细细端详起来，这下我算看清了，老鸟的存书几乎全部是《青年文摘》和《读者》，怎么会这样？我大惊失色。老鸟得意扬扬的笑声又一次涌了过来，怎么样？他说道，我就是靠这些书有了今天的，他们是我的良师益友，是我成长过程中最亲密的伙伴。我听不下去了……

吃饭吃饭！老鸟大概看出了我的不适，连忙把我拉出了书房，进了厨房。我深深地吸了口气，又回过神来。还好的是，老鸟老婆做的饭确实不错，老鸟老婆也挺不错。不知不觉我就喝多了，脑袋昏沉，行动缓慢，老鸟把我送上出租车的时候，我忍不住抱住他以示友好，嘴巴恰好在他的耳朵旁边，想了想，我对他说道，老鸟，你真他妈好福气，找了个老婆。老鸟仿佛遇到了知音似的，更加用力地抱我，同时脸上露出一种羞愧的神色来，不过这种羞愧中仍然有一种得意扬扬，他这么跟我说，说来话长，兄弟，这里边还有个故事，改天和你细说……我客气地说，好的好的。

说老实话，深夜骑着自行车飞奔的时候，有那么一刻我会把眼睛闭上，马上就有一种四周已经是白天的感觉。我心里充满渴望，我希望太阳高悬，我希望红绿灯正常，我希望人群拥挤，我希望车来车往，我希望小心翼翼地在这个世界上慢慢爬动，我希望和人们互相抱怨彼此安慰，我希望大家都规规矩矩的照规章办事，那样会让我有安全感，我需要知道明天会怎么样，我需要知道没有人会有特权，我需要知道付出多少你就会得到多少，我需要知道每个人只要做一个螺丝钉就好了，我需要知道这个月的工资会准时发到我的手里……

正在这时候，我的电话响了。我接起来，听到了我爸的声音，我连忙用左手把自行车刹住，从上面跳了下来。睡了吗？我爸问我。自从我告诉他我找到了一个月一万元的工资后，他经常会给我打电话。我睡不着！他这么跟我说。我在大街上！我差点就想跟他说实话，但是马上又控制住了。你在大街上干什么？他问我。今天单位同事一起去唱歌，我说，回来得晚了。他对我的话深信不疑。我睡不着！他又一次这么跟我说。我知道他想听什么，于是我张开嘴巴，把已经说了不下五千次的那些话又向他重复了一遍。当然，我一次比一次说得好，每次都非常熟练准确地把握自己的语气，该在哪里断句，该在哪里停顿，该在哪里等我爸的附和。

我是这样说的。爸，你就别担心我了，我没什么可担心的。我自己会把自己搞好的，我现在已经在路上了，过不了多久就会一切正常起来。一切都已经水到渠成，只是在那里等着我而已。你想想吧，我现在一个月挣一万块，用不了一年，我就可以攒够买房子的首付，顶多明年这会儿，我就会买上房子了，买上房子还有什么可担心的呢？一切都水到渠成，只是在那里等着我而已。有了房子，结婚什么的就简单了，我甚至可以买辆差不多的车，接着我就会有孩子，无论男女吧，我并不在乎这个……

每当说到这里，我爸的情绪就会高昂起来，他好像已经看到了我的房子似的。他意犹未尽地咂咂嘴巴对我说，你也知道我的情况，我搞了一辈子也没搞出什么名堂来，别人都能从家里拿钱买房子什么的，可是我却帮不上你一点儿忙，我也没有办法……

好了好了，我这样跟我爸说，你就别说这些了，放心吧，相信我，我一个人搞得过来，你们就安心地睡觉吃饭过日子吧，我的事情我自己一个人解决。

听我这么说的时候，我爸就会叹一口气。他说，我也没什么可跟你说的了，你睡吧，虽然钱要挣，但是也要注意自己的身体。我说知道了。有时候我妈也会给我打电话，过上一段时间她也想听听我说的上面的那些话，听一听她就能安静一段时间。奇怪的是，每当我把这些话说上那么一次，我自己也会有一种安静的感觉，好像真的一切都已水到渠成了似的……

在我们那里的人看来，只有当官的才是真正的城里人。你说你大学也读了，钱也花了，还在外面混了这么多年了，你地也不会种，力气活也不干，可是你他妈连个小官也没当上，你说你折腾的是为了个什么呢？他们不知道现在大学生已经不值钱了，他们不相信人已经不值钱了……

刚找到工作的时候，我兴奋得每天晚上都睡不着觉，给每一个我认识的人打电话。我一遍又一遍地给他们讲我的新工作，大家又吃惊又嫉妒。他们跟我说，小心上当受骗。我听到这种话立马不高兴起来，怎么能这样说呢?！自己没有运气，就诅咒别人，太缺德了吧。好吧好吧，他们这么跟我说，你前途一片光明，总该请我们吃顿饭吧。好吧好吧，我这么跟他们说，一顿饭有什么了不起的，要吃咱们就去吃好的。那段时间我最起码请了二十个人吃饭，一些我早已不联系的朋友，我也把他们找了出来。我要告诉他们，我的好运气来了，我他妈要咸鱼翻身了。

酒足饭饱，大家昏昏欲睡。我忍不住感慨万千，没想到我也会有这么一天。要知道以前我一直都是个倒霉蛋，要么干脆就找不到工作，好不容易找到一个，还是月工资七八百的。七八百，多么可笑的数字啊！这点儿钱连吃饭交房租都不够。每次我都会在领到第一个月工资的时候感到情绪低落。第二个月上了不到五天班，我就毫不犹豫地辞了职。接下来我就会找我的朋友们，跟他们借钱。相信我吧，我对他们说，总归有一天我会发达的，总有一天我肯定能把所有欠你们的钱还得一干二净。他们冷笑着对我说，算了吧算了吧，我请你吃顿饭算了，钱我现在真是拿不出来了，最近手头紧得要命。好吧好吧，我对他们说，一顿饭就一顿饭，吃饱了我才有力气去找别人。

酒足饭饱，大家昏昏欲睡。我突然发现桌子上有个自己不认识的人。这个人不高不矮，不胖不瘦，戴着近视眼镜。鼻子里的鼻毛已经长得快超过上嘴唇了。他一手抓一双筷子，头也不抬地夹着东西往嘴巴里塞。他好像十多年没吃过东西了似的。肉，排骨，鱼头，鸡腿，猪头，他像变魔术似的，筷子离嘴一尺，双手用力，这些东西啪啪啪地全自己跳进了他的嘴巴里。我看得眼都花了。有那么一刻，我甚至怀疑眼前坐着的不是一个人，而是只大口袋，或者是一辆马上就会给你扬起一身灰土然后扬长而去的大卡车。

我对他说，来，干一杯！

他说，好，干一杯！说完伸手拿过附近的啤酒瓶子，用嘴巴歪着一咬，瓶盖子就掉了下来，在地上跳了几下，滚到了我的脚边。我抬腿一踢，它就砸碎饭店玻璃朝大街上飞了出去。我大声对目瞪口呆的服务员说，待会儿把玻璃钱算我饭钱里，我他妈的前途光明，我他妈不在乎这一点儿钱。

对面的老兄看了我一眼，然后脖子一仰，瓶子里的啤酒就全灌进了他的喉咙。这下把我看呆了，我从来没见过别人这么喝啤酒。他好像只是吞了一小口氧气似的，一点儿也没有不舒服的表现，倒是越发精神起来。接着又拿起一瓶啤酒，对我说，来，再干。

我甚至来不及细想，跟着他仰头张嘴，冰凉的啤酒哗啦啦地朝我涌了过来，我闭上眼睛，被冷得打了个哆嗦。如果不是控制得及时的话，我的尿就喷了出来。我用力憋着小腹，听见啤酒顺着自己的喉咙流了下去。等我张开眼，瓶子已经空了。

我忍不住浑身起了一层鸡皮疙瘩，觉得是从来没有过的兴奋。来，再干。我对那老兄说。他说，好。我以前顶多喝一瓶就会爬到桌子下面，但是今天我一点儿事也没有。我越喝脑袋越清醒。

人逢喜事精神爽！老话说得真是一点儿不错。

老兄，你叫什么？我问他。

发财！他说，姓贾，贾发财！

贾发财？他妈的，这叫什么狗屁名字。我的朋友们都忍不住大笑了起来，没想到世界上还有叫这名字的人。

发财兄朝我们笑了一下，他突然间害羞得红透了脸，说，没办法，爹妈给的。

大家笑得更厉害了！

我站起来，跟发财兄握了个手。对他说，今天老弟高兴，感谢老兄赏脸来吃饭。

别客气别客气，发财兄这么跟我说，其实是我应该感谢你，感谢你的款待。发财兄说话的时候露出了满嘴黄牙，牙缝中间的青菜叶子闪闪发光。我被刺得都张不开眼了。

我突然对他感到亲切得难以忍受起来。从口袋里掏出一张名片，递了过去。

这名片是我找到工作的那个下午专门去一个广告公司做的。这是我第一次拥有名片这种东西。我对广告公司接待我的小姑娘说，给我设计得好一点儿。她跟我说，你放心吧，我们肯定会给你整得比你的脸都漂亮。虽然如此，我还是有点儿不放心，过一会儿就跑到电脑前去看一次，那个搞设计的小伙子被我搞得有点儿受不了了。他对我说，你就坐在那里吧，我保证给你设计好就成了。算了吧，我猛地一把把他推开，还是我自己来吧。他差点儿摔到地上去。只好说，你弄就你弄，弄坏了别怪我。看我没反应，他又加大声音说道，弄坏了到时候别找我，求我我也不管你了。我懒得理他，三下五除二就搞定了。最上面是三个大字：王爱国！这是我的名字。下面是更大的四个字：月薪一万！虽然我的工资离一万还有一段距离，但是请相信我，用不了两个月，我就会达到这个高度了。好了！我对接待我的小姑娘说，给我打印一千张出来。小伙子对我冷眼相对。你有什么不满意吗？我问他。他冷笑了几声，接着抱着肚子哈哈大笑起来。我不知道他想搞什么，只好默不作声。结果他终于站直了跟我说，你的名片上不写联系方式啊？我一听傻了眼，是啊，怎么能没有联系方式呢！这时候一千张已经差不多打完了。我一横心，对小伙子说，这样才显得品位独特，你傻啊你！

贾发财接过去，翻来覆去地看了好几遍，直到看得双眼开始放光。能把你的电话给我留下吗？他对我说。我说可以可以，为什么不可以。从口袋里掏出笔来，把自己的电话号码歪歪斜斜地写在了名片上，我一边写还一边跟他说，有什么事情只管开口，只要能帮上的我一定帮。这些话我已经在背地里演习了许多许多遍了，我甚至为此看了好几部有相关镜头的电视剧，我还去一些大饭店门外，隔着窗户玻璃看那些说这句话的人们，我对着镜子说给自己看，我不断地找出自己的破绽，不断进步，到现在，我相信我已经说得很像那么回事了。贾发财不由自主地跟着我进入了角色，他恭恭敬敬地把我的名片放进最贴身的衣服口袋里。

我再给大家补充介绍一下贾发财。这家伙原来在一所大学当老师，教哲学。根据我的了解，学哲学的人多少有点儿不太对。你想想，现在争先恐后地学计算机，学英语，学医学，学法律，都他妈削尖了脑袋一鼓作气地往前冲，都他妈张牙舞爪地朝钱堆里拱。可是哲学有什么用呢？你说学哲学的人是不是脑袋有问题？而贾发财不仅学了哲学，他还留校当了哲学老师，他还用功进修，连博士也攻读了下来。这家伙完全是神经病中的神经病，是人这种动物中的极品。他三十多岁的人了，除了哲学一无所有，女人的手都没有摸过，还是个老处男。钱也一分没存。搞完博士后，贾发财终于还是把目光从书本上移开了那么一点点，结果大浪迎面打来，差点儿把他给淹死。这家伙立马泄气了……

如果你有看报纸或者上网看新闻的习惯，那么你一定看到过贾发财，有一段时间，到处都可以看到他的照片。说的是，这家伙放着好好的教授不做，居然做起了职业乞丐。新浪上这条新闻的跟帖一天之内已经达到了几十万。贾发财做梦也不会想到，自己会因此一举成名。不仅仅是成名，接着就有人来找他，找他讨论哲学，跟他研究人类的信仰。许多有钱人也对贾发财有了兴趣，一点都不在意他不吉利的名字，请他做顾问，请他吃饭喝酒。这已经是好后来的事情了，贾发财就此青云直上，我也再没见过他……

曾经有一段时间，老鸟每天都要跟我说说他老婆。他认为我在这方面能跟他沟通得来。我现在开始后悔自己说过的老鸟老婆是个好老婆的话，没想到这个马屁拍得这么深入而准确，留下了这样的后遗症。如果时光能够倒流，我操，没想到有一天我也要搞这样离谱的假设，不过我还是控制不住要继续下去，好吧，如果时光能够倒流，我多希望自己没说过这句话，我多希望小时候好好学习天天向上，我多希望早出生个几百年或者几亿年，如果在原始社会，那他妈多幸福啊……

也许我扯得太远了。自从不发工资以来，我就越来越控制不住自己的嘴巴了，它一张开，就得不停地说下去。我都不知道它会说点儿什么。我尝试着尽量让它少开口，但是后来我又发现这也不是我所能控制得住的。有许多时候，我突然感觉到自己浑身发痒，紧接着四肢发抖，直冒冷汗，我就不得不张开嘴巴。说话给我一种排泄的快感，它能“活血去淤、止咳化痰、消炎杀菌、滋阴补阳、固肠通便、排毒养颜……”

如前所述，老鸟初中毕业后，做过各种苦工，像你在《青年文摘》上看到的文章一样，在那样艰苦的环境里，他始终没有放弃自己成为一个城里人的梦想，他就着煤油灯苦读，在大雪天练习毛笔字，把手都冻坏了，有一次他一激动，当着许多人的面在酒店里把自己的鞋子脱了，把袜子也脱了，把少了一根小指的左脚放在大家面前，他满脸通红，情绪激动，高声问，知道这是怎么回事吗？这是我在工地上打小工的时候被钢筋砸掉的，我什么样的苦都吃过，我知道人生是怎么一回事……

老鸟做过的工作有：泥瓦匠、饭店大师傅、三轮车司机、推销员、工地小工、清洁工、烧锅炉的、售货员……每种职业都在他的身上留下了伤痕。他最常说的除了他残疾的脚以外，还有他的内脏。据他说他的内脏已经完蛋了，在饭店做大师傅时，大夏天站在火炉旁边，一站就是一整天，十多个小时，就这么给烤坏了。他说，如果把他解剖开的话，大家将会看到已经烧焦了的一摊肉。

好了好了，大家这么劝说老鸟，你喝多了，回去休息吧。老鸟涨红了脸，把扶着自己的人一下子甩开，大声抗议道，谁说我喝多了，我还能喝，我操，都他妈小看我了是不。他甚至都站不住了，摇晃着要往地上倒。大家只好把他又按回到凳子上。老鸟接着慷慨激昂地讲起了自己的故事。

在我的印象里，自从不发工资后，无论什么时候，他都要摆出一副要和你真诚地进行一场谈话的架势。首先他会从他老婆谈起。我老婆跟着我受了不少苦，他这么说，我很对不起她，作为一个男人，我为自己感到羞愧。但是她对我实在太好了，她是这个世界上最好的老婆，说老实话，如果不是我老婆，我早就完蛋了。当初我住在郊区的农房里，连吃饭钱都没有，半年连块肉都没见着，你不知道我是怎么过来的……如果你跟老鸟待一段时间，你马上就会明白什么是以苦为乐……

老鸟老婆怀的是个儿子，老鸟得知这个消息的时候，激动得差点儿跳到房顶上去，他把家里仔仔细细地打扫了一遍，连卫生间的马桶都不放过，擦了十多遍，地板也不例外，只有这样才能抒发出他内心的情感，他这么跟我说。在这个过程中，他老婆始终大着肚子跟在他的屁股后面，他俩不停地讨论未来。从儿子把头伸到这个世界开始，吃什么样的饭，穿什么样的衣服，在什么样的阶段，给他创造什么样的环境。老鸟对他老婆说，咱们一定要把他培养成世界上最出色的儿子，他老婆用力地点了点头。两个人接下来不知道所以然，只好在原地手舞足蹈了半个多小时。

但是，半天以后，老鸟就又回到现实世界，目前最重要的是得给他老婆保证营养，可惜他的积蓄几乎已经花光了。老鸟的第一个念头就是找人借钱去。他把认识的每个人的详细信息都列在一个表上，看了半天决定宁可错杀一万，也不漏过一个，于是借了辆自行车走上了找朋友的路。那时候天气正热，太阳通红，空气中散发出一股臭味。老鸟背上的衣服全被浸湿了。

朋友问他，老鸟，你有什么事？老鸟跳回自行车上，对他们说，没事，就是来看看你们！老鸟把所有的朋友都看了一遍，最终决定把老婆送回老家去。老家生一个孩子才要一千多！老鸟这么跟我说，这里最起码都得一万，我们那儿出生了那么多祖国的花朵，也没见出个什么问题。再说了，不仅仅是省钱的问题，孩子生下来我爸妈也能帮忙照顾，孩子童年在乡下度过的话，对他的以后也会有帮助，乡村生活能构成他身体里温柔的部分，他知道粮食是怎么来的……跟我说这些话的时候，老鸟一边叹气一边拍我的肩膀，晚上睡觉的时候我发现这家伙居然把我的肩膀给搞出了一大片黑青来……

在那段时间里，单位每个人都义愤填膺，只要你走进办公室，马上就能感觉到一股酸臭的愤怒。老鸟成了大家意淫的对象，他每天坐在座位上，旁边围着些愁眉苦脸的家伙，这是他妈的什么烂单位啊，他们大声叫唤道。每个人都觉得自己可怜死了，觉得单位欠自己的，委屈得要命。大家互相传播，因为没有钱生孩子，老鸟把老婆送回老家去了！老鸟很配合地每天哭丧着脸在单位进进出出。只要有人开口表达对单位的不满，老鸟立马就会凑上去，大家都觉得这是理所当然的。

半个月后的一天晚上，我躺在床上，竖起耳朵，准备偷听周围的一举一动，我也不知道自己是从什么时候养成这个习惯的，每天晚上都要早早地爬上床，就这么一动不动地躺到十二点多。我住的这里全是那种简易房，隔壁甚至楼上的声响全部清楚得跟在你耳朵边似的。我看了看墙上的表，指针指向十一点，好了，我在心里对自己说，深深地吸了口气，轮到3号开始了。3号是对未成年人，一看到他们我就好像看到了自己在乡下的表弟表妹似的。我不知道他俩是怎么搞到一起的，根据我的了解，他们两个都在一家饭店做服务员，每天下班比较迟，所以上床的时间也比较靠后。但是几乎每天晚上他们都要搞一次，时间之长，程度之剧烈，完全可以称得上惊天动地。所以每天的这个时间，整栋楼都会静下来，一边听他们折腾，一边听那个小姑娘鬼哭狼号，一边感到心酸。

就在这个时候，外面突然传来了激烈的敲门声。谁啊？我问。是我，老鸟在外面回答道。我只好穿上衣服起来给他开门。

我操！你干什么呀？我吃惊地问老鸟，门口摆了大大小小十多个塑料袋子，毫无疑问，里面装的就是老鸟的全部家当。老鸟满头大汗，口喘粗气。我想在你这儿住段时间！老鸟这么跟我说。

这么多东西，你怎么拖过来的呢？我问他。

用自行车，我他妈来回了跑十多次，老鸟这么跟我说，怕麻烦，就没有叫你。

我操，你不怕放门口被别人拿走了吗？

又没有什么值钱的，一堆破烂，白送人还不知道有没有人要！他点了支烟抽了起来，我操，累死我了！

据老鸟说，他已经欠了两个多月的房租了，房东几乎每天都来找他。最终他只好铤而走险，偷偷地跑走了。你不知道，老鸟这么跟我说，我那个房东是他妈当地的混混，如果知道我想赖账，非把我给揍个半死不活不可。

那你那么多书呢？

卖了！搬也搬不动，也没什么大用处，恰好现在也需要钱，卖了能解决点儿问题。当废纸卖的，结果他又补充了句。

老鸟就这样跟我住到了一起。后来我才发现，找个人跟自己住一起倒也不是一件坏事……

好了好了，让我们上路吧！我对老鸟说，你别再讥歪了。看到时间已经差不多了，我终于不耐烦地打断了老鸟的抱怨。老鸟一边穿衣服一边跟我说，我还没有自行车呢。我对他说，不是问题，我给你弄一辆好了。我带他来到院子里，拿出一把在路上捡到的自行车钥匙，把院子里的自行车全试了一遍，结果有三辆很轻松地就打开了。你选一辆吧！我对老鸟说。他跳上去，把每辆都试着骑了一会，然后说，就这辆了，咱们走吧！好吧，咱们走吧。

刚开始老鸟的动作还有些不熟练，我跟在他的后面，看见他笨拙地摇晃着自己三十三岁的臃肿的身体，他说话的时候就想把脑袋扭回来对着我，好像我会偷偷地消失似的。

走了没多远，老鸟突然来了个急刹车，我差点儿撞了上去。你搞什么啊？我问他。你看，老鸟用手指了指对面。对面黑乎乎的一片，隐约可以看见一排低矮的房子。我不明白这家伙到底是什么意思。老鸟一下子急了起来，重庆包子店啊！他这么一提醒我才想了起来，那里是我们每天吃饭的地方，专营包子、稀饭、麻辣烫、牛肉面，每顿饭不超过三块钱，就可以吃个饱。我平时只顾埋头骑车，从来没有注意过四周的环境。

老鸟鬼头鬼脑地左右查看了一番，然后推着自行车朝那里走了过去。你要干什么呢？我问他。他不作声，朝我摇头摆脑地示意了一番。这店子非常简陋，他的意思是要从窗户上跳进去。我马上就想到了热气腾腾的雪白的小笼包，咽了咽口水，肚子也跟着叫了起来，它的声音如此之大，以至于老鸟吓得连忙跳下车来，扑过来把我整个人压到了地上。我闻到他满嘴的酸臭味，连忙把脑袋扭到了一边。小声点儿！过了会儿，他才把手从我的嘴巴上拿开，然后对我说，你小声点儿，不然爸爸不带你去玩了。我吓得一声都不敢吭，跟在他的身后慢慢地朝包子店走了过去。

虽然离包子店的距离连五十米都不到，但是我们走过去足足用了半个多小时。当老鸟伸手把窗户推开的时候，我俩终于松了口气。老鸟回头对我说，你先进去吧！说着伸手托在我的两条肩膀下面，把我送进了窗户里，跟着他也飞快地跳了进来。这下我俩站在了一片漆黑里面。老鸟用手拍了拍我的脑袋，问，饿了吧？我说是的，不知道为什么会感觉到这么饿，好像马上就会晕过去似的，我不得不用力控制着自己，以免自己会爬到地上抓起一把土啃起来。

你就坐在这里吧。老鸟这么跟我说。说完他就消失了。剩下我一个人，我觉得有点累儿，想了想，把自己平躺到了地上。地上有些凉，不过在这样的天气里，睡在这里，倒也不是一件坏事。你在干什么？我问老鸟，虽然我看不见他，但是我相信他可以听见我的话。你就在那儿待着吧，我听见他说，什么也不要想，什么也不要做，等着吧，一切都会好起来的。这真是一种奇怪的感觉，我是说，我突然间觉得很舒服，舒服得一塌糊涂，很快我就睡了过去。

后来老鸟把我拍醒的时候，我甚至忘了自己身在何处。老鸟兴奋地把我抱到桌子旁边，他在中央点了支蜡烛，周围摆满了各种各样的食物，我甚至看见了一条红烧鲤鱼，这是我最喜欢吃的东西了。小声点！老鸟把一根手指放在嘴唇边。吃吧，他对我说，快吃吧，不要饿坏了。好吧好吧，我这么跟他说。拿起筷子张大嘴巴吃了起来。过了一会儿，我又觉得这样的速度太慢了，不能满足自己，于是把盘子端起来，把脑袋仰面朝天，一股脑儿把里面的东西全倒进了嘴巴里。我感觉自己跟头猪似的，我甚至不知道自己吃了什么，不知道它是什么味道，我的肚子变得奇大无比，怎么也填不满它。老鸟一直坐在我的对面，他只是笑，什么也不吃。你不饿吗？我问他。不饿！他对我说。

你不是不会做饭吗？我问他。他有点儿不好意思地红了脸，我也不知道怎么搞的，那些餐具在我手里比任何时候比任何东西都来得亲切，我熟练地操纵他们，好像对一切都很有把握的样子。说到这里，他停了会儿。这时候，我们突然听见有人用力地拍门，我一下子被吓坏了。老鸟却一点儿都不惊慌。他对我说，厨房后面有个门，我们可以从那里出去。好吧好吧，我只好这么说。于是我们急急忙忙地跑了出来。

当我们再一次跳上自行车，终于忍不住哈哈大笑了起来。你的手怎么了？我突然发现老鸟的手在流血。没事，他这么跟我说，刚才切菜的时候把手给切了。妈的，我问他，你小子是怎么一回事啊？什么怎么回事？他不解地看着我。你他妈今天太奇怪了，我这么跟他说，今天实在太奇怪了。没什么奇怪的，老鸟的声音突然又恢复正常了，刚才的兴奋不知道跑去了哪里，一点儿都不奇怪。他这么说道。好吧好吧，我这么跟他说，咱们走吧。好吧！走吧！

这么晚了，老鸟大惊小怪地叫道，街上居然还有人啊？我说看地方吧，有些地方连一个人影都看不见。从来没在这么晚上过街呢！他这么跟我说。我说，你他妈小心点吧，不要被车给撞了。他听我这么一说，连忙把头扭了回去，专心致志地骑起车来。到了三营盘那里，他从车上跳了下来，对我说，停会儿吧，咱们聊聊。累了？我问他。是的，他这么跟我说。人老了，体力不行了。三十三就老了？我忍不住笑了起来，那他妈五十、六十、七十、八十岁的人该怎么办呢？他摇摇头说，你不了解情况，事情没有你想的那么简单。我们并排坐到了马路边的台阶上。老鸟拿出烟，我俩点上抽了起来。在我印象中，这是这家伙第一次主动给我抽烟，从来都只有我给他抽的份儿。真他妈的开天辟地第一回啊。

你说，老鸟说，会不会咱们走着走着，突然有一堆钱从天而降？会！我很肯定地说，一捆钱突然掉下来当场把你给砸得七窍流血而死。他自己也忍不住笑了起来。那可说不定，过了会他终于平静了下来，咱们还是注意点儿吧，我有一种预感，今天晚上咱们会交狗屎运，咱们要眼观六路耳听八方，多注意脚下，说不定有哪个大款丢失的钱包呢！他这么一说，我马上觉得倒也不是不可能。好吧好吧，咱们走吧，注意脚下就是了。还有，老鸟把手里的烟扔在一边补充说，咱们得慢点儿，我不行了，搞不动了。好吧好吧，慢点儿。

这一个晚上，老鸟盯着马路跟我说了无数个如果，如果这栋楼是你的，你会怎么样？如果这辆车是你的，你会怎么样？如果你有一百万，不，十万，你会怎么样？如果你老爸是省委书记，你会怎么样？如果全世界的女人都是你的，你会怎么样？如果你离开这里，你会怎么样？如果你是女的，如果你长得很漂亮，如果你杀过人，如果你去抢劫，如果你三天不吃饭，如果我们生活在美国，如果你是个妓女，如果你爸爸得了重病，如果你自己得了重病，如果你快死了，如果你这辈子注定要贫穷潦倒至死……如果这样，如果那样，你到底会怎么样？如果我不是出生在农村，如果我爸不是那么的穷，他最后这么跟我说，我肯定不至于这么倒霉。

我什么也没说，我懒得连一句话都不想说。后来，这家伙说的话我已经听不见了。我突然间有一种感觉，我们迷路了，是的，不知道什么时候，我们已经离开了并州路，真他妈的，这是哪儿啊？老鸟却一点都不在乎，管它在哪里，他这么跟我说。是啊，管它呢，反正我们也没有什么目的地。这时候，老鸟突然大叫起来，把自行车摔在地上，咣当作响。接着他几乎是朝前面扑了过去。看啊看啊，他兴奋地叫我，看啊看啊，一百块，一百块钱。我跟过去，果然看到了一百块钱，它他妈躺在地上，发出圣洁闪亮的光芒，被老鸟的手指头指着，一副伟大而亲切的嘴脸。

哈哈哈！老鸟大笑着坐到了地上。我也从自行车上下来，跟他坐在一起。我们面对着狗日的一百块钱，感到前所未有的兴奋与快乐。真他妈的！老鸟说。是的，我也跟着说，真他妈的。他伸出小指头，轻轻地碰了一下一百块的角，马上又缩了回来，好像有一股电流传遍了他的全身似的，面部肌肉一阵痉挛。好一会儿，他平静下来后对我说，你也试试？我说，好吧好吧。我努力长出一口气，试着放松全身，学着他的样子，把小指头去碰那狗日的一百块，在那一瞬间，我一下子看见了自己的心脏，它面目血红，却以一种非常快的节奏跳动着。我对它说，你好。它张张嘴巴，很有礼貌地回敬我，你好。我要去动它了！我小心翼翼地跟它说。好吧，它笑了笑，你去动它吧。哈哈哈，我忍不住也大笑了起来。怎么样？老鸟问我，感觉怎么样？我对他说，感觉好极了。

正当我们讨论到底是谁保存这一百块合适的时候，突然刮过来一股风。那一百块被它吹得朝前面飘了过去。我们连忙朝它扑去，只听得咚的一声，老鸟的下巴磕在了马路上，我看见血马上流了出来。还没等我反应过来，老鸟兴奋的声音又叫了起来，看，我抓住它了。一百块的光芒正在他的手指间闪闪发亮。我犹豫了一下，对他说，那你保存着它吧！老鸟不敢相信自己的耳朵似的，真的吗？他问道。是的，我对他说，反正是你先看到它的，并且也是你先抓住它的，你就拿着它吧。老鸟显出有点儿不好意思的表情来，一边把钱往自己的口袋里塞，一边说，好吧好吧，反正是咱俩的钱，谁拿着不一样呢。你别把它给搞丢了，我不放心地对他说。他拍了拍口袋，对我说，你放心好了，接着又把口袋的拉锁拉了上去。

怎么样？他问我，我说了咱们要交狗屎运的嘛。好了好了！我对他说，咱们走吧。我就是这么跟他说的，老鸟，咱们走吧。他说，好的。接着我俩一起跳上了自行车。走了一小会儿，老鸟突然开始唱起歌来，他一首接一首地唱，先是《东方红》，又是《学习雷锋好榜样》，然后是《春天的故事》。我终于还是忍不住，跟着他一起唱了起来，“1979年 / 那是一个春天 / 有一位老人……”不过唱不到三句，我们就不知道接下来的歌词是什么了，这样换来换去，老鸟叫了起来。真他妈的，他这么说，我得学学唱歌了，我居然连一首完整的歌都不会唱。是的，我附和说，咱们得学学唱歌了。

时间飞快，眨眼间，天就亮了起来。我和老鸟站在灰蒙蒙的大街上，看见周围的灯一盏接一盏地全灭了。清洁工拿着大扫帚，把尘土扫得满天飞扬。我俩的鼻孔很快就变成了装满黑泥的洞，不由得感到呼吸困难。老鸟张开嘴巴，却马上闭上了，他试着吐了一口口水，掉在地上的一摊黑水把我俩都吓了一跳。我们像落水的人似的，张开两手，胡乱朝四周拍打。我们的面孔被憋得通红。呀！老鸟吃惊地发出一声大叫。我们竟然慢慢地朝上浮去。他连忙伸出两只脚，一脚够一辆自行车。四周的人吃惊地抬头看我俩以及我俩的自行车，他们逐渐变得只有小猫般大小。我俩在这个城市的正上方，辨别了一番方向，终于找到了自己所租的房子的地方，于是先是用仰泳接着又换成狗刨朝家游去。看！老鸟对我说，我朝他手指的方向看过去，一架飞机正从我们的头上飞过去，我们一伸手就能够着它钢铁做成的肚子。老鸟友好地朝它打了个招呼。你好，他这么说，你们好，大家好……

我俩已经好久没吃过早餐了。还没落地，老鸟就向我建议，咱们去好好地吃一顿早饭怎么样？我想了想那一百块，总觉得有点舍不得。对他说，算了吧，又不饿。他一眼就看穿了我的想法，对我说，相信我吧，哥们，这一百块只是个开始而已，以后我们的运气会越来越好的。昨天出去前我跟自己打过赌了，我跟老天这样说，如果我今天捡到钱，那就说明我以后会越来越好，如果捡不到，那就意味着我注定要有个糟糕的一辈子，当然，也许并没有一辈子那么久，但是至少这几年是没希望了。结果我捡到钱了，真他妈的，好运气来的时候，你挡都挡不住。他整张脸兴奋得都变形了。算了吧，我对他说，你还相信老天之类的鬼话啊，真他妈有你的，不知道你脑袋是怎么长的。老鸟一点都不生气，他仍然笑容满面，继续对我说，这种东西，你还小，哥们，该相信的时候还是要相信的。说着他双手合十，朝头顶举起，嘴里嘟哝道，罪过罪过，还请您大人有大量，不要怪罪我们。

说老实话，我被这家伙的举动给搞得差点儿崩溃掉。末了我对他说，好吧好吧！咱们吃早餐去就是了。我们在师范街转了个来回，居然没找到合适的吃的。所有的地摊，老鸟都看不顺眼。他是这么跟我说的，这些小摊卫生条件很不好。大师傅刚拉完大便，连手都不洗，就给你炸起油条来了。我不得不承认，这家伙被神给了丁点儿好处，竟然连自己是谁都不认识了。平时我俩每天都在类似的小摊上吃饭，从来没见他说过什么卫生不卫生的。有时候面条掉到桌子上，他都要捡起来再吃掉，现在居然满嘴臭屁似的讨论起了卫生。结果我终于忍受不了了，问他，你他妈到底想怎么样？他看着我的脸，嬉笑着说，要不这样吧，咱们中午好好地找个地方吃一顿，找一个卫生条件好的，找一个可口的，找一个上档次的地方，怎么样？你的意思是说，我问他，咱们不吃早餐了是不？他有点儿不好意思地点了点头，说，是的是的！妈的，我知道你的意思了，咱们回去睡觉吧，我对他说。他用手拍了拍口袋，跳上自行车，说，好吧。

事实上，从那以后，我们再也没捡到过钱。那天中午我们也没有去吃什么好的。那一百块我们一直没花，它一直待在老鸟的口袋里，一有空我们就拿出来细细端详端详它，一边用鼻子去闻它的味道，一边沿着嘴角流出些口水。不知道为什么，每次一看到它，我们就觉得安心极了。是的，它是我们的希望所在，是我们最后的精神家园。也许你难以相信，但是确实就是这么回事。它注定要陪着我们过下去。如果你想打它的主意，我跟老鸟绝对不会放过你，不是骗你的，我俩不惜舍生取义。真他妈的，我知道你不相信我的话。好吧好吧，我也不相信，我也觉得自己是在放屁，从来没有过一句正经的。我向你道歉，我也向自己道歉。老鸟已经睡着了，他的呼噜声几乎要把我的耳膜给震破了。好了好了，我也要睡觉了，我得好好地睡一觉。我得好好想想这世界到底是怎么一回事！

过了一段时间，我们单位就会有要发工资的传言，每次都搞得有鼻子有眼的。甚至连老鸟都信誓旦旦地跟我说，谁骗你谁是猪。见我还是不相信，他一副受了侮辱的鸟样，涨青了脸说，你爱信不信！你见了老板了？我问他。没见，他过了半天终于挤出个屁来。没见你凭什么说要发工资？也许是我的声音有些太大了，正在一边兴奋得不知所以的同事们都扭回头来瞪着我。我一下子觉得自己热血沸腾起来，我立马跳到了办公桌上，对他们说，你们他妈的醒醒吧，不会有人给你们发工资的，你们他妈的都放心好了，都他妈赶快再寻出路吧。说完我就后悔了，我意识到这下我给自己找了个大麻烦了。

果然不出所料。首先是站在我旁边的一个干瘦男人被我给气得嘴唇浮肿了起来。紧接着大家终于控制不住了。你一个小东西，一个大妈模样的妇女叫道，你一个小东西懂个什么？是啊，一个壮汉说，小东西你欠揍是不？就是欠揍！妈的，这狗日的，不知道谁这么叫道，咱们得教训教训这家伙。还没等我反应过来，脸上就挨了莫名其妙的一拳。差点儿把我给疼得昏过去，这只是个开头而已，接着他们就全部朝我冲了过来，我只好把自己放到地板上，用双手抱着脑袋，双腿使劲蜷缩起来。众人一边打我，一边朝我吐唾沫，很快，我就感觉自己已经不是个人了，我只是被扔在地板上的一大堆垃圾而已，我不再是由肉和骨头构成，我的成分变成了以下东西，首先就是唾沫，接着是塑料袋，还有被嚼过了的口香糖、装着精液的避孕套、几块已经发霉的卫生巾、一小泡狗尿、一次性筷子、大量沾着不明污物的卫生纸、一小截坏掉了的香肠、一只鞋……

还好的是，楼里搞卫生的阿姨还在。傍晚的时候，她用塑料袋把我装了起来，一只不够，她就把我分成了两袋。装好后她叹了口气，靠在墙壁上一边喘气，一边哭了起来。她哭得伤心极了，很快胸前的衣服就被泪水给全部弄湿了。我想跟她说点儿什么，却发现自己的舌头在另外一个袋子里，尽管用了全身的力气，也发不出一丝响声。阿姨，别哭了，我想这么说，有什么想不开的呢？有什么值得去哭的呢？你看看吧，我这样一摊垃圾，我这样一坨散发出恶臭的东西，都没想过去哭，你也不需要哭吧？阿姨突然自言自语地说，好了好了，不哭了。说完这句话她真的就停下来了。走吧走吧，她这么说。她走过来，突然跳到了我身上。我踩！她尖声大叫，我踩死你！她不停地用尽全力踹我，我踹死你个狗日的！我被她踢得飞起来撞到了墙上，她跟过来，继续用自己的尖头皮鞋搞我。末了她终于累了，躺在地上又喘了会儿气。然后没有任何表情地把我背在了自己肩膀上。

到了楼下，她把我扔进垃圾车。垃圾车大声唱着《甜蜜蜜》拉着我从大街上驶了过去。说老实话，我太讨厌这首歌了。每次我遭遇悲惨的事情的时候，它总会急急忙忙地跑到我耳朵边来，一边扭着屁股一边给我唱个不停。可是我有什么办法呢？半个小时后，我被扔到了大垃圾场。出乎我的想象的是，这里的人比我想象的要多得多，虽然天已经黑了下来。

他们有男有女，有老人也有小孩。有的人推着平板车，有的人背着塑料袋。有的人徒手，有的人手里拿着根自制的棍子。他们互相一个招呼也不打，并且偷偷地用愤恨的眼神看着对方。不一会儿，这里就发生了三起因为抢夺空矿泉水瓶子而引发的打斗。最终一个块头很大的胖子胜利了，他把手举起来，朝半空中做了一个V的手势。接着他得意扬扬地把瓶子扔在自己的平板车上，高声大叫道，又一个两毛五分钱，妈的，跟老子抢，吃了豹子胆了吗？他这样嚎叫了半天，大家都没有去搭理他，他最终把自己累得差不多了，走过来坐在了我身边。

老兄！我忍不住，跟他打了个招呼。

老兄！他好像对我这样的人已经见怪不怪了，接着他还热心地问了句，吃过饭没？虽然没吃，我对他说，但是不饿。

那我自个儿吃了啊！他这么跟我说。右手从口袋里拿出块面包来。我本以为他会三下五除二就把它吞下去，谁知道他左右端详了一番，却只把嘴巴张开小半部分，好像一用力嘴巴就会脱臼似的。妈的，我在心里对他说，你快点儿吧。他当然不理会我的抗议，继续慢条斯理地吃了起来。后来我终于忍不住了，对他说，老兄，你就不能吃快点儿吗？他看了我一眼，慢慢地把嘴里的东西全咽了下去。然后他跟我说，我这人有两个原则，一，吃饭的时候不说话；二，吃饭要充分咀嚼。他冷冷地看了我一眼，你看看我这一身膘，你以为很容易就养出来的啊。好吧，我这么跟他说，算你厉害。

我惹不起我还躲不起吗？这么想着，我一滚，从塑料袋里钻了出来，拍拍身上的土，准备离开这里。老兄，胖子突然从身后叫住了我。我回过头，看见他嘴角似笑非笑地看着我。你什么意思呢，我问他，老兄。能否谈谈？他这么跟我说。我想了想，在他身边坐了下来，没问题，老兄想谈什么？

问老兄一个问题，他这么跟我说，如果你老婆给你戴了绿帽子，跟另外一个家伙搞上了，你会怎么办？我小心翼翼地看了看胖子的脸色，你的意思是，我这么跟他说，你的老婆被人给撬了？他老实地点了点头，我就是想找个人谈谈，了解一下大家的想法，我得吸取一些不同的意见，这样才能做到万无一失。我是这么想的，见他这么诚恳，我决定实话实说，女人嘛，无非那么回事，我觉得每个男的都会被戴绿帽子，这是顺理成章，合情合理，也是肯定一定的，所以嘛，这件事情只是小事一件而已。话不能这么说啊，他朝手心里吐了一口唾沫，两掌互相搓动了几下，你的看法实在太偏激了！这只是我个人的想法而已，我跟他说，仅供参考，如果你有兴趣，不妨去做一个统计，或者玩玩跟踪调查，看看别的女人到底怎么样。

什么啊？胖子大叫起来，你以为我每天没事做吗？你以为我闲得蛋疼吗？跟踪别人？我那么有空吗？我还得赚钱呢。也亏你想得出来，我每天跟在别的女人屁股后，我他妈喝西北风去啊！那能怎么办呢？我只好这么问他。算了，他这么跟我说，你也别跟我讲你那什么狗屁道理了，听听我的想法吧！好吧，我整整衣服，心不在焉地对他说。

我是这么想的，胖子说道，这时候我才注意到他的双眼布满红丝，看来这家伙最近都没睡过好觉。我要先装傻，装得什么也不知道。然后呢？我忍不住问他。然后我就拼命赚钱，说这句话的时候他把吃奶的力气都用上了，一不小心就狠狠地咬了自己的舌头一下，血涌了出来，不过他丝毫不在意，咽了口口水继续跟我说，拼命赚钱，赚够一百万，不，一百万还不行，最起码要两百万，我不知道他怎么得出的这样的数目。然后呢？我又忍不住问他。他红着双眼说，这时候，我找个女的就容易得很了，简直跟抓把草一样容易。那又怎么样呢？我对他说，哪个女的都会给你戴绿帽子的！我无所谓啊，他这么跟我说，有钱了谁还在乎什么他妈的绿帽子，谁还在乎他妈的女人，有了钱就有了一切。说到这里他忍不住得意扬扬地哈哈大笑起来。完了他问我，你觉得怎么样？我不得不承认，这家伙说的还是有点儿道理的。那你老婆怎么办呢？我问他。我老婆？他脸上露出报复的快感来，并且一下子到了高潮，半天说不出话来，我老婆？那时候她肯定舍不得离开我了，但是我要马上把她赶出家门，马上，她跪下哭着问我，你为什么要这样对我？我要当面把她的不要脸的行为说出来，我对她说，是你先对不起我的，你伤透了我的心，你走吧，去跟你那奸夫昏天黑地地干去吧！就这样，他抹了抹嘴巴，好像刚酒足饭饱似的，这就是我的想法，这就是我的一辈子。我简直都有点儿崇拜他了。但是一百万怎么赚呢？不，两百万，你怎么赚呢？

这个你就放心吧，他说道，只要你把功夫下到，没有干不成的事情。虽然我现在只是个捡破烂的，但是只要我有动力，只要我努力地坚持，只要我有自己的目标，只要我脚踏实地，我就不相信我搞不定两百万。他一边说一边用力地抓着我的双手，我疼得差点叫出声来。你放开我吧，我说，无论如何，我会祝福你的！谢谢你！胖子双眼充满泪水，低头一摸，把刚才扔在地上的面包捡起来，又放回了自己的嘴巴里。

那么再见吧！我觉得自己躺在这里简直是浪费大好时光。

他抬起头来看着我问道，你知道我的名字吗？

我说我不知道。我、叫、人、妖！他一字一顿地跟我说。我被吓了一跳，下意识地往后退了一步。只是个名字而已！他这么跟我说，我并不是真的人妖！你的名字实在是太帅了，我一边恭维他一边迈开大步离开了垃圾场。

等我走回到并州路上，已经是深夜了。我把衣服口袋翻出来，找到了半根烟头。我把它点上，猛猛地吸了一口。冷飕飕的空气一下子充满了我的身体。这真是一种充满希望的感觉。是的，我忍不住在地上跳了起来，就是缺他妈的一辆自行车，只要有一辆自行车，今天晚上将变成一个充实而幸福的夜晚！我控制不住地朝路边的胡同走进去，想从里面搞一辆自行车出来。这是我第一次真正有了偷东西的想法，我的双腿都颤抖起来，甚至流出了几滴尿。我从来没有这么兴奋过，我觉得自己几乎燃烧了起来，这真是一种他妈的充满希望的感觉。

可惜的是，我转了差不多十多个胡同，居然连一辆自行车都没见到。我感到失望极了。这种失望如此强烈，以至于让我蹲在地上哭泣起来。正当我准备把声音再往大调整三十分贝的时候，突然发现四周的灯全亮了，你他妈的疯了吗？有人这么骂道，接着一个东西从天而降，朝我脑袋上砸了过来，我连忙把自己的嘴巴紧紧地闭上，飞快地跑出了胡同。

好了好了！我站在路灯下这么劝说自己，将就着过一个晚上吧。不可能每次都让你交上好运，不可能每次你想怎么样就怎么样，总会有些时候，比如现在，你得失望地站在马路上，就是这么回事；好了好了，放松点儿吧，我一边往前走一边劝说自己，不至于一个晚上不high就死掉吧，怎么可能每天都high呢？就在这时候，我闻到一股熟悉的气味，是的，是老鸟，我他妈绝对不会搞错，这家伙正离我越来越近。我的耳朵已经听到了他的歌声，他还在唱那首"1979年 / 那是一个春天……"不对不对，这不是老鸟的声音，老鸟唱不了这么好听，这他妈是个女的的声音……

过了一会儿，我看见远处一个影子摇摇晃晃地过来了。果然就是老鸟，这家伙坐在一辆自行车上，另外一只手扶着另外一辆自行车。看见我他差点儿从车上掉了下来。我连忙过去帮他站稳了。怎么样？他激动地问我，哥们，你说怎么样？他拍了拍自己的自行车，又拍了拍给我带的自行车，又拍了拍固定在他自行车筐子上的一个录音机，怎么样？他兴奋得嘴唇都红肿了起来。我忍不住就想去拥抱这家伙。他嘴巴怎么也停不下来，这下，他叫道，我们可以一边骑自行车，一边学唱歌了。是的，我用力地点了点头，放开了他的肩膀，让我们上路吧，我翻身跳上了自行车。好的，他也跟着跳了上去。

从哪里搞来的录音机？我问老鸟。从旧货市场！他大声说道，我把那一百块钱花掉了！你看！他拍了拍自己骑的自行车，自行车加录音机，总共才一百块，够便宜吧，我他妈运气真是好极了。我昨天晚上不是给你搞了一辆的吗？我对他说，你他妈又买一辆是要干什么？你有毛病是不是？老鸟吃惊地看着我，他说，那他妈不是我的自行车，我要玩也要玩自己的！不就是一辆自行车？我朝他喊道，谁的不是一样骑呢？再说你第二天就给放回去了，又不是偷的。老鸟显得委屈极了，我不喜欢每天骑着别人的，我要有自己的！我自己总得有点儿什么东西吧？我可以去给你偷一辆嘛！自行车而已！我故意很轻松地跟他说。算了吧！他又开始激动得喷唾沫了，这件事情绝对没有商量的余地，我得有自己的自行车，并且不能是偷来的，得是自己花钱买来的，这样我才能安心一点儿。要不然我会受不了的。说着他伸出手，用力地抱住了自己的自行车，谁他妈也别想把它抢走。

可是你花的钱也不是自己的钱啊？我终于还是控制不住自己，你的钱也是从路上捡来的，也是他妈的别人的，那跟偷来的车子又有什么区别呢？老鸟被我气坏了，他一捏刹车猛地把车子横在了我的面前，我差点儿飞了出去。你他妈再说一次试试！他眼睛一眨不眨地瞪着我！我一下子感到害怕起来，这家伙一副要跟我拼命的模样。算了吧算了吧，我不得不这么跟他说，你想怎么样就怎么样！你得给我说清楚，他还是不肯让开，这车是我花钱买来的，它他妈是的！是的！我只好说，它是你的，是你花钱买来的。这时候我才发现，这家伙眼眶里泪光闪闪。好了好了，我拍了拍他的肩膀，是我错了，我向你道歉。他终于稍微放松了点儿。不是谁对谁错的问题，他这么说道，你他妈得学会尊重别人。接着他默默地把车子放正，骑着朝前走了起来。

你他妈得学会尊重别人，你他妈得学会尊重钱。

过了一会儿，老鸟又跟着录音机唱起歌来了。他的声音越来越大，偶尔从一旁经过的人忍不住回过头来看我们，但是老鸟一点儿都不在乎。唱得越来越好了啊！我忍不住对他说。那当然，他说，我跟着录音机学了整整一天，连饭都没有吃。说到这里，他突然叫住了我，从车上跳下来，走近我问，看我有什么不同没有？这时候我才注意到他脸上有好几道血痕，他把裤子拽起来，叫我看他的腿，上面也布满黑青。你怎么了？我被他吓了一跳。他哈哈大笑起来，我跟隔壁的家伙打了一架。

说到这里，我觉得自己应该补充介绍一下我们的邻居。那家伙长得很壮，也是三十多岁。每天下午四点半，这家伙就会准时出现在楼道里，他说自己有坐骨神经痛，每天都得锻炼。他一边做蹲下起来的动作，一边摆动双臂，一边跟旁边的人说话。只要有人出现在他的面前，他都不会放过，他会从自己的小时候说起，一直说到昨天中午吃的什么饭。但是只要半个小时的时间一到，他马上就会停下来，哪怕正说到最精彩的部分，哪怕他已经把唾沫喷了一地，他也会马上闭嘴，把自己锁回屋子里去。更奇怪的是，下次他在楼道里再碰到你的时候，他马上就会接着上次的话题讲起来，一句也不会多，一句也不会少。

据他自己说，他原先混得很好，是他们村的第一个大学生。毕业后分配到他们县的一家国有工厂工作，第一天上班的时候，这家伙躲在厕所里足足笑了半个多小时才直起腰来。你不知道，他这么跟我说，我有多么高兴，这就是我想要的生活。笑完后，他把自己的头发好好整理了一番，用拳头砸了墙壁十多下。他对自己说，一定要努力地干活，一定要勤奋地奋斗，一定要有一个美好的未来，一定要当大官，一定要爹娘享上自己的福，一定要找个漂亮老婆。

没想到的是，有一天国家的工厂也会倒闭，他一个月拿一百多块钱，连吃饭都不够。我这么大的人了，他这么跟我说，找工作已经不容易了，也找不到合适的了，所以我决定要考研。于是这家伙跑到这个城市来，一个人租了房子，每天把自己关在房子里，早上读英语，中午背政治，下午练习高数题。他去年考的是法律硕士，结果英语太差没有上成。今年他准备转攻教育硕士。不过听说现在公务员也很不错，他有一天这么跟我说，我也准备考一下公务员。

你知道的，老鸟这么跟我说，这家伙从始至终都看不起我。

这我倒没什么感觉，我说，我反而觉得是你看不起他。

老鸟被我给噎了一下，差点儿背过气去。好一会儿他才恢复正常。

无论如何吧，他这么跟我说，我今天怎么也忍不住了，这家伙说我学唱歌把他给吵了，说是要我赔他损失。我他妈连唱唱歌的权利都没有了吗？老鸟愤怒地说，并且，是这家伙先动手的，我总不至于就站在那里挨打吧？没人劝架吗？我问老鸟，很明显是他吃了亏。不知道人都哪儿去了！老鸟这么跟我说，并且我们打得一点儿声音也没有，没人会听见的。打了足足有半个小时，半个小时的时间一到，那孙子马上就停下来回到了自己房子里，真他妈的，碰上了个疯子！

尽管老鸟尽量使自己显得轻松点，但是无论谁都可以看出来，这家伙受了伤。我只好坐下来，陪他默不作声了一会儿。老鸟抽了支烟，长长地叹了三口气，其中一口碰到地面后朝我反射过来，幸亏我反应及时，躲开了去。就我俩现在的营养水平，嘴巴里毫无疑问臭烘烘地能把世界给撕个裂口出来。

天长日久，老鸟终于进入了状态。他的话越来越少，无论什么时候都摆出一副埋头苦干的模样。我俩走在路上，目不斜视，旁若无人。白天我俩把窗帘拉得严严实实的，脑袋钻在被子里，蒙头大睡。因为上厕所得到楼道里，我俩不得不预备了个红色的塑料小桶，用来大小便。每当夜晚来临，太阳落山，我们马上就会感到浑身的血开始慢慢地沸腾起来。虽然离出发还有好几个小时，但是我们怎么也平静不下来了。我们把录音机打开，跟着它开始了唱歌大战。我不得不承认，老鸟这家伙是个唱歌的好手，他比我强多了，声音粗犷，起落自如，不过无所谓了，这东西玩得无非就是个投入，好不好听是其次的，重在参与嘛。

就这样我们不停地折腾到凌晨，我们买来的大闹钟就放在房子的正中央，我们可以听到秒针“滴答、滴答”的声音。世界只有这点儿声音了，世界一片寂静，录音机的磁带已经走到了末尾，是的，就要开始了，他他妈是我们的海洛因，我们甚至有了短暂的眩晕感，张大嘴巴大口喘气。两点来到，闹钟轰鸣，它的声音被我们调到了最大，整栋楼都跟着晃了几晃。

我和老鸟马上冲到院子里，跳上自行车，朝满大街的黑夜钻进去。前段时间，老鸟在垃圾堆里捡到了一张太原市交通地图，这毫无疑问地帮了我们的大忙。从那以后，我们每天做完十五分钟的热身运动之后，就会找个路灯，站在下面研究一下地图。我们的想法是，要把这个城市的每一个地方都走到，从哪里开始就从哪里结束，末了我们要回到这个路灯下结束自己的今天。

这个世界上最重要的是什么东西？是自行车。这个世界上最亲切的东西是什么？是自行车。这个世界上有什么东西是我和老鸟难以放弃的？是自行车。这个世界上除了我们还剩下什么？是自行车。这个世界上什么东西可以让你忘记烦恼，让你找到自己的存在？是自行车。照武侠小说里的说法，我们已经完全和自行车“人车合一”了。如你所知，这是最高境界，没有多少人可以做到。

我们经过工商银行、中国银行、建设银行、农业银行、太原市商业银行；我们经过先河歌城、中国城、金昌盛舞厅、今夜难眠水上世界、1984酒吧；我们经过洗脚房、桑拿房、停车场、美容院、电影院；我们经过桑塔纳、加长悍马、林肯、宝马、红旗；我们经过男人、女人；我们经过煤矿老板、妓女、政府官员、农民工、乞丐、学生、工人；我们经过车祸、贪污、杀人、强奸、抢劫、盗窃、掠夺；我们经过贫穷、饥饿、漂亮、性感；我们经过人民币……

老鸟骑车的动作已经到了无招胜有招的地步，他甚至可以在自行车上倒立过来，他可以两只手都不握把，他可以横躺在上面，无论怎样，只要自行车跟他之间还有一丝的接触，他就能像一枚炮弹似的往前飞去。黑夜被我们撞出了个大窟窿。一路上，我们都在不停地超车，把别人一个接一个地甩在身后。我完全相信，如果把两座世贸大厦放在半路上，我们毫不费力就可以再给它撞出一个洞来。

正当我俩兴奋得不知所以的时候，身后突然警笛大作，接着一辆面包车闪着警灯飞快地插到了我们前面，我差点儿被它挤得摔了个大跟头。一个红色的塑料牌子挡在我的鼻子前，喇叭里一个男声严肃地对我们说，靠边停下！我被吓坏了，长这么大，我还从来没跟警察做过这么近距离的亲密接触，一看见他们的制服我就觉得双腿发软……

一胖一瘦两个警察从车上下来，他们拿着手电筒照了照我的脸。有身份证吗？他们一边问一边朝我俩的自行车走过去，不可能嘛！他们嘟哝着。没带在身上，我老老实实地回答。老鸟伸手在口袋里摸了半天，像变戏法似的变出了他的身份证，他这么做的时候尽管背对着我，可是我马上就感到了他的幸灾乐祸，我突然间有一种感觉，这家伙是靠不住的，只要警察一声令下，他马上就会扔下我跑得一干二净。想到这里，我不禁感到非常孤单，好像被整个世界给抛弃了似的……

我操，那个瘦子突然叫了起来，这不是老鸟吗？

老鸟愣了那么一小会儿，跟着也认出了瘦子，我操我操我操，老鸟一连操了三次，他平时不经常这样说话，由此可以看出他非常激动。

瘦子是老鸟的高中同学，他们已经差不多十五年没见过了，没想到会在他乡遇到故交，并且是在凌晨的大街上。

瘦子问老鸟，你小子混得不错吧？

老鸟点点头说，还凑合吧！你呢？看样子也挺不错啊！

瘦子马上诉起苦来，好什么呢？你又不是没看见，大晚上的还得出来压马路，真他妈的。接着两个人拉起了家常。我只好在一边听老鸟吹牛，很快他就把自己假装成了个富翁，他说他在某某地，这个地方我从来没听说过，可以肯定是老鸟自己杜撰出来的，他说他在那里包了个煤矿。

胖子给我丢了支烟过来，我的手抖得怎么也点不着。你们这是忙什么呢？胖子指了指我们的自行车问。没什么，我故作镇定，锻炼身体而已。胖子点了点头说，现在流行这个。是的，我含糊着附和道。如果不是我这工作，胖子感叹说，我也跟你们这么玩一下。我点了点头，跟他说，行，玩一下。感觉怎么样？他问我。还不错！我说。锻炼！他突然笑了笑，用手摸了摸自己凸出来的肚子，我只剩下浑身的肥肉了。对身体不好！我试着说。你说对了！胖子立马点头称是，对身体不好，我现在走路一超过十五分钟就受不了了，唉，身体是越来越差了。

大家都一样！我说。

真羡慕你们！胖子说，我已经十多年没骑过自行车了，都忘了怎么骑了。

怎么会，我对他说，这东西忘不了的，说着我走过去把自行车扶了起来，招呼他，过来试试？

胖子有点儿羞涩地在原地跳了几下，接着笨拙地跳上了自行车。这时候，我听见老鸟正在跟瘦子说他的煤矿最近瓦斯爆炸，死了俩人，他不得不出来躲几天。没后台吧？瘦子这么跟他说，就俩人，有后台还用躲啊？赔个十来二十万，不就搞定了嘛。老鸟说，你不了解情况，今年开始查的比原先严了……

和两个警察分手后，我俩又上路了。真是人生无处不相逢啊！老鸟感叹道。他从口袋里拿出一盒磁带，塞进录音机，然后往前快进了五分钟左右，按下了播放键。

我多想回到家乡/再回到她的身旁/看她的温柔善良/来抚慰我的……

歌声很快就响了起来。这是我以前从来没听过的歌，我不由得对老鸟肃然起敬，接着他像变戏法似的，从身后拿出了个喇叭，我一看就认出是刚才那俩警察的家伙。

“你不想活了啊？”我吓得连忙脱下衣服去把它包住……就这样，我们又多了一样家伙。所谓工欲善其事，必先利其器……

老天爷肯定不会不明不白地让我碰见我的高中同学。我知道这一点，他知道我过得不好，让他替他来给我送点儿东西，老鸟在一边油嘴滑舌地说。

那天我还没睡醒，电话突然就响了，我接起来，原来是一个同事打来的。老鸟在你那里吗？他这么问我。是的，我看了一眼正在床上打呼噜的老鸟。你们快来吧！他这么跟我说，有大事发生！我走过去，踹了老鸟两脚，对他说，快起床！他翻了个身，嘴里嘟哝着问道，什么事？单位有大事发生。这下他立马跳了起来，一边急忙把衣服往身上套，一边问，有什么大事？难道是发工资了吗？除了这个不可能有什么大事啊！少啰嗦了，我对他说，你快点吧！

等我们赶到单位的时候，大家都已经到全了。每个人脸上的神情都严肃得可怕。有个家伙说，我们没有其他办法了，没有人管我们，当初市里的领导可是说过要支持咱们的，说咱们公司的项目是市里的重点工程，现在他们都跑哪里去了？少他妈废话了，不知道谁叫道，咱们走吧！我和老鸟揪住身边的人，问到底是怎么回事？原来我们的债主把我们公司告上法庭了，现在法院要把我们公司拍卖了用来还债！这哪能行呢？一拍卖咱们去哪里要工资啊？那不就完蛋了嘛！

老鸟脸色变得铁青起来，我想我也好不到哪里去。我们跟在大部队后面，前面的人拉着横幅，上面写着“请政府给我们做主！”“我们要我们的工资”等等之类的标语。走了半个多小时，我们到了市政府门口，有人说，我们就坐在这里吧！好吧好吧，我们就坐在这里吧！

我以前也见过类似的静坐队伍，不知道为什么我老是感觉有点儿别扭，我觉得我们不够专业，但是又不知道毛病出在哪里……路人大部分都对我们表示同情，我从他们眼睛里可以看到这个，甚至还有一个四十多岁的女同志，控制不住地流下了眼泪来。当然，也有一小部分，对我们表示了不屑。

后来终于有领导接见我们了。谁跟你们说要拍卖呢？他义正辞严地说，这是流言，我告诉大家，你们放心好了，用不了多久，你们的问题就会得到解决。我们现在也正在积极地处理相关人员。不过话说回来，大家实在不应该采取这么极端的手段……

好了好了！时光飞快！一眨眼就到了那天。我和老鸟碰上了劫匪。

老鸟后来说，这是早晚都要发生的事情，常在河边走，哪能不湿鞋？每天晚上都在大街上晃，不被抢是一件不正常的事情。问题是我们一无所有，这真他妈差点儿要了我俩的命。我不知道那两个抢劫的家伙是怎么想的，要知道我跟老鸟一眼看上去就是那种贫困潦倒的货色，难道是他们想做个热身运动，先小搞我们一下，再去朝其他人下手吗？我也想过去抢劫，这个念头在我脑袋出现过绝对不下五百次，许多次我甚至想出了具体的计划，比如在哪里下手，在什么时候，朝什么人动手，抢什么，碰上意外怎么办？当然，每次我都只是想想而已，一想到也许会失败，被关进监狱，或者一不留神弄出人命，那就亏大了。毕竟，我的日子还多着呢，它长到让我不得不相信自己会有好日子，终归有一天，我会过上美好的生活，我还得把自己留下来去享受。

那天老鸟突然感冒了，这对我们来说是一件不可思议的事情。

如你所知，因为自行车运动的缘故，我们的身体越来越强壮。有一天，我偶然地经过镜子，突然发现自己比原来宽了许多，也厚了不少，甚至我的脸色都红润了起来，一咬嘴巴，肌肉就在腮部骨碌骨碌地转动。我大吃一惊，飞快地把衣服脱掉，对着镜子详细观察了一番。真是有心栽花花不开，无心插柳柳成荫。想当初大学的时候，有一段时间我卯足了劲地进行体育锻炼，想让自己看起来强壮一点，想摆脱掉小白脸的形象，为此我每天踢完足球打篮球，打完篮球学游泳，游完泳还沿着操场跑个马拉松，甚至我还报名参加了一个气功班，折腾了整整半年居然一点儿效果也没有。没想到现在一不留神就成了个肌肉男，镜子中我的身体简直跟健美运动员有得一拼，特别是大腿和臀部肌肉，稍微一用力就一块块地显露出来，我用手摸了摸自己的胸肌，硬邦邦却又充满弹性……

老鸟毫无疑问也跟我差不多。我们发现自己走起路来虎虎生风，浑身有使不完的劲。甚至老鸟的轻度痔疮都好了，我们都以为这辈子就此要和疾病拜拜了。这毫无疑问是一件大喜事，要知道无论对于谁来说，无论得了什么样的病，去医院一下也会受不了，医院是他妈的吸血鬼。如果你钱多得花不了，那么好吧，你可以去医院转一转，即使你没有病，转一下也能狠狠地解决掉你的问题。还是那句老话，身体是革命的本钱，我又扯远了……

好吧好吧，老鸟这么跟我说，就当我是感冒了！好吧好吧，我说，你他妈当然是感冒了。这么说完，我俩跳上了自行车。时候已经是初冬了，天气正一天比一天凉。我们一边把录音机的声音调到最大，一边双腿用力加快速度，这样我们才能感觉到一种热闹而狂欢的气氛……

有时候我把自己想象成一枚巨大无比的炮弹，有时候我把自己想象成拖了一百多个车厢的火车，有时候我把自己想象成系在一起的一辆大卡车，这个世界对于我来说是如此简单，我游刃有余地往前飞奔，我用自己的方法熟练地掌握了这个世界。我多想自己是一个对音乐非常精通的人，那么我就能写一首歌来告诉你我的感觉，我们每天晚上只听这一首歌，我们唱着它直到老死。

老鸟看了会儿地图对我说，可供我们往前冲的马路是越来越少了。我把脑袋探过去看了一下，果然，地图上布满了黑色的粗线，这是我们做的标志，以提醒自己，这些地方是已经跑过的了。那怎么办呢？我问老鸟。再来一遍吧！老鸟这么跟我说，从并州路开始。我说好吧好吧。接着我们就又上路了。

没走多远，我们就不得不拐弯上了建设路，因为前面正在修路，灰尘乱飞，噪声嘈杂。如果你经常在夜晚晃荡，你会发现它并不像你想得那么安静，实际上从来都没安静过。到处都在施工，并且看样子永远也结束不了。这里完了那里开始，那里完了这里开始。水泥钢筋、戴帽子的工人、挖土机、起重机、大卡车，这些东西你来我往，看到这样的情景，我忍不住认为，我们勤劳勇敢的工人叔叔真是不知疲倦，长此以往，我们的四个现代化实现不了才叫个怪了。

那两个劫匪就是在这个时候出现的。一看到他俩我就想起了前段时间碰到的那两个警察，不是想要他们来把他们抓起来，而是因为这两个和那两个长得太像了，也是一胖一瘦，也是朝我们大喝一声，靠路边把车给我停下。如你所知，我和老鸟的自行车技术已经到了出神入化的地步，本来我俩以为自己在这个世界上已经没有什么敌手了，但是这两个劫匪让我们认识到，山外有山，天外有天。要知道他们用的是最原始的跑步方式，居然比我们快多了。我们用出了吃奶的力气，还是被他们给轻易地挤到了路边。

有什么可说的呢？技输一筹，只好乖乖地听人家的命令了。那两人用丝袜蒙着头，用刀顶着我们的背，跟电影上看到的简直一模一样，说起话来闷声闷气，把钱交出来！他们这么对我俩说。二话不说，我和老鸟立马把口袋由里往外翻了出来，示意我们一分钱也没有。我们尽量让自己的动作和眼神显得真诚极了，说老实话，我们还从来没有这么真诚过，甚至想把自己的心掏出来给这两个家伙看看。那一刻，我把自己都给感动坏了。但是劫匪并不吃这一套，也许是他们见多了真诚，已经对它没什么感觉了。别跟我来这一套，他们这么说道，把衣服脱了！我正准备照办的时候，却看见老鸟正在跟我使眼色，我顺着他的眼神看过去，看见对面路上有十多个人正走过来，看样子喝得有点儿多了，不停地大喊大叫。难道老鸟想……

还没等我反应过来，老鸟突然往前蹿了出去，他的动作是如此的迅速，把他背后的家伙给吓了一跳，不过对方很快就反应过来，追了上去。老鸟一边跑一边大叫，抢劫啦！救命啦！对面那些人很明显听到了老鸟的叫声，转动脑袋朝我们这边张望起来。我心里不由得一喜，看来我们有救了。想到这里，我也往前一蹿，可惜胖子已经提高了警惕，手里的刀始终紧紧地贴着我的背。我连忙去看那些人，却见他们并没有停下来，仍然是大叫着朝远处走去。

我扭回头，看见老鸟已经乖乖地停了下来，把手伸到背后让瘦子给抓住。要知道如果他再反抗的话，说不定身上就会少点儿东西。瘦子就是这么跟老鸟说的，如果你再动，老子就让你少点儿东西。他一边这样说，一边伴以阴笑，让我感到大腿根部一阵空虚，好像真的有什么从那里跟我拜拜了似的。胖子把我推过去和老鸟站在了一块。把衣服脱了，他们这么命令我俩。我俩只好把自己脱了个一干二净。我们已经四个多月没发工资了，我跟他们解释，一直都在借钱度日呢！请两位老大放我们一马，日后定会重报。少废话！少哭穷！胖子喝道，不然要了你的命。好吧好吧，你们请便。

瘦子用刀挑了挑我和老鸟的衣服。很明显，他已经被我们的臭味给熏得受不了了，不得不腾出手去捂着鼻子。尤其是挑到老鸟的内裤的时候，我本以为他会一下子把那家伙扔得远远的，没想到他却突然扭回头来对胖子说，大哥，有货！我马上感到身后的刀晃了一下，看来这胖子激动得不轻。瘦子把老鸟的内裤上的拉链拉开，果然从里面掉出了百元大钞。我也没看清楚有多少，就被瘦子给装进了自己的口袋。

接下来他们踹了我们几脚，然后跳上我们的自行车逃掉了……

我和老鸟步行回到家，躺在床上一下睡了一整天觉。闹钟在两点准时大叫了起来，我睁开眼，用耳朵去寻找老鸟的声息，很明显他也醒了过来，跟我一样躺着一动不动。我俩像被阉了似的，默不作声。

我们不能再这么拖下去了！过了会儿，老鸟这么说，我们有胳膊有腿，我们还受过教育，我们读的书也不少，我们也还年轻，你说我们有什么理由待在这里……

可是我们不知道从哪里下手，知道的话我们早就插进去了，这狗日的生活，每天换着花样跟我们玩，没完没了地捉弄我们，把自己的洞藏得严严实实的。是的，就是这么回事。

我觉得我们应该脚踏实地，老鸟这样跟我说，我们不能想着一口吃个大胖子，我们得从最小的事情做起，积少成多。这就是我的想法，你说，我们两个活生生的人，我就不相信我们干不过别人，我就不相信人民会不给咱俩饭吃。老鸟越说越激动，浑身冒汗地跳到了地上。只要我们好好地干，只要我们不停地朝自己的目标前进……

尽管我一再提醒自己，这些话都是他妈的狗屁，但是老鸟在我耳朵边不停地说了差不多半个小时后，我终于也跳到了地上，我俩光着身体蹲在地上，一边抽烟一边设计自己的未来，由于兴奋，我们的屁股红彤彤的。

知道我被抢走的钱有多少吗？老鸟问我。

不知道，一提到这个我就有点儿生气，我问过老鸟无数次他有没有钱，每次他都跟我摇头，结果却全部被不相关的人拿去享受去了，无论如何，都是你自作自受，我对他说。

差不多有三千！老鸟说，是我存下来给我老婆生孩子用的。你也知道，我他妈还有个老婆等着用钱呢！孩子一生下来，我就完蛋了。一想到有个儿子要吃饭，要穿衣服，要上学，要长大，要找女人，要花钱，最终也得变成咱俩这样的穷光蛋，你说这生活还有什么指望？一想到这个，我就忍不住感到难过，老鸟说到这里甚至哽咽起来，他那双布满血丝的眼睛里泪花闪闪。他又来了，过一段时间他就要这么给我来一下……

好了好了，我一边拍着他的背帮他顺气，一边把他刚才跟我说的话又跟他说了一遍，我们不能再这么拖下去了，我们有胳膊有腿，我们还受过教育，我们读的书也不少，我们也还年轻，你说我们有什么理由待在这里……

老鸟突然站起来，把衣服穿上，对我说，跟我走吧。

我俩出了门。因为没有了自行车，世界顿时大了许多。不知道为什么，跟在老鸟的身后，我感到越来越兴奋，我不由得对老鸟满怀希望。走了足足有半个多小时，我们来到了单位门口。老鸟从背包里拿出一条长绳子，朝楼顶用力一扔，接着他用双手用力拽了拽，好了，他这么跟我说，挂住了，我们上去吧。

我说我有点儿害怕。老鸟不理我了，把绳子往腰上一绕，双手交替朝上爬去。我看着他逐渐变成了绳子上的一个小黑点，并且最终失去了踪影。好吧好吧，我在心底这么跟自己说。我把眼睛闭上，学着老鸟的样子朝上爬去，我感觉到自己爬得越来越高，周围越来越冷，正当我不知道该怎么办的时候，听见了老鸟的声音，这边！他说。我睁眼一看，他正在一扇窗户后面朝我挥手，我调整好角度，把自己荡了过去，咣当一声，我不小心撞破了块玻璃。老鸟连忙伸手把我拉住。

还没等我站稳，老鸟已经开始干活了。我把眼睛闭了会儿，等睁开的时候就习惯了黑暗。老鸟正在鼓捣电脑，他看了看我说，快过来搭把手，捡值钱的好带的东西拿！这不是偷吗？我吃惊地问他。别跟我叽叽歪歪了！老鸟对我说，干活拿钱，这是天经地义的事情，他不给我们，我们自己没长手吗？我发了会儿呆，觉得老鸟说得相当有道理，陪着他拆开了电脑，毫无疑问，干这活我一点儿都不是他的对手。他一边丁零当啷地把拆下来的东西塞进带来的塑料口袋里，一边问我，知道我内裤里的钱是从哪里来的吗？都是从单位搞来的。我对他说，你胆子真他妈不小！他哈哈大笑起来，对我说，你还真叫个天真了，我告诉你，这里剩下的已经没有什么特别值钱的了，能搞的，好搞的，都已经被别人给搞走了。

等我们返回住处的时候，天已经快亮了。我用手捏着口袋里的一沓子钞票，觉得世界美好，万物生长，一切都充满希望。咱们去干点儿什么吧！我对老鸟说。于是我俩跑步前进，我们从来没有这么早出现在大街上过，无论什么都显得那么新鲜。马路上干净得连片纸都看不到。大概过了半个小时，我们就到了二手自行车市场。我和老鸟一人挑了辆自行车，总共才花了一百。真便宜啊！我忍不住叫道！真便宜啊！老鸟跟着我叫道。接着我们跳上了自行车。

我们骑得飞快，把周围的一切全部甩到了后边。我们唱歌吧！老鸟提议。好的！我喊了声“一、二”，接着我俩就一起唱了起来：学习雷锋好榜样，忠于革命忠于党……所有的人都回过头来看我们，交通马上混乱了起来，汽车失去了控制横冲直撞起来，驾驶员吓得用双手使劲地抓住方向盘，一点也不敢放松，行人们惊慌失措，大声尖叫，真是他妈的一个美好的早晨，真是他妈的一个快乐的世界……

过了会儿，我们经过一家发廊的时候，老鸟突然停了下来。干什么呢？我问他。咱们进去吧！老鸟跟我说。这样的发廊在这个城市到处可见，如你所知，它并不理发，打扮性感的女人朝你张开双腿，是的是的，不用我说，大家都知道这是干什么的地方。我又一次捏了捏口袋里的钞票，下定决心对老鸟说，好吧！

当我们站在发廊的地板上，我突然间感到双腿发软，分明有个声音告诉我，你是个穷光蛋。我对它说，我不是，我口袋里有钱。是的，我不是穷光蛋！那个叉开双腿的女人把我们领到楼上，然后问我们，喝茶吗？我和老鸟连忙点头。喝水似的把半杯茶水灌到肚子里后，叉腿女人又出现了，她手里拿着一本相册。你们选一个吧，她对我俩说，我俩颤抖着双手把相册接过来，哦，时间飞快……

时间飞快啊，当我迟钝的神经终于有所反应，我已经提起裤子出现在大街上了，我试着去回想刚才发生的事情，却发现什么也想不起来了，脑袋里空荡荡一片。我一下子慌了神，用指甲狠狠地掐了自己一下，还好，疼痛的感觉还有。老鸟跟我也差不多。他给我丢了支烟过来，我俩蹲在地上抽了起来。

那天跟往常没什么区别，阳光灿烂，天气寒冷……

那天是腊月十七，又一年过去了，我把老鸟送到火车站，他慢慢地兴高采烈起来，我得用这样一种状态来迎接我的儿子，他像一本《青年文摘》似的高声说话，我得告诉他，这个世界他妈的太美好了，是的，希望无处不在……

把老鸟送走后，我被一个卖报纸的给缠上了，如果是往常的话，我也许会躲开他，绕个圈子离开，但是今天我捏了捏口袋里的钞票，突然想买张来看看了。好吧好吧，我对他说，把你卖的每一样都给我来一份。他挑了一会儿，递给了我一大沓，我把钱给他，拿着报纸找了个人少的地方坐了下来，我一边抽烟一边开始看报纸。在这样一个早晨，我想好好了解一下这个世界到底是怎么一回事。

世界依旧，车祸、贪污、杀人、强奸、抢劫、盗窃、掠夺、贫穷、饥饿、漂亮、性感、男人、女人、煤矿老板、妓女、政府官员、农民工、乞丐、学生、工人……

好在我的报纸没有白买，在上面我看到了一个熟人，就是那次在垃圾场碰到的那个胖子，图片上他低着头萎靡不振地被一群人围着，旁边的文字里是这么说的，昨天早上，警察在汾河里救出一个跳水自杀者，截至记者发稿，他还没对大家说一句话，据有关专家分析，此人可能是个聋子加哑巴，另悉，此男子随身携带的物品中有两块吃了一半的面包、一个已经用过的安全套、一个还没用过的安全套、用过的安全套里包着一个刀片……

我忍不住哈哈大笑起来，我一边笑一边把脑袋往双腿中间塞，我实在是控制不住了……

同学王胜利

1

我记得很清楚，最开始是麻子给我们带来胜利的底细的。胜利带着麻子漫无目的地打车在这个城市跑了三个多小时。回来后麻子唾沫飞溅地坐在我们中间，足足描述了有一个多小时。

五百多块啊，麻子道，当出租车计费器不停地跳动的时候，我的心都快跳出胸膛了。你舍得吗？你舍得吗？他一遍一遍加重语气依次对着我们的脸咆哮。每个人都顺从地摇了摇头。麻子满意地道，可是胜利舍得，他拿钱的时候眼都没有眨一下。

那天下午，麻子一遍又一遍用贫乏的词汇，想描述出自己当时所感受到的震撼，可惜的是，怎么描述都让他对自己感到不满意。

不过，我们这些来自乡下的家伙们已经相当领会了。

那时候我们的学费也就两千六而已，每个人的生活费一个月顶多也就两百块。当麻子给我们讲完故事之后，我们不由得对胜利感到嫉妒。这家伙太有钱了。

等我们再稍微对城市深入了解了一些之后，对胜利就更加嫉妒了。原来这个小个子身上那些貌不惊人的衣服全是名牌；原来这个小个子洗脸居然不用香皂，而用一种电视里每天都会播放广告的洁面乳；原来这个小个子手腕的那块手表竟然价值七百块人民币之多；原来他那顶挂在床头怪里怪气跟包布似的帽子居然比我们一个月的饭钱还贵。

不到一个星期，胜利就成了最受我们欢迎的人。这个戴眼镜的小个子自始至终脸上都挂着过度的热情，当你碰上难题时，他会在你还没开口时，就跳出来给予你帮助。他对每个人的家乡都好奇极了，只要你说出自己来自何处，他就能张口把你那地方的所有值得注意的土特产、旅游胜地、著名人物等等一股脑儿地说出来，他比我们这些家伙还了解我们的家乡。他知道的不仅仅这些，随便什么话题，他都能跟你侃侃而谈。

跟我们不一样，他喜欢和陌生人打交道。没过多久，整个楼道里的人都认识他了。后来，一楼和三楼的人也开始来我们宿舍找起了胜利。班主任第一个叫出名字的家伙，就是胜利这个家伙。

无论干什么，我们首先都会想到这个家伙，打篮球啦、打扑克啦等等之类，所有有人会玩的游戏，胜利都掌握得恰到好处，不太好也不太糟。

那是2000年夏天，我们对未来充满希望。宿舍里充斥着热烈的气味。大家用蹩脚的普通话通宵聊天，一种彻底放松和狂欢的感觉，让我们怎么也平静不下来。

很快我们就熟悉到了互相开玩笑，把对方压在床上脱他裤子的地步。就在这时候，我们发现了胜利的古怪之处，他的话并没有减少，态度也一如既往地彬彬有礼，但是，这副模样对于已经一起生活了快一个月的我们，显然已经不合适了。到后来，当大家打成一片时，他越发格格不入起来。他脸上那副原来我们喜欢得不得了的表情，现在看上去倒像是拒人千里之外的意思。

没几天，就有陌生人骑着摩托车出现在宿舍楼门口，他们的干净整洁让我们所有人为自己的容貌羞愧，在他们的后座上，坐着像他们一样干净的女孩子，我们甚至不敢直视她们的眼睛，回到宿舍，全躲在玻璃后观看。

这些都是胜利的朋友，和胜利一样来自这个城市边上的一个小城市，迟早有一天，那个小城市会被这个大城市划入自己的版图，后来也确实如此。有很长一段时间，这些家伙经常出入我们宿舍，但是没有一个人和他们说话超过十句，他们只是在等待胜利，胜利一出现，就会结伴离开。

尽管是我们的同学，尽管和我们睡在同一个房子里，但是胜利就像是另外一个世界的，他就存在在那里，但是和你一点关系都没有。

胜利仍然在脸上挂着已经不再适当的笑容，每天早出晚归，他买了许多衣服，鞋子等等之类的东西，他买了超薄随身听、BP机之类我们从来没见过的东西。他好像有用不完的钱似的。

我们想不明白，为什么胜利愿意花钱在那些我们看来完全没有必要的东西上。例如那次出租车之旅啦、例如一把剃须刀啦、一条看上去平平常常的内裤啦。还有他总是相信广告，那段时间他的脸上布满青春痘，为此他几乎把电视上杂志上所有见过的各种牌子的东西，全试用了一遍，结果是一点儿用处也没有。还不如麻子用手挤的，麻子的脸上也就一块一块的红斑而已，胜利脸上的黑红已经成片发展了。每天我们看到他蹲在洗手间不停地摩擦自己的脸时，只要多看几眼，就会浑身难受，仿佛自己的脸皮被搓掉了一层似的。

这就是最初我们对胜利的印象。

2

第一个学期还没结束，胜利就引起了我们所有人的反感。

忘记是谁开始挑头的了，大家开始抓住一切机会，对胜利进行挑衅。当他早上站在镜子前时，总有人在他背后用其他一些词语影射他的青春痘，还有人偷偷地拿胜利的东西用。我见过最夸张的是，冲凉时麻子把胜利的洗面奶用来洗屁股，然后拉住一个又一个在场的同志，让他们看看自己的屁股是不是长出青春痘了。这个笑话进行了好长一段时间。胜利气鼓鼓地在宿舍把洗面奶瓶子扔进垃圾桶，气鼓鼓地把自己所有的东西都放进了带锁子的铁皮箱。

在这个过程中，看得出来麻子还是有点儿紧张的，他心虚地向我们所有人探来求助的眼神，但是大家纷纷低头躲避。

如果那时候胜利奋起直追，如我们想象的那样，把麻子放倒在地，也许就不会发生后来的事情了。但是胜利说到底只是一个软蛋而已，他和自己生了好长一段时间的气，却没对敌人采取任何行动。

这下，我们把这家伙给看透了。

他那些摩托车友来的次数多了之后，我们不可避免地摸到了越来越多的情况。比如，胜利正在追求一个名字叫李露的女的，那女的就读于离我们这里不到一里的一所师范学校。我们还得知了，胜利追这个女同学许多年，被拒多次却仍然痴心不改。这下，我们都知道了这个家伙每天晚上钻在被窝里的电话是打给谁的了。

关于胜利，我们知道得越多，越不把他当回事了。

胜利很快就感觉到了这一点，他也迅速地作出了反应。当有一天下午，我们开始例行的三副扑克双升时，他早早地占据了一个位置，这是要跟我们示好了。我们已经好久没跟他一起打过扑克了。

不过他的第一次尝试并不美好，和他搭档的恰好是麻子，我们都知道麻子的水平很臭，但是他从来不认为自己有问题，谁和他搭档都会被他骂得一塌糊涂。胜利也不例外，几乎他每出一张牌，麻子都会脱口而出：操你妈，你会不会走啊你。没人帮胜利说话，尽管看客相当得多。大家也许对麻子的这副德行习以为常了，并不觉得有什么特殊的。

问题是胜利没有见识过，他上次和麻子打扑克，麻子还沉浸在因五百块和各种各样新玩意儿而产生的震撼中没有出来，自然克制住了自己粗鲁的本性。

在麻子的呵斥中，胜利的脸色越来越难看，连手都发起抖来。我之所以知道得这么详细，因为当时我就坐在胜利身后，如果不是他那么积极，也许我就不需要做一个看客了。我不知道是什么支撑着胜利把扑克打完的，按照以往，到六点大家也就散了，食堂开饭了，我们需要喂饱自己的身体。但是那天麻子输得脸都绿了，他死活不散摊，还放言：谁他妈散摊子，老子现在就跟谁打一架。

没人想打架。只好继续下去。

后来还是集体的力量发生了作用。

来来来！我记得是老西先站了出来，他对麻子说，咱俩打一架吧！我不想玩了，我饿坏了。

这是我第一次提到老西，可以说他是我大学同学中唯一一个知道自己要干什么的人，最主要的是，他和系领导关系都处理得非常好，毕业时系里甚至要把他留下来给校长当秘书，但是被他拒绝了。

老西把话说完，其他人也都跟着站了起来。我以为麻子会暴跳如雷，谁知道他也把扑克摔了，说，操，今天老子运气不好，来日老子干死你们这些狗日的。

他一点打架的意思也没有。

胜利待在原地没动，他想做出一副自然的表情，却没做出来。就像憋着一泡尿似的，过了好久，他才放松了下来。

吃完饭后，我看见他一个人默默地往食堂走，看那样子，就好像想从地上挖出个洞，把自己放进去似的。

快点儿吧胜利，我绕了个弯走过去对他说，再慢就没饭了。

胜利看了我一眼，感激地笑了下。说老实话，当胜利抬脸对着我感激一笑时，我心里觉得十分激动。我觉得跟胜利做个朋友，是一件十分不错的事情，最起码没钱的时候可以找这家伙借点儿。

3

那年国庆节放假，胜利邀请我去了他家。

这是我第一次去一个城市同学的家里。胜利帮我买了火车票，才两块钱，感觉不一会儿就到了。要知道平时我回趟家得十几个小时，坐在火车上我对胜利感到无比的羡慕。等我们走出车站时，像铁块似的黑色的空气涌了过来。

胜利给我介绍说，原来这里只是一个小村子而已，后来在地底下发现了煤，为了采矿，他爸爸和许多南方的人一起来到这里，把这里变成了一个城市。

我们先去了胜利他爸单位。和胜利相比，他爸的话要多得多，我本来打算在沙发上坐一下就告别的，没想到他会说那么久，从国际形势说到社会制度，从天上说到地下，他的口头禅是：我说的没错吧？我频繁地点头。刚开始听着还有点儿新鲜感，但后来就发现，其实他知道的也就那么多而已，很快就又返回去了。

你们都是有文化的人！当胜利他爸说这句话时，我差点儿没把嘴里的茶水给吐出来。

那次我在胜利家住了一个星期。虽然时间这么长，我关于那次的印象居然一点儿也没留下。只记得后来突然下起雨来，天气突然寒冷，胜利给我找了件他的灰色毛衣，我一直穿到第二年，才还给他。

那时候我没有对比，并不知道胜利家的情况，反正一切都显得那么新鲜，毕竟我还没进过楼房，还没踩过那么光滑明亮的地板。

所以当时我并没觉得有什么不对劲。

直到很久以后，老西也去了趟胜利家，回来后在一次聊天中，表达了对胜利的不解，他跟我说，你也看见了，胜利家住那么小的房子，还有个弟弟上学需要钱，胜利怎么就那么挥霍呢？

也许老西的原话不是这样，但意思是这个。

再怎么小的房子，我当时想，也比我家要强得多，再说了，胜利他爸还是个领导呢。

老西说，他爸那个性格，肯定不是什么大领导，并且他也不会来事，肯定也捞不到多少好处，充其量也就是挣个死工资罢了。

这就不错了，我对老西说，他妈也挣钱呢。

老西对我的话感到相当奇怪，工资能有多少钱？这个社会……

当时的我多么幼稚。

现在回想起来，老西说的没错，他早早地就弄懂了这个社会。而我们其他人，对即将碰到的一切还是一无所知。

在胜利家，他给我看了李露的照片。

照片都有点儿发黄了，照片上那个女的照我看来，没有一丁点儿吸引人的地方，瘦小，短头发，看上去有点儿像男的。

胜利给我讲的故事也是一点儿新意都没有，无非就是些高中时候的经历，他和这个女的的一些小细节，这些细节就像住在他脑袋里似的，你可以感觉出来它们给他带来的快乐，可是照我看，这些细节并不能说明李露对他有一丁点儿意思。

那天晚上，我们一直聊到两点多。胜利怎么也睡不着，他对我说，明天，他一定要去找那个女的。那个女的就住在前面一栋楼里，他还给我指了一下她家的窗户，黑乎乎的，我并没有分辨清楚。

第二天，我们并没有去找那个女的。胜利连提都没提。

他带我去了台球厅，我见到了那些骑摩托车找他的人，大家用一种奇怪的语调跟他打招呼，呀，瓜哥也回来了？瓜哥看来是胜利的小名。

胜利打了几把，其中一个家伙跟他借了点儿钱。

瓜哥，今天晚上哥们带你去打炮吧。

胜利说，操，你去吧，日死你。

旁边的人哄笑了一阵。

奇怪的是，在这样一个地方，我感觉胜利和这些人的关系并不好。要知道，以前在学校时，等这些人来找胜利时，我们还以为他们关系好得不得了呢。

仍然是那种感觉，胜利不在这些人中间，他在别处。

并不是一次愉快的经历，我是说，去胜利家过的那个十一。到第三天，我心里就一直想返回学校了，不过我实在不知道怎么说出口。无聊到极点的时候，我只好跟着胜利在大街上逛悠，看那些落满遍地的黑色的灰尘……

4

就是在那年平安夜，胜利深夜十二点打来了电话，是我接的。胜利在电话里对我说，多叫几个人，一起到广场去，他请我们吃麦当劳。我问他怎么回事，他情绪高涨地说，我靠，是平安夜呢！都待在宿舍干什么？出来疯狂一把。

这太不像胜利了。

虽然他看上去是我们中间最舍得花钱的人，一个星期连丢三个手机连眼睛都不眨一下，但是，他从来没请过客。他根本不是一个大方的人。我这人有个原则，他曾经对我说过一段我到现在为止都忘不了的话，绝对不借钱给别人，或者换一句话说就是，我借钱只救急不救穷。

事实上他连急都不救，比如老西女朋友打胎那次，那是唯一一次老西偏离轨道。我前面说过了，他是一个不论做什么事情都很有把握的人，天知道他怎么就把理发店的姑娘的肚子给搞大了。第一次听说的时候，我们都惊讶坏了，怎么会这么没有品位呢？那个姑娘长得跟猪腰子似的，腿不是腿，脸不是脸的。

老西那段时间很是灰头土脸了一番，理发店姑娘每天来找他十多次，不得已他开始到处借钱，尽管和胜利关系不错，也没从他那里弄出一分来。我记得事情解决的那天晚上，老西咬牙切齿地发誓，再也不搭理胜利了。事实是，他根本做不到这一点，没几天，就被胜利邀请去了他家。

我也跟胜利借过钱。

胜利二话没说，从口袋里掏出二十块扔给我，这是我给你的，但是我肯定不会借给你钱。二十块能干什么呢？我感到沮丧的同时，还是拿上了。当天晚上我就把它在网吧里花掉了。

所以，那个平安夜当我把胜利的话复述给宿舍的人们时，大家第一感觉就是不相信：你就扯吧你！我赌咒发誓，他们将信将疑地说，反正也没事做，咱们就去一趟吧，大不了再回来睡觉。

这期间胜利的电话再次打来，他得知我们还没出发，在那边无奈极了，他说，你们还是打车来吧，我给报销，我等不及了。

如果我没记错的话，那天晚上我们班三个宿舍的人全出动了。

我们惊奇地发现，尽管夜已经那么深了，大街上还是灯火辉煌，人头攒动，每一张美妙的姑娘的脸，都惹得我们一再回头。

在广场边上的地摊旁，我们看见了胜利，他一只手里提着个大蛋糕，另外一只手还拿着玫瑰花。

我们马上就明白过来，这家伙求爱失败了。

忘记这是李露第多少次拒绝胜利了。这次却有点儿不一样，那天晚上胜利并没跟我们说具体是怎么一回事，连大概他都没跟我们说。我所记得的是，在麦当劳门口的长椅上坐了一会儿，又在广场上看了会儿烟花之后，我们又打车返回了学校附近。在一个阴暗湿冷没有暖气散发出陈旧烟味的录像厅里，我们待了一个晚上，胜利花了三十五块用来包场。

也许那天晚上在谁的强烈建议下，我们还看了毛片，也许没有。胜利肯定不是最活跃的那个人，我也不是，尽管非常吵闹，我还是睡过去了，胜利坐的离我不远，他不知道跟谁要了支烟，胡乱地在那里吐烟圈。

关于胜利的消息，你只能拐弯抹角地听到。

大概第二天，我就听说了，胜利拿着玫瑰提着蛋糕，本来想给李露一个惊喜，结果却看见李露和另外一个男的正温馨地靠在一起看电影。

这是很常见的一幕对吧？

老掉牙的套路。

没有人会因此怎么样，胜利也一样。

我们甚至没有注意到过他的失落，我们懒得去感觉别人的感觉，尤其是那感觉如果不大美好的话。

但是，胜利并没有死心，他还是忍不住每天晚上钻在被窝里给李露打电话，平均每两天用一张二十元的电话卡。

5

肯定是我把“瓜哥”这个外号给胜利重新加上的。

奇怪的是，尽管我去了趟胜利家，尽管我们曾经促膝长谈，但是关系并没有就此深入下去。相信老西的感觉也是一样，胜利把脑袋从壳子里伸出来了一些，马上就缩回去了。

他会跟你一起去唱歌，一起打篮球，一起去餐厅吃饭，却让你感觉他离你万儿八千里。

他继续不停止地买东西。他有痔疮、有脚气、有鼻炎，这些玩意把他忙坏了，对了，还有近视。他执着地想把这些病给治好，一趟又一趟地往医院跑，每次回来都带着一大堆各种各样的药。

他喜欢道听途说，喜欢传言，相信广告。

他是我们中间最后一个学会上网的人，但是他从来不聊天打游戏，而是花上整整一下午的时间，不停地搜索自己的病，点开一个又一个的网页，用笔和纸埋头抄了一条又一条的信息。

他还买了手机，一年之内丢了三个，每次都买比上次还好的。他还配了台电脑。事实上电脑对于他来说，一丁点儿作用也没有，每天都有一群人聚集在他的电脑前打游戏，他发火也没用。

对了，还有增高鞋垫，他把它们洗完后，整齐地摆在窗台下面的暖气片上。

真是个诡异的家伙。

每当有一个陌生人出现在我们中间，比如谁的同学了，谁的表弟了，胜利都会第一个扑上去，和对方打成一片。他热衷于干这个，当他和陌生人聊天时，他脸上涌起的热忱让你觉得温暖。

他跟陌生人都谈了些什么？其实都是些废话，他总是能找到共同的话题，比如伊拉克战争了，比如大学生活了，他从来不谈自己，从来不，他也没有兴趣听你谈你自己，他需要的是，那些远一点儿的，再远一点儿的事物。

让我给你举些例子吧，都是毕业后，胜利发到我的手机上的信息，仍然延续他一贯的风格：

我认为，布什不可能对伊拉克动武，理由是，美国人民不会答应他打仗……

爱因斯坦的理论是有缺陷的，根据……，我们可以得出……

他还喜欢名言警句：

你自以为你弄懂了社会，其实你早就被社会弄了……

在哪里跌倒，就在哪里躺下……

有时候，你心里突然涌上点儿亲切感，忍不住问他，胜利现在你过得怎么样？胜利马上就会顾左右而言他。

搞得我们班主任都觉得莫名其妙了起来，他私底下和我们打听过许多次，胜利这家伙是不是脑袋有点儿问题？这个问题我们难以回答。后来我们才知道，胜利这狗日的三天两头就往班主任那里跑，有时候手里提着水果，有时候是给班主任儿子的礼物，有时候是从家里给班主任带的一条烟……

他十分固执地坚持着这个习惯。但是他从来不说自己有什么想法。只是说一堆废话，然后离开。

这并不能改变班主任对他的印象。

这个家伙每天早出晚归，看上去比谁都用功，为什么考试的时候会有那么多门课没及格？

我们也不明白。

分数出来的那天，胜利并没有多少失常，他抱着一摞子书去了图书馆。此后他几乎每天都待在图书馆，但是，如果你仔细观察过他，就能发现他压根就没有看一眼书。

问题是，他为什么可以什么也不干地每天坚持在图书馆坐下去。

更神奇的是，第二学期刚开始，他去图书馆不再抱我们的教材了，改成了一大摞自考书。我们搞不明白这家伙想干什么，过了不长时间，有消息传来，胜利打算自考哲学本科学位。

事实上，后来他仅仅参加了一门考试就放弃了。他把那些自考书塞进了柜子。

6

也许根据前面所述，你会认为胜利跟女同学们的关系也很差。事实上并非如此。胜利能和所有的女同学打成一片。无论女同学有什么需要帮忙的，他都会马上跳起来冲上前去。

毫无疑问，大学四年，胜利是我们这些男生当中，和女生关系最密切的家伙。他今天请这个女生吃饭，明天陪那个女生逛街，一副妇女之友的模样。

甚至有女生给胜利打电话到宿舍，让他帮自己买卫生巾。宿舍的电话都是有分机的，胜利不知道，那个正躺在被窝里被感冒折腾得死去活来的麻子，居然会有精力爬那么远拿起电话来偷听。当那个女生直截了当用命令的口气吩咐完胜利，而胜利没有一丝不愉快就答应了下来时，麻子一瞬间都忘记自己感冒了，他跳起来站到胜利面前，摇晃着他的脑袋大叫：我实在是想不明白，你脑袋里到底装着些什么玩意。

胜利从麻子手下挣扎出来道：关你屁事啊。

如果说这件事是我道听途说来的，不能为证的话，那么我就举一个自己亲自见证过的例子吧。

大二那年冬天，我把房子借给了一个兄弟，他迫切需要把自己的童贞解决掉，找了一个长得像河马似的女的，手里拿着一整盒避孕套，敲响了我的房门。

那是他妈的冬天，天气冷得让人受不了，我只好去找胜利，一边给他讲我这个兄弟和那个女人的故事激发他的兴趣，一边战战兢兢害怕被他给赶出门去。好在胜利对这类事情的兴趣不小，渐渐地放下了防护壳。

我说的那件事就发生在接下来不到半个小时的时候。

突然电话响了起来，我的心情马上随之变得糟糕，事实证明我的预感是正确的，一个女同学打来电话，要胜利去广场接她，因为她忘记带钱了。虽然我跟女同学们的关系都不大好，但是对这个女的却是相当了解，如果胜利像大部分人的动机一样，是想从她那里捞点儿什么的话，我真想劝告他，那完全是不可能的。这个女人的名气糟糕透了，我们最烦她的是，不论什么时候见到她，她都会吹嘘一番，没有她不能吹嘘的内容，衣服的价钱啦，化妆品多么昂贵了，男朋友多牛逼啦等等之类。

问题是她的吹嘘绝对让你一眼就看穿，只要看着她的脸，不需要再多深入的了解，你脑袋里马上就能出现她干巴巴的由皱巴巴的一分钱构成的生活。

我这么给你叙述，实在是有点儿太简单了，在这个关于胜利的故事里，这个女人实际上是一个非常重要的角色。所以，我还是给你形容得再细致一些吧。

其实说起来，这个女人和胜利有一点点类似的地方，在于尽管她有无数个男朋友，但是大部分都离我们万儿八千里，偶尔见着一面，也就是她努力地挂在别人的胳膊上的怪异情形。那一个个男人都不知道从哪儿冒出来的。

这个名字叫李璐的女人个子不到一米六，体型健壮，从背后看过去，如果不是她那紧巴巴的裤子把两扇大屁股勒得突兀地扎入你的眼睛的话，你会以为她是个健壮的男子铅球运动员。

我没想到，胜利会跟这样一个女人关系这么密切。他放下电话后就把我赶了出来，打车去接那个女人去了。

胜利啊胜利，我故意表演出十分恨铁不成钢的表情对他说，即使你再缺女人，也不至于给这个女人献殷勤吧？凭什么一个电话你就得扑过去呢？你狗日的也就是被人利用的命了。

再说了，忘带钱了不能打车，难道连公交车也不能坐了吗？

胜利没有理我，他根本顾不上。快到吃饭时间，学校附近的每一条胡同里都挤满了人。我看着他挤进人群中，很快就不见了踪影。

7

大二下半学期，胜利做了一件让我们所有人都感到吃惊的事情，他去了一趟沈阳，尽管他没有跟任何人说过自己的意图，但没几天我们就都知道，这次他是去看自己的一个高中女同学。出发前他甚至还给那个名字叫张丽的女人买了个手机当礼物。根据知情人讲，这次胜利可是把握十足要把对方拿下的，知情人士还说，张丽已经在网上答应做胜利女朋友了。

说句老实话，我对胜利十分羡慕，他居然有钱去沈阳，他居然有钱给女人买手机，我却连饭钱都成问题。

胜利是十一月份走的，他走后没多久，那年冬天的第一场雪就来了。再加上乱七八糟的事情，我们所有人都把他放到了脑后，一直到电视上关于雪灾的新闻铺天盖地地涌来，我们才想起了胜利。每天打开电脑，你都能看见那么多滞留在火车站的乘客，有关消息显示，谁也不知道什么时候火车可以再次开动。这下，胜利可要遭罪了，我们这么想。说不定等有一天我们再看见他的时候，他会变成了胡子拉碴的家伙呢。

随着时间的推移，我们逐渐惦记起了胜利，怎么一点儿消息也没有呢？试着打他手机，居然一次也没开过机。太奇怪了，难道这个家伙出了什么意外？难不成被人给抢了？难不成还给毁尸灭迹了？

这么一想，大家就坐不住了，到这时候，我们才发现，自己根本没有办法联系到胜利。有人提议，去查看他的资料，学籍本里应该有登记家里的电话。于是老西出面，找班主任，查了一番，却发现上面根本没有。

后来我们又安慰自己，说不定胜利现在好得不得了呢？说不定人家正在跟张丽夫妻双双把家还呢。

直到过了半个多月，有人说在学校背后的一个小饭馆看到了胜利，对此我们觉得肯定是这个家伙出现幻觉了，胜利在沈阳，在过好日子呢。不过，这样的消息居然越来越多，越来越多的人说在这里或者那里看到胜利，奇怪的是，每次一看见熟人，胜利就会低头溜掉。

过了好长一段时间，有确切消息传来，胜利早从沈阳回来了，不过他没有回宿舍住，现在在外面租房子住呢。

胜利并不是我们中间第一个搬出去的人，但是他搞得太神秘了，连宿舍的床铺被褥都没搬，还费尽心思给我们制造了一个出门还未归的印象，不过，当大家回过头来一想，如果不这么做，倒不像胜利了，他就是这么个怪胎。

难不成他想隐居？

控制不住自己的好奇心，我们花大力气找到了胜利租的房子，耐心地敲了足足有五分钟的门，一点儿反应也没有。正打算反身离开时，门突然打开了。胜利穿着蓝色的毛衣，好好地站在那里。

胜利你不是去沈阳了吗？我问他。

他说，早回来了。

尽管我有无数个问题想问出来，却根本张不开口。我的头脑有些发晕。

张丽是怎么回事呢？

后来我们也知道了，原来张丽怀孕了，当然跟胜利一点儿关系也没有。人家也没有麻烦胜利的意思。胜利拐弯抹角地得知了这个消息，连个招呼也不打，就自作主张地搭火车跑去了沈阳。

到了沈阳的胜利在张丽宿舍楼下站了一个多小时，沈阳的冬天可是够冷的，不一会儿胜利就脸色发青起来。还是她宿舍的一个姐们看不下去了，出来把胜利领到附近的一个小饭馆吃了顿饭。她对胜利说，你就别费力气了，没用的，她不会见你的。胜利问对方，你知道她男朋友是谁吗？对方对胜利说，怎么，你还想找上去打一架吗？就你这小身板儿，根本不可能打过人家的。胜利说，我怎么可能找人打架。这就对了，对方说，你还是哪里来的回哪里去吧。胜利说，我不会回去的，我已经来了，就要待下去。你待下去有什么意义？对方问他。这些话是她让你来跟我说的吗？胜利问。对方对他说，我是看你可怜，才来告诉你的。

如果是正常人的话，就这么回去也就算了。没想到胜利在小饭馆里呆坐了两个小时，被好心人给劝来劝去，突然觉得眼前的这个女人实在是太完美了。她这么有耐心，又这么善良，实在是太适合自己了。这么想了一会儿，胜利就开始行动了。他仍然用那一招，从包里拿出纸笔，写起字来，对方被他这个举动给搞得好奇极了，胜利抬起胳膊，护得死死的不让对方看，写完后把笔放回去，再把纸折起来，递给了对方。

毫无疑问，上面的话是：做我女朋友可以吗？

这样的故事胜利没有给我讲过，就像他所有其他的事情一样，我也是从别人那儿听来的，不过一听我就相信了，这实在太像胜利了。

现在想想，胜利给我们的大学生活带来了不少的乐趣，他默默无闻地贡献了一件又一件让我们狂笑不止的故事，然后又继续默默无闻地努力下去。

8

知道胜利在外面租了房子后，大家忍不住先后去看了看他。不论是谁，只要迈进胜利的房子，就能感觉到他无尽的抵触情绪。有一次，我去找他，虽然从门缝里可以看见他正端坐在桌子前，但怎么敲门，他都不发出声响。

后来我又去找了他几次，对于我的拜访，胜利总显得十分抵触，他脸上的表情就好像正在做的大事被打断了一样，我这个不速之客让他恼怒不已。

他这样一副样子，让我觉得他是看不起我，我不明白，自己为什么就让这家伙看不起了。这是一件很让人难受的事情，但是一点儿办法也没有。

对于胜利所有的决定，老西一般都会表态说，瓜哥脑子有问题了。并且老西还说，他曾认真劝阻过胜利。每个人都想劝一劝胜利，大家都觉得这家伙老是做一些错误的选择，可惜的是，这家伙执着地坚持着自己那一套，丝毫不为外界所动。

也许在胜利看来，我们这些家伙才有问题呢，比如我们每天晚上去通宵上网，再比如我们一个多月也不洗一次自己的袜子，还有，怎么可以让头发留那么长呢，长得跟一堆乱草似的。

当然，胜利不会说出来，但是你可以从他脸上的表情推断出这样的结论，他不屑甚至厌恶地看着我们，有时候你只要在他床铺上坐一下，就会让他脸色铁青，整整一个上午不说话。

如果把一个陌生人放在我们面前，他肯定会认为，胜利是我们中间最正常的，最有前途的。

是啊，青春痘已经消失得差不多了，眼镜几个月换一次，从来不会有卡鼻那里黑乎乎的一团，头发一丝不苟，还有他那干净整洁的衣服，散发出淡淡香味的床铺，得体的笑容，举手投足都显示出他是一个有教养的人。

可惜的是，现在大家已经不在乎胜利这一套了。

这些都是表面的东西，我相信每个人都在心里对胜利作出了这样的判断，他是一个怪胎。这样一种判断，让我们难免经常忽视胜利。

在胜利之后，我们中间又有许多人去外面租了房子，大部分人都是因为交了女朋友，本来如果胜利是一个正常人，我们就没必要多花这笔钱，需要的时候借用一下他的房子就行了，没想到胜利对此反应异常激烈，为了躲避我们这些家伙开口，他更加足不出户起来。

不过，当一切正常下来，大家都找到了解决问题的渠道之后，胜利还是会出现的，某个时候，他会莫名其妙地敲开你的门，走进来坐下。你能感觉到他迫切需要跟你谈论些什么，不过无论谈了什么，他都不是十分满足。你能明显地感觉到，这家伙处于一种焦虑之中，他需要更多的东西。不论话题进行到什么地步，他都可能站起来走掉。

当然，这样的情况还是比较少见的。大部分时候，他还是藏在自己的房子里，好多天也不露一次面。

很偶尔地，会碰到胜利大发善心的时候，他会给我们其中的一个打开房门，我们难免会大吃一惊，在面前展现的这间房子，看上去那么美好，胜利竟然一点一点贴了墙纸，铺了地毯，他定做的书架看上去格外让人舒服。还有那些看上去造型奇特，却极为可爱的台灯，等等之类的东西，这么小的一个地方，居然可以布置得这么精彩，我们不由得感到佩服，也有点儿不解，如果是胜利自己买的房子，哪怕是租得比较像那么回事的房子，这么搞一搞，大家都可以理解，问题是这么个简易楼房，不足五平方米的地方，花费这么大精力，用那么多钱搞这装修干什么呢？并且，看上去胜利并不是一时起意，很明显他是花费了很大的精力的，并且还在逐渐地完善中，他甚至还在阳台上加了个抽油烟机，放上了一个电磁炉，他甚至还装上了防盗门，可以算得上大费周折。

就好像他要在这里待上一辈子似的，就好像他打算这么搞完后，完全可以做到自给自足，再也不需要出门了似的。

9

谁都可以对胜利说点儿什么，谁都可以对他指手画脚一番。不过最突出的还是老西，他每次都选择在酒后，大家的舌头都直不起来的时候，老西就会搂着胜利的肩膀，给他语重心长地讲一些道理。

我相信老西的方式是最合适的，他用这一招对付过我们每个人。我还能记得第一次也是老西最后一次这么搂着我的肩膀说，在咱们这么多同学中，你是唯一一个让我看不透的人，肯定也会是最有前途的一个，因为，你一直都有自己的一个目标。尽管这样的美话跟我本身的关系并不是很大，但是不得不承认，我心里真的是这么认为自己的。你可以看出来，老西并不是随便跟你谈论，而是经过一番深思熟虑，可以说对每一个受众都做了充分的了解。这么多年过去了，我还对这段话念念不忘，就可以看出老西的本事来了。事实上我们中的每一个人在每一次醉酒后都会被老西感动得一塌糊涂。

可是，这一招对胜利无效，他仍然是那副表情，坐在那里，眼神游离，就跟不在你眼前似的。

大三那年冬天，老西组织班里的人去外面吃了一次，因为剩下了一笔班费。我记得从开始到最后，胜利都没什么表现，一有空，他就蹿到女生那桌去了，和女生的话明显要比我们多得多，不过并没有多少女生对他有兴趣。胜利也试图和我们的班主任进行长谈，没坚持三分钟，班主任就借故和老西钻一块儿了。

从胜利脸上，你看不到一丝失落的表情，被人拒之门外对于他来说好像一件无所谓的事。

我也喝得差不多了，突然就觉得胜利有点儿可怜，想和他好好地谈一谈，于是走过去搂住了他的肩膀，不得不承认我的情绪实在太饱满了点儿，从第一次去胜利家开始，一直说到了今天，此刻，我没想到自己会记得这么多的事情，说着说着把自个儿给感动了，根本就刹不住车了。直到第二天起来，我才回忆起，自始至终，胜利都没跟我说什么话，这让我忍不住感到恼火。

那顿饭持续了五个多小时，直到有个家伙蹲在厕所下面大便，而我们所有人都没觉得有什么过分，服务员终于忍不住冲进来，开始驱赶我们的时候，才稍微让我们清醒了一点儿。已经过了晚上十二点了，饭店早已打烊。

但是狂欢的气氛并没结束，不知道在谁的提议下，我们走了半个多小时的路，找了一家歌厅，开始K歌。本来我以为胜利不会跟来，没想到坐下后发现，他居然也在。

让我意外的是，胜利居然开始向李璐示好，并且动作表情语言都夸张到了极点。

后来我们才知道，胜利居然给李璐写了张纸条，天知道他在那种情况下从哪儿找到的纸和笔。纸条上写着：做我女朋友吧？李璐很快把纸条丢给了旁边的人们，所有人都用怪异的眼神看着胜利，就像看见了一个超级怪物似的。

胜利居然可以坚持住没有离开，不得不承认，在这方面，他值得我们所有人学习。

多么遗憾，这么一个干净整洁的男人，这么一个在我们中间算得上最有钱的同志，居然会被李璐这么一个女人如此侮辱。连第二天老西听到这件事时，都对胜利表示了同情，抱打不平地问胜利，想不想让他帮忙出出气。

胜利看了一会儿老西，突然说了一句让我们所有人都感到异常吃惊的话，他说，我想我爱上李璐了。

那张丽呢？那李玲呢？老西问。

胜利的表情显得有点儿不自然，不过过了一会儿后他说，我昨天晚上突然觉得，那两个女人并没有我想得那么好。也许昨天晚上我的举动让李璐感到突兀，她没有明白我的真实想法，但是，我是真心的。我会坚持下去，让她明白我，并且接受我的。

10

大四一开学，胜利挪了一次窝，他终于从住了两年多的那间小房子里搬了出来。对于我们来说，这个变化实在太大了，有些人甚至误以为胜利恢复成正常人了。不过没过几天，我们就明白了，原来胜利真的下了追求李璐的决心，搬家也是为了离李璐近一点儿，虽然还在原来那个村子，但是换了个新修的，比原来的环境好了些。村子里的新房子越来越多，并且越来越高，也越来越拥挤。

尽管胜利下了如此大的力气，向李璐发动了如此猛烈的攻击，结果却收效甚微。不过和以前的张丽相比，还是有所进步的，因为李璐需要胜利给自己帮忙，所以，胜利隔几天就有资格在李璐的沙发上坐着看那么一会儿电视。也许就是这么一小会儿的电视时间，让胜利的生活充实了起来，他脸上不再有那种拒人千里之外的表情，换成了忙碌的样子，就仿佛生活有了内容似的。

他开口闭口都会谈到李璐，成功地变成了李璐的影子，无论李璐出现在哪里，胜利都会在一边脉脉含情地看着对方。而如果一天不知道李璐的行踪，胜利就会郁郁寡欢地在她家门口溜达，或者坐在自己房子里六神无主地发呆。

到后来，李璐对胜利的态度更加恶劣起来。跟胜利说每句话，她的眉头都会皱上无数次，即使胜利在给她拖地，她都会用一种厌恶的表情瞪着他。只要有一丝的机会，她就会破口大骂。发生这种情况时，胜利就会露出不自然的表情，那种不自然并没有一丝的抗拒在里面，反倒全是逆来顺受。

哪怕一个最乐观的人，都能看得出来胜利是没有希望的。这个默默苦干的家伙，总是让你觉得缺少点儿什么，总是在不该拐弯的时候拐弯，和正常人分道扬镳。

我们想把胜利给唤醒，胜利，该起床了，马上就要毕业了，该想想工作的事情了，该想想你挂掉的那二十多门课了；胜利，快醒醒吧，有更重要的事情等着你呢，该为其他事情焦虑了；胜利，你得跟我们一样，每天早睡晚起，鼓起十二分的精神，站到那些各种各样公司的门口，努力地把自己推销出去。

当然，在这样一种忙碌焦虑的状态中，我们也不可能把过多的心思放到胜利身上。越来越多的不好的消息传来，继老西轻松地解决掉了自己的工作之后，麻子也解决掉了后路，他竟然被保送研究生了。因此这个胖子的脸上表情轻松得很，每天当我们早早从床上爬起时，他就忍不住故意抬头道：哎呀，这才几点啊！兄弟们，你们不要这样好吗？人生如此美好，觉一定要睡够啊！多么可恨。我们连搭理他的时间都没有，我们得出去，尽管出去也跟无头苍蝇一样，但总比和这得志小人搅和在一起要好吧。天知道为什么这家伙现在变得这么自信，竟然没有丝毫心理障碍地裸体在我们面前晃悠，一点儿也不为他那满身肥肉感到不好意思，连放屁都比原来大声了许多。

很偶尔地，胜利会愁眉苦脸地出现在我们面前，他东瞅瞅西看看，瘦巴巴地晃荡一番，一副正在寻找什么的样子。如果你来了兴趣，打算和他打个招呼，马上就会把他吓得浑身哆嗦。如果你继续跟他聊下去，就能看到他眼神里忍不住的逃跑的欲望，顾左右而言他，答非所问，很快就能让你失去兴趣。

这样一种情况让我们忍不住为胜利担心，这可如何是好？当我们设身处地地为胜利着想的时候，忍不住就会惊出一身冷汗，难道一辈子就这么完蛋了吗？

事实上我们是杞人忧天了，过了没多久，胜利他爸就出现在了我们宿舍，不得不承认，虽然老西说过，胜利他爸没什么前途，但是明显比我们的爸爸要更了解世界一些。在他露面不到一个月后，我们就听说，胜利挂的课程已经没有问题了。他爸一个接一个地攻克了难关，解决了所有的障碍，胜利现在跟我们站在了同一起跑线上，他的毕业证没有问题了，学位证也绝对能拿到手了。不对，他还是领先于我们了，因为又没过多久，就有人带来了另外一个消息，胜利的工作也解决了。

这下，我们这些辛苦的家伙不由得恶从心生，凭什么啊？我们辛辛苦苦，每天早起晚睡，胆战心惊，最后却什么也抓不住。老西找到工作那我们服气人家，胜利你凭什么啊？就是麻子，人家毕竟也努力奋斗过，胜利你凭什么啊？就这么浑浑噩噩，不费一点儿力气，就把好处捞到手了，并且捞得这么好，有编制，这么稳定，这叫什么世界啊！

我们发誓，不再跟这家伙纠缠了，想一想多可笑，原先我们还给人家出主意，帮人家分析情况呢，我们凭什么啊？如果胜利稍微正常一点儿，肯定会为我们这群可笑的家伙感到可悲的。这个狗日的胜利，应该再倒霉一点儿，更倒霉一点儿，最好那个李璐能马上答应他，跟他结婚生孩子，让这个傻货就这么一辈子跟在这个谁都看不上的女人身后吧。这样一想，我们不禁又平衡了一点儿。根据我们的认知，李璐这么一个现实的女人，把这么个前途稳定的家伙放到她的面前，她还不双眼放光，手脚并用地把对方放倒在地上啊！

11

终于，在毕业之前，我们大部分人都把工作搞定了，相当一部分人放弃了留在这个城市的念头，当他们把目光转向自己家乡的时候，突然间发现，机会还是挺多的，比如在个高中当个老师之类的，进不了高中，也可以进初中。进不了重点，那就进烂学校吧，无非就是挣工资嘛。不得不承认，那时候的工作比现在还是好搞定一些。

当大家把心放回肚子之后，剩下的无非就是混日子了，离毕业还有两个多星期，怎么也得找点儿事情做做。于是，混乱的状况再也控制不住了。没有人再在乎女人的长相，也没有人在乎什么明天，明天早安排好了。于是，一个又一个家伙，在早上冲进宿舍，一张接一张地摇晃大家的床，恨不得脱光衣服让大家检查似的高呼：我终于不是处男了！

连麻子都急红眼了，他本来还打算慢慢来的，每天精心打扮，希望能找到个一见钟情的女人。现在他的脸色越来越差，双眼布满红血丝，一副发狠的模样。因为前段时间他没少寒碜我们，这会就成了众矢之的，几乎每当听见他的脚步声在楼道里响起，马上就有人带着戏谑的语调高声问：

麻子，今天怎么样？你的神仙姐姐开恩没有？

麻子咬紧嘴唇道：明天！明天我一定要成功。

他果然成功了，表现得比谁都要兴奋，不仅把自己宿舍的床摇了，连隔壁的床他都没有放过，谁都可以听见他鬼哭狼嚎的声音：老子也不是处男了！老子也不是了！妈的，一群狗日的。

大家这下待不住了，揪住麻子问：谁这么不开眼，居然看上了你？不会是李璐吧？

麻子脸色一下差到了极点，不过嘴上还硬着：李璐怎么了？李璐有经验，你们懂个屁！

我们谁都没想到居然会一语中的。大家都愣住了，在这一瞬间，我们想到了胜利：这下这家伙悲惨了！用了这么久，花费了那么多力气，还不如人家麻子一下午的时间。

我们都期盼，这是麻子在胡说八道，没想到，当天下午李璐就出现在了麻子床前，把麻子的铺盖一收拾，两个人一前一后离开了宿舍。我们搞不懂麻子脸上的表情到底是什么意思，他跟在李璐后面，一副死猪不怕开水烫的模样。

太不要脸了！这个狗日的麻子。

胜利并没有多少过激反应，连挣扎的迹象都没有，他像只乌龟似的，慢慢地把自己的脑袋缩回到了壳里。这并不是说，他放弃了对李璐的追求，相反，他表现出来的热情比原来强烈了许多倍，从他偶尔看到李璐的表情你就可以看出来，不过他不再在李璐家转悠了，也不再去给李璐帮忙了。

就这样过了段时间，胜利的工作他爸给弄得差不多了，于是他换上西装，打上领带，每天早上七点准时在学校门口搭乘公交车，晚上六点多下班回家。穿上西装的他显得更加瘦弱，但是气质上却比以前更加好了。仿佛一瞬间，他就变成一个忠心耿耿的小职员。毕竟这变化太大了，我们都有点儿接受不了。他算是第二个正式上班的同志，我们不由得感到嫉妒。

可是没过几天，胜利就做出了让我们吃惊的举动，他竟然一声不吭地把工作给辞掉了。准确说也不能算是辞掉，反正他就是没去上班了，没请假，也没跟任何一个领导打招呼，搬了盆足足有一人高的花返回了自己的那间小屋子，本来空间已经没有多少了，当这盆花被他摆到小小的阳台上时，谁进去都觉得有些压抑。不过胜利对这盆花可是着了迷，除了坐在桌子前对着一本翻开的书发呆之外，就是摆弄这花，浇水、施肥，跑好远搞来黑土，当他打量这盆花时，就好像在看着世界上最让自己满意的事物似的。

毫无疑问，胜利他爸火冒三丈，他敲开胜利的门，我们这些看热闹的本来以为胜利会死死地挡住门，把他爸拒之门外，没想到胜利面色轻松地把门给打开了，那副表情仍然是坐吃等死的样子，一点儿都不担心会发生什么。

接下来我们听到里面传来他俩的对话：

你到底是怎么想的？胜利他爸大概明白，发火是没有用的，一副语重心长的架势。

我想考研！胜利说。

你不上班了？这个工作你不要了？

我不喜欢，我干不了。

问题是你干都没干，人都还没认住你，你怎么就知道自己干不了？

我就是知道，反正我准备考研！

这样驴唇不对马嘴的对话进行了两个多小时，最终以胜利他爸的妥协结束。在这个谈判过程中，胜利根本就没有讲道理摆事实，也没有试图进攻，就那么简简单单的几句话。胜利他爸呢，几乎一直在大撤退，刚开始提出，胜利考研可以，但是回家复习吧，没必要在外面。后来又提出在外面也可以，让他妈过来给他做饭等等。尽管他爸的口才不错，道理讲得一点儿问题也没有，但胜利就是不吃那一套。最终他爸推门出来时，脸上的无奈和绝望让谁看了都觉得难受。

12

胜利给你印象最深的是什么？

在老西组织的那次QQ群聊时，我发言的第一句就是这个，果然不出我所料，大家的反应十分强烈。

麻子说：那个恶心货，我记得最清楚的是，他每天都用手在自己身上搓来搓去，然后把泥团捏在手心一整天。尤其恶心的是，每当你发现了那团东西，他就高兴得好像中了五百万的彩票似的。

别提胜利了好不好，一说起他，我脑子的筋就会别住。老西道。

我们的筋也会别住，你形容得真好老西。我飞快地附和，这家伙准确地形容出了我对胜利的感觉。

杜大师说：胜利？狗日的胜利也来啦？胜利出来说话，出来！

胜利就是个神人，忘记是谁说的这个了，他去年路过我这边，在我这里借宿了一个晚上，你知道这神人跟我说啥？他硬要让我请他去找小姐，神人已经变态了！

不可能吧，你说的是咱们瓜哥？不至于吧。

我可以发誓自己说的是真的，搞得我一晚上没有睡着觉。

看来，瓜哥需要个女人了……

既然瓜哥那么需要，你就带他去找一次嘛，狗日的你也太小气了吧？

等我说完啊，后来我被这狗日的给搞得受不了了，只好带他去，谁知道好不容易冷呵呵得打车到了地方，瓜哥又不去了。我叫他爷爷他都不进去，差点儿没给他下跪。

后来呢？后来呢？

大家想想吧！那是瓜哥啊！他不去我有什么办法，只好打道回府。

后来呢？后来呢？

这个一直问后来呢后来呢的家伙就是我，我比谁都好奇。

后来，当我们回到我家时，已经是凌晨两点多了，瓜哥亢奋得一塌糊涂，根本没有睡觉的打算。他站在我家地板上，哈哈大笑个不停，眯着他的小眼睛对我说，怎么样，上当了吧？我就是逗你玩玩，你还真带我去啊。

呀，这才像瓜哥，麻子说，我现在相信你了，瓜哥这狗日的就爱来这一套。

麻子开着视频，我们都能看见他那硕大的一张脸上，居然戴上了眼镜，看上去不协调极了。

好久没见瓜哥了，他还这么神啊！

本来我以为这种热火朝天的气氛，大家会聊到很晚，没想到不到一个小时就散了。

孩子吵了，我得去看看。

还有一个图没做，加班去了，大家好好聊。

好吧，那咱们就散了吧，有时间再聊。

再见！

第二天我上QQ，看见群头像还在闪动，打开一看，居然是胜利的留言，他是这么说的：我现在在重庆，妹妹都很漂亮。

13

是的，胜利在重庆，大学毕业三年后，他终于上了硕士。

肯定没有人比我更了解胜利考研究生的经历了。因为毕业后，我和他的联系最多，原因在于，别人都忙得连面也见不着，有些家伙已经离开了这个城市，留在这个城市的大都也找到女朋友，搬去了别的地方。尽管还在原地的胜利对我并没有热情，有时候甚至显得抵触，但我控制不住自己的脚步，一天最少一次它们会把我领到他那里去。

人们过段时间就会在网上问我，胜利怎么样了？这是一个怎么都不会过时的话题。尽管我讲得没有一丝夸张，对方还是能听得津津有味，有时候还会哈哈大笑。

跟当初试图自考时一样，胜利的桌子上放着各种各样考研的书籍，每一本都崭新如同刚刚从书店的架子上拿下来的，胜利有这个本事，即使他看过的书，也会小心翼翼地不留下一丁点儿损毁。更何况，大部分仅仅是翻了十来页而已。

很明显，胜利试图从这些书里找到一个速成的方法，只要有新的考研资料出来，他都会去买回来。

他还配备了文曲星之类的东西，报了好多个考研辅导班，大部分只去上过一两次。几乎每次过去找他，他的电脑都开着，上面或者是个老头，或者是个老太太，戴着眼镜，讲着什么跟光线相关的东西。我怀疑胜利连睡觉也不关这玩意儿，他认为，这样无意识地被同一种声音冲击着，将会在自己的潜意识里留下印象。

第一年，胜利报的是南开，他纯粹是撞运气，考了两门就放弃了。我这次没有准备好，他这么对我说，还得好好弄弄。

第二年，他报的还是南开，这次他说自己坚持考完了，并且心情愉快地请我吃了一次饭，多么难得啊！他小心翼翼地喝着啤酒对我说，这次肯定没有问题的，每一道题他都会。我有所保留地祝贺了他。他热血沸腾了那么一小会儿，很快就又恢复成了平静如水的模样。不知道为什么，我比他还关心他的成绩，每天上网查询，结果让我感到绝望，他竟然差分数线五十多分。

用两年的时间，二十五岁到二十七岁，坐在一间出租屋里考研，实在是一件不合理的事情，尽管这个人是胜利，尽管他做过那么多出乎我们意料的事情，但是我认为，这次他应该会收手了。老实说他不是这块料。

不过当我看到他时，马上就发现，失败并没让他感到一丁点儿的沮丧，至少从他脸上你看不到这一点。他把屋子进行了一次大清扫，把桌子、床换了个位置，把那一盆已经有一人高的花放到了房子左边的角落，他把自己所有的书全部放在桌子上，一本一本包上书皮，编了只有他自己能看懂的号。总之，这样折腾了一番之后，他再次坐到了自己的桌子前，面对阳光，重新开始。

后来我对他的举动都感到麻烦了，原来我有时候还控制不住地对他说，你怎么看了这么多天才看了这么几页呢？现在我都懒得说这个了。

反正一到吃饭时间，他就会心满意足地站起来，看上去就好像辛苦劳作了一天的农民那样满足。

第三次临近考试时，胜利变得神秘起来，一连消失了好多天，也许他就待在自己的房子里不给我开门而已，总之，我没见着他。直到考完试很长一段时间之后，他才坐在我的桌子前，眉飞色舞地给我讲了他的历险。

这家伙居然找人买答案去了，花了一万多块，天哪，这是多么大的一笔巨款啊，我不由得感到不舍，更让人恼火的是，上了考场他才发现，这答案跟自己的考试题目一丁点儿关系也没有。

多么让我吃惊，一万块就这么没了？胜利微笑着神秘地看着我，就好像他一直在等我这副表情似的。过了好一会儿，我求奶奶告爷爷了一番，他才告诉我，那一万块他拿回来了。

他找到了他们那里的老大，那个老大带着一帮人，很快就把那个骗子给堵在了出租屋里，为了感谢老大，胜利给了老大三千元作为酬劳。

胜利用了好长的时间来描述老大的牛逼劲，以及骗子瑟瑟发抖的模样。然后他把桌子上的考研书全部打包，棱角分明，层次分明，条理清楚。我不由吃惊，你不考了？胜利说，不考了。真的不考了？我难以相信。胜利看着我说，哥们考上了。这是怎么一回事？我脑子转不过来了。胜利告诉我，他爸给他联系了重庆的一所大学，已经搞定了相关手续，暑假过完他就可以去报到了。

待了一会儿，我想通了到底是怎么一回事后，突然松了口气，尽管这家伙走了后，我就没有地方可以去了，我还是松了一口气。这一口气我已经憋了好多年了。

14

胜利的研究生并没有上完，是我们意料之中的事。这次是毕业证也没有。没有谁知道到底发生过什么，也许什么也没发生，胜利就是坐着，事情就这么顺利地进行到了这个地步。这家伙就是有这种魅力。

根据以前的经历推测，胜利应该在重庆再也不会回来了。很偶尔地，我会想到这家伙也许在那边租了个跟原来在太原差不多的房子，用一辈子不停地把这间房子修修补补，每天早上起来之后，就坐在桌子前一动不动。就是这幅情景。一想到这个，我就觉得脑子的筋别的跟麻花似的。

2009年夏天的一天，我突然接到了老西的电话，他告诉我，晚上六点在百姓渔村吃饭。都有谁呀？我问。好像要宣布什么重大事件似的，老西说：胜利回来了！他做东！

我突然变得急不可耐起来，不到下班时间就偷偷溜了。

当我赶到饭店，进了包间，一瞬间就明白是怎么一回事了，胜利和李璐正坐在主位上，一副恩爱夫妻的模样。

胜利去重庆之后可是从没回来过一次的，连过年都没回来过。这次，他为李璐回来啦！

在我们毕业之后，李璐就经常性地出现在了大家聚会时的话题之中。她让人意外的是，再也没有换过男朋友，而是跟一个中学老师开始了长达三年多的恋爱。这个中学老师我们中的不少人都见过，大约四十岁，给李璐租了个两室一厅，每次我们聚会，李璐都会打扮入时地盛装出席，不论你们聊到什么话题，李璐都能把它转到自己的男朋友身上。李璐也在那个学校当老师，并且关系已经转正。这些都是她亲口跟我们说的。

后来我们才知道，这个有车有房的胖男人，竟然已经有老婆了，儿子都快上大学了。李璐所谓的正式工作也只是这个男人给她找的临时工作而已。几乎每次聚会，李璐都会跟我们说，她就快要结婚了，刚开始说准备买房，下一次说已经看好房子了，再后来开始装修房子等等之类。我们都以为李璐终于踏上正轨了。

直到老西在铜锣湾一家卖家纺用品的商店，看到李璐穿着工作制服在那里做售货员，我们才感觉到真相根本不是那样。但是具体是什么样子，我们是想象不出来的。

这次随着胜利的回来，我们渐渐地明白了是怎么一回事。

原来一切都是假的，什么房子车子，李璐跟那个男人在一起了那么多年，最终什么也没捞到，并且连临时工作也没保住，只好出来打工了。

这次，确实不是胜利主动出击的，也不是盲目乱来，是李璐先联系胜利的。她把一切都告诉了胜利，然后问，你愿意回来吗？我现在什么都没有了，你能回来吗？你愿意娶我吗？我想结婚了。

胜利没有丝毫犹豫，就回来了。我们看着眼前这个戴着民国时候知识分子戴的那种圆形眼镜的家伙，感到有些陌生。

再次喝得差不多了之后，老西对胜利说，这样挺好。这话一出，我们心里都觉得十分认同，是啊，原来我们阻止过胜利，让他不要跟李璐搅和到一块，但是这会儿，我们想通了，相比较而言，这是多么美好的一种结局。

我是真的很爱李璐，胜利红着脸对我们说，这么多年了，我碰到过许多女人，但是我一点儿都没动心，我的心是真诚的。他拉着李璐的手，放在自己胸口的位置说，你摸摸看，绝对是真心的。

连胜利的父母都十分支持胜利的决定。这么多年了，这家伙终于恢复正常了，多么不容易啊！一想到自己儿子就要结婚生子，步入正轨，老两口显得格外兴奋。

用了不到两个月，胜利和李璐就结了婚。就在这段时间里，情况居然发生了些变化，这个原来一直喜欢待在家里的家伙，居然喜欢上了社交，他时不时就给我们中的某人打电话，请我们去唱歌。并且每次去的地方都不相同，遍布这个城市的每个角落。当然，每次李璐都会在场，这是她的个人表演时间，我们都能看出来，她有多热爱这项运动，不得不承认，她唱歌实在有一套，什么唱法都能来两句，民族也好，通俗也好，甚至帕瓦罗蒂的歌她都能搞一搞。

当我们坐在一起唱歌时，你能感觉到胜利那种手足无措，他一般都坐在角落的位置，仿佛沉浸于一种奇异的状态里，你和他说话得等老半天，才能得到他的回应。有时候，李璐会坐在他的边上，虽然两人距离很近，但是仍然会让你觉得他们的关系十分怪异，缺乏夫妻之间的那种熟悉，我不知道胜利生活在这样一种状态中，会是一种什么感觉。

每当快到时间时，李璐就会给胜利使一个眼色，后来不用使眼色，胜利也会早早地积极地站起来找服务员买单。我们这些家伙算了算，每次都要三四百块，这么久下来，绝对不是小数目，尤其是胜利现在还没正儿八经的工作，一想到这一点，大家就有点儿过意不去了，难免会想出次钱，帮胜利减轻点儿负担。胜利并不擅长于干这些，我是说跟人拖拖拉拉地抢着付账，在这种推拉之中，他突然间就陷入了一种手足无措的模样，就好像突然失去了自己的位置，茫然得不知如何是好。马上他又意识到了自己的失态，动作更加夸张武断，一点儿都没有了正常的应有的那种自然和随意。在这种情况下，不单是我，其他人也都会败下阵来。

转身坐回座位上后，我不经意地回头，突然见到李璐正对着胜利的背影，眼白多过眼黑，嘴角微微上翘，那是明白无误的看不起的表情。一瞬间，我就像被子弹击中了似的，心脏那里猛地一疼。

障　碍

震耳欲聋的呼噜声从后方传来，不用看马奇奥也知道，发出这种声音的家伙是老钱，这家伙一路上都是如此。马奇奥和老钱是大学同学，毕业后也偶有联系，老钱结婚的时候，马奇奥甚至坐了十几个小时的长途车去参加了婚礼。两个月前，新领导带着老钱一起调了过来，人们传说，老钱深得新领导的器重，器重到什么程度，传言各种各样。马奇奥经常好奇地观察老钱，老钱变化很大，身体发福得厉害，就好像原先的身体被打入了过多的气体，不规则地蓬松起来。正是由于这种体态，马奇奥感觉对方看上去十分有气势，一副很有把握的模样。除了第一次看见老钱时，有点儿激动地说了那么几句话之后，马奇奥就再也没和对方来往过了。他不知道该和老钱说点儿什么，他甚至有点儿害怕见到老钱，有一道难以言说的障碍横在了他们中间。

大巴爬上了一段弯曲的山路，马奇奥把目光转向车窗外。这就是南方，他心里这么想，有那么一点点好奇，这就是椰子树，再望远一点，哦，那就是大海。黑色的反射出金色光圈的海面，有一艘正在行驶的轮船，它正逐渐变小。再往远，就是灰蒙蒙的一片了，给人一种到了尽头的感觉。窗外陌生的景象让马奇奥的脑子活跃了起来，他突然想起了一个名字。这个人在他出生的那个小县城名气很大，他在他们这次旅行的一个目的地做房地产和煤矿生意，是他们那里的成功人士代表之一。马奇奥已经好几年没见过这个人了。这个人年轻时候和马奇奥他爸关系很好。讲起这个人的发家史时，马奇奥他爸会用到一种亲昵的语气，他把对方称呼为“龟儿子”“狗日的”之类。当初这个人做电影放映员，经常去马奇奥家蹭饭。马奇奥出生的时候，家里很穷，放映员那时候已经开始做生意了，开着车给他家拉来一车炭，还送了一袋白面。后来这个人生意做得越来越好，包了煤矿，开了好多公司，越来越有钱。逐渐地，马奇奥他爸就没再和对方联系过。这会儿，马奇奥用力地去回想这个人的长相，却一点儿印象也没有。进而，马奇奥又想，为什么他爸就不和对方联系了呢？是不是和自己一样，感觉到了那种障碍？马奇奥拿出手机，他记得自己有这个人的电话，果然还在。

时间已经是下午五点多了，天气却仍然炎热。大巴在服务区停了下来，马奇奥最后下了车，迫不及待地点了一支烟。有人在他旁边发出感慨，景色真漂亮啊，他就顺着对方的目光所向，张望上一番。一会儿的工夫，马奇奥的后背就发湿了，衣服贴在皮肤上，脚底下的水泥地还在不住地往上涌热气，这种热和马奇奥家乡的热完全不同，空气中的水分太多了，让人感觉呼吸困难。不远处，就是一片稻田，一群戴着宽檐草帽的人，正埋头干活，小时候，马奇奥经常会设想稻田的模样，他以为那会十分美，现在，看着那些双腿被水淹没的人们，他感觉到的是一种没边没际的疲倦。马奇奥收回目光，抬手弹烟灰的瞬间，突然注意到，新领导嘴上叼着一支香烟，正在自己身后不到一米的地方站着摸口袋，毫无疑问，他正在找打火机。一瞬间，马奇奥感到自己的背都僵了，他觉得自己应该去给领导点上火，可是却怎么也迈不开脚步。这样难受的感觉持续了好几秒，直到看到老钱远远地奔过来时，马奇奥才装作没看到的样子，朝后退去。

为了让自己平静下来，马奇奥不得已钻进了厕所，他快速地抽掉了一支烟，又认真地洗了两次手，他把脑袋伸到水龙头下，让冷水浇了自己足足有一分钟，水顺着脖子流了下去，马奇奥一动不动，直到T恤被浸湿了大半。他感觉凉快了一点儿，也放松了一些。但是，当他走出去，再次看见众人时，仍然感到难受。他只好把目光朝向远方，一副正在欣赏风景的模样。他脑子里乱成一团。

当马奇奥终于听见人们的大喊，茫然回头时，吃惊地发现一辆大巴正擦着自己的屁股移动。马奇奥站在原地，就好像被吓坏了似的。其实，他是在犹豫到底该怎么办，是冲上去拦住那辆大巴，破口大骂，还是就这么待在原处，就当什么事也没发生。在人们的目光中，马奇奥汗流得越发厉害了，直到上车他才松了一口气。不过，这件事困扰了他好久，他闷闷不乐，又得做出若无其事的样子。他时而感到愤怒，恨不得把车窗打破。时而又自己可怜自己地想，如果现在自己张开一双翅膀，飞出去，那该多好。他又安慰自己，别人也许根本没有注意到这回事，也许别人已经忘记了。

马奇奥坐在车厢里的倒数第二排，他稍微坐直点儿身体，就可以看到新领导的脑袋。新领导比马奇奥大不了几岁，但如果让他们站在一块，别人肯定认为马奇奥要小得多。马奇奥身上缺乏一种踏实的重量，他没法冷静地站在人群面前。自从新领导来了以后，大家的日子一天比一天难过，原来打打扑克玩玩电脑之类的事情全部被禁止了。他要求所有的人都得在八点准时签到，如果一年的签到没有达到百分之九十五，就不会有年终奖了。而如果达到百分之百，那就额外奖励三千块。这两个月以来，马奇奥一天都没漏签过，不仅如此，他还对那些不准时到达的人表达过不满。他每天总是第一个去签到的，他喜欢这样。他恨不得领导再多出几条这样的规定，这种白纸黑字的规定让他感到踏实。他喜欢明确，不喜欢模糊，喜欢规矩，不喜欢人情。除了开会，领导也做到了身体力行，他每天八点上班，下午六点才走，不像以前那些家伙，一年顶多上两个月的班，剩下的时间都在外面跑。马奇奥喜欢这个领导，他有时候真想跟对方好好地谈一谈，他还从来没有涌起过类似的心理。他相信自己一定能和领导高高兴兴地谈一场的，说不定他们会成为很好的朋友。当有人说起领导的坏话时，马奇奥虽然没有反对的声音，但心里却对这人充满意见。

导游提议晚饭后去看一场演出。这是旅程单里没有的，属于自费项目。他极力推销，说这演出多么精彩。在中国，唯一被特批的人妖表演地点就在这儿了，很值得的，他说，你不用去泰国，就能看到正宗的人妖，这些人妖在泰国都是很有名气的。还没等导游说完，一个家伙就站了起来，他向前几步，在领导不远的地方站住对导游说，去，大家都去，我请客。大家把目光投向了领导，领导说，去看看吧，好不容易才出来一趟的。车厢里的气氛一下子放松了下来。

马奇奥所在的单位，属于那种边缘单位，级别挺高，但是没什么实权。新领导刚来时，发表过一番讲话，大意是，不能坐着等，要动起来，没有什么实权不实权单位，看你怎么运作，运作得好，边缘单位也能变成实权单位。他还表了态，说是半年之内要给大家改善办公环境，在这样的环境里，坐都坐得憋屈，还怎么能搞好工作呢？领导说。我们不能等着上面给钱，给经费，也不能指望去要。你要，你就成了求别人的人了，就得看别人眼色，关键还是咱们得先动起来，先团结一切可以团结的同志，做几个大项目出来，等影响出来了，上面就会注意到咱们，有一天就会觉得咱们是必不可少的一部分，钱自然就来了。

那个刚才挺身而出的家伙，也属于先要团结过来的同志。他在下面一个小县城里弄了家企业，什么都生产，项目很多，又是饮料，又是酒，甚至还搞旅游。总之，他那个小县城大家消费的东西，几乎全是他提供的。马奇奥以前见过他几次，但并没有留下什么深刻印象。导游道，这个老板真够朋友，那我就把票订了啊？他把目光投向了领导，领导没有说话。他挺着身子挥手说，你就别问了，订了吧。在这个过程中，马奇奥有一种尴尬感。他觉得大家过于沉默了。正在这时候，老钱的声音突然传来：咱们大家得谢谢虎哥，来，给他点儿掌声。于是掌声响了起来。也不知道这家伙是什么时候醒来的。

昏黄的阳光斜着照过来，天气却好像越发热了。马奇奥和老钱肩并肩走在陌生的街道上。是老钱提议一起出来逛逛的，在分配房间的时候，老钱主动要求和马奇奥住一起。一方面，马奇奥觉得这种情况不错，也许自己能克服障碍，和老钱重拾大学时候的友谊。另外一方面，马奇奥又担心到底该和对方说点儿什么。相比较而言，老钱要放松得多。仿佛看出了马奇奥的尴尬，他主动解释道，我刚调来，和别人住一块儿很别扭的。是啊，马奇奥想，毕竟我们还是同学。两个人有一搭没一搭地聊着天，随着谈话的进行，马奇奥逐渐放松了下来。他们似乎恢复了一点点往日的亲密感。马奇奥的好奇心让他忍不住旁敲侧击地问老钱和新领导的关系。老钱说，我跟领导没什么关系的，他只是听说我材料写得好，就把我弄过来了。老钱对马奇奥说，领导对你印象很不错呢。这句话让马奇奥激动了起来。

看完表演之后，马奇奥激动得睡不着觉，并不是因为表演，他对人妖什么的一点儿兴趣也没有，别人拉着他去和人妖照相，他也没有过去。他激动的原因是老钱说的关于领导对自己的看法那句话。他充满了说话的欲望，一回到房间，就摆出了一番要长谈的架势。马奇奥竭尽全力地去想最能吸引老钱的话题。他们聊到了女人。一谈到这个话题，老钱的话匣子就打开了。马奇奥也放开了。老钱说，前段时间他去了趟他们上大学的城市，你肯定想不到我碰到谁了！老钱抽着烟看着马奇奥。马奇奥注意到，老钱抽的牌子很贵，他都有点儿不好意思拿出自己的烟了。马奇奥配合着露出急于知道答案的表情。老钱长长地叹了口气说，我碰到兮兮了。用了好长一段时间，马奇奥才想起这个女人。同时还想起，老钱大学时候一直在追求对方，不过那个女人后来好像找了别人，一毕业就结婚了。有没有重叙旧情呀？马奇奥问老钱。也不知道是谁张罗着，把她给弄来了，怎么说呢，老钱说着往沙发上一靠说，第一眼看见，还是有点儿激动的，我甚至不敢多看她，不过后来一握手，我就失去兴趣了。老钱坐了起来，一副掏心窝子的样子道，奇奥，你说吧，她跟咱们年龄也就差不多吧，我一握她的手，就觉得，不行了，时光不饶人哪。

老钱对那次饭局描述颇多，有许多马奇奥已经好久没有想起的同学的名字，从老钱的嘴巴里飞了出来。毕业后，马奇奥从来没有主动和他们联系过。马奇奥突然有些感慨，已经过去这么多年了，眨眼间，自己都三十岁了。这五六年的时间，马奇奥过得波澜不惊，有了老婆，有了孩子，在单位不引人注意，默默无闻。马奇奥突然对老钱涌起了一股嫉妒，看看眼前这个人，他多春风得意，他的生活多有意思呀。自己除了结婚时候出去旅行了一趟之后，就再也没有出去过了。每次涌起出门游玩的念头，都会被老婆用缺钱的理由给打消掉。马奇奥觉得自己跟个蜗牛似的，每天埋头赶路，却不知道目的地在哪里。而眼前这个人，他对什么都是一副很有把握的模样。想当初上大学的时候，谁能想到那个满脸粉刺、下半脸比上半脸足足长半倍的人，有一天会成为这样一副模样呢？就好像知道马奇奥正在想什么似的，老钱突然发起了感慨，奇奥，如果你跟同学们有接触的话，你就能发现，现在已经能看出差距来了，再过几年，有的人就完蛋了，就那么过一辈子了。他针对的是兮兮，兮兮嫁给了一个体育老师，照兮兮的话说，除了在家带孩子，这男的什么也干不了。在饭局结束之后，老钱躺在宾馆里给兮兮打了个电话，兮兮跟他倒了半个多小时的苦水。老钱说，结果搞得我更是半点兴趣都没有了，我知道，只要我稍微暗示一下，这个女人肯定会来跟我上床，但是就是根本不想。

老钱谈性正浓，马奇奥没有勇气把话题引到领导身上去。他害怕因此结束聊天。只要继续说话，就还有希望。他期盼某一个瞬间，老钱会突然给自己支招，会跟自己讲讲工作的事情，对自己进行一番指导。老钱谈了几个女人？马奇奥都没来得及数。老钱说到以前在一个单位，大家集体去找小姐的经历，他们经常三五成群地出去，每当一个重大活动结束，大家忙碌了一番之后，他们就会这么干一次。说到这儿，老钱把现在的单位和原来的单位进行了一个对比。现在这个单位死板，没钱，大家脸上都挂着穷酸的表情。以前我们那里的同事，哪个没有点儿关系，接待点儿朋友什么的哪儿还用自己掏钱。老钱说，新领导肯定能改变这种状况。他并没有就这个话题深入下去，而是脱光衣服，进卫生间冲澡去了。整整一个晚上，每过一段时间，马奇奥都会有个念头，回到宾馆第一件事情就是要冲凉，他觉得自己都发臭了，浑身潮腻。但是，一回到宾馆，打开空调，和老钱谈了一会儿之后，他竟然失去了这个兴趣。在老钱去冲凉的这段时间，他觉得实在是太无聊了。

当老钱从卫生间出来，马奇奥突然注意到他的表情有些不对，就好像突然意识到自己做错了什么事情似的。果然如此，擦完头发，老钱装作随意的模样，对马奇奥说，奇奥，我跟你说的这些事情，你可千万别跟别人说，这些事情本来不算什么，但是如果有人拿出来搞你，那马上就会成个事情了。马奇奥觉得自己受到了侮辱，一种不被信任的感觉涌了上来，不过他还是对老钱说，你放心吧！老钱，你放心吧！

马奇奥鼓足勇气，和老钱说到了新领导，他还说了自己的现状，开口说了几句之后，他发现事情并没有那么难。马奇奥说，都这么多年了，我为什么老和领导搞不好关系呢？老钱对马奇奥说，你不要害怕别人的目光，害怕别人的闲言碎语，你不能做老实人，那样是没有前途的，那些每天说三道四的人，其实哪个不想弄到好处？哪个不想风光？只是没有轮到他们而已，如果有机会，他们肯定比谁都跑得快的。给领导端端茶倒倒水有什么？什么都没有的。马奇奥觉得一切都变得明朗起来，他推心置腹地道，我就是这样，自己做不来，害怕别人的闲话，其实我何尝不想往上爬呢？老钱说，你这样想就对了，这次旅行就是个好机会，表现好了说不定你就能迎来好运气的。马奇奥脑子一刻也不停地转了起来，他想起这几天，自己总是远远地躲开了领导，不由得觉得可笑。他豁然开朗了，他喜欢这种感觉，觉得自己充满力量，对未来充满信心。他对老钱说，你说得对，真的谢谢你老钱。老钱说，你也看出来了，领导喜欢喝酒，你吃饭时候多敬他几杯。其实领导人很好的，你跟他一块儿走，根本不需要想什么话题，他自己可有说的呢。你不需要担心。老钱又补充说，我这几天也表现的不够，我其实对这一套很熟悉的，只是因为来了新环境，有点施展不开，没有什么的。他忍不住笑了起来。随着谈话的深入，马奇奥对老钱的印象越来越好，多么好的朋友啊！马奇奥在心里想。老钱给马奇奥出了好多主意，比如第二天吃饭时，要主动和领导坐到一张桌子上去。我先来，老钱说，我先给领导倒一杯茶，你得装出很自然的样子，随手提起茶壶，先给离自己最近的人倒，然后转上一圈，也给领导倒上。没有人会注意到你的。马奇奥说，太感谢你了老钱。老钱说，其实你这人还是挺会来事的，多做几次就没有什么心理障碍了。你看你，和朋友聊天时口若悬河的，一点问题也没有。

老钱终于睡过去了，他的呼噜声很大，马奇奥直到三点多才睡过去。他被鼓舞得厉害，他仿佛看见了自己的光明前途，以前困扰他的，让他心情不好的东西，全部消失得一干二净，他甚至觉得自己的体重都变轻了，精神好得不得了。如果有一天，马奇奥带着这样的想法进入了梦乡，如果有一天我也……

接下来几天，马奇奥磕磕绊绊地跟在老钱后面，做了许多以前没有做过的事情，比如倒茶水之类。每一次他都感觉自己浑身发抖，觉得所有人的目光都在看着自己。不过还好，没有出太大的篓子。每天晚上，他照例都会和老钱聊到很晚。来旅游之前，他还想着有次艳遇什么的，现在这样的想法完全消失了。他已经很久没有跟别人聊过这么晚了，他已经好久没有体会过聊天带来的这么大的乐趣了。老钱每次都跟他说，你做得很好之类鼓舞的话。很明显，领导对他的印象好了许多，甚至还主动跟他说了几次话。有一天早上，他去餐厅得比较早，几乎一个人也没有。当他看到领导也下来，并且没有旁人时，他迅速地迎了上去，给领导盛好饭，拿了两颗鸡蛋，过程中尽可能挂着尊敬的表情。领导不住地问他一些话，他有问必答，到后来，他发现自己越来越放松，竟然变得妙语连珠起来，就好像跟一个要好的朋友聊天似的。人越来越多，在某一个瞬间，他突然意识到已经有许多同事坐到了桌子上，突然卡了壳，一句话也说不出来了，即使说出一句，也变得干巴巴的。好在领导快吃完了，别人也很快接过了话茬，和领导聊了起来。吃完饭的人越来越多，但大家都没走。马奇奥只好坐在那里，他一直在回想刚才和领导的对话，希望自己不要有什么不合适的地方。就在他愣神的当儿，领导突然说话了，以前吧，领导说，我觉得你这个人不行，不懂人情，不懂人情就是不会做人嘛，经过这几天，我觉得你还不错，年轻人就应该这样，积极一点儿，向上一点儿。一瞬间，马奇奥身体里好像充满了泡沫似的，它们一个个不停地变大，几乎要把他撑破了。他不知道该如何说是好。领导站了起来，有人迅速地帮着把包抢了过去，像护送一样，跟在领导体侧，一群人乌拉拉地走了出去。马奇奥的动作慢了半拍，不过他还是赶了上去，他脸上的表情显得十分恍惚，仿佛害怕别人看出什么似的。

经过几天的接触，可以说，马奇奥对领导有了全新的了解。他躺在床上，跟老钱谈起了自己的新发现，他可是个直爽人。他觉得自己说的是实话，但是又感觉有点儿别扭。对对对，老钱说，他有什么说什么，以前我碰到的那些当官的吧，什么都不说，让你不知道该如何是好，你去替他提包，都会觉得没有把握，不知道对不对。现在这个领导呢，不论当着多少人的面，都会不客气地跟你说，怎么一点儿眼色都没有，难道就不知道给领导端茶倒水吗？每个人都喜欢这些，还是说出来好一些。老钱说话的时候，马奇奥不住地点头，说，我也喜欢这样。他想起领导有一次在开会时说的一句话，我要把你们都改造出来，让你们明白什么是人情，怎么做好一个官员。现在他明白这话的真实含义了。

总之，马奇奥越来越觉得，以前困扰自己的那些东西不见了，他好像看见了自己以后努力的方向。他充满干劲。在给老婆的电话里，他已经开始进行具体规划了，以后，我要拿出一大部分钱来交际。这也是受了领导的启发，在茶叶购物点，刚开始他只是坐着喝茶，领导也坐着，不住有人买了东西过来给领导看，领导不时发表各种高论。有那么一会儿，马奇奥觉得领导说的话实在是太可笑了，但马上，他又被领导自信的语调给镇住了。领导说，就应该买点儿东西，出来一趟，如果你不买点儿东西，我会对你这个人有看法的，难道你就没有朋友，没有亲人，就不给他们带点礼物？人情人情，这就是人情。你不买东西，说明你这个人有问题，并且是有大问题，你不会跟人交往。不会交往怎么能有能力，怎么能干好工作呢？领导说完之后，马奇奥顿时觉得不安起来，如果现在站起来去买东西，也显得太尴尬了点儿。他只好坐着，他坐得很不踏实。

马奇奥充满热情，自以为很有感染力，他觉得自己站在了正确的一边。所以，在电话里得不到老婆的回应，他感到有些委屈。不过他决定一意孤行。他甚至开始怀疑自己的婚姻，它分明是自己原来那种生活态度的产物。这么多年了，马奇奥从来没有迎难而上过，是的，他追求过几个女的，但大都浅尝辄止，还都是十分年轻时候的事情。后来呢，他甚至一点热情都没有了。他没有热烈的感觉。婚姻也好，其他方面也好，都是一潭死水。

在以后的购物点，马奇奥就开始买起东西来。他把自己所谓的朋友一个一个地想起来，尤其是那些身居要职的，或者说前途无量的，他发现，一旦某个人变得成功一些，他就马上从对方的身边离开。而如果是后来认识的有实力的朋友，他根本就没有跟他们交往下去的打算。根据自己刚得的万能钥匙，他处心积虑地挑选礼物，有些让他自己都感到十分满意。他充分考虑朋友的爱好，考虑朋友的职业，还考虑当地的特色。他的思维异常活跃，在某个景区停下来休息时，他拿起手机就给其中一个久未联系的朋友打了个电话。他们聊得真是愉快，马奇奥十分真诚、一点都不尴尬，他对着电话口若悬河，听得出来，朋友也非常高兴。他们一下子变得亲密、紧密起来。马奇奥觉得自己和这个世界的关系变得亲密了。在接下来的几天里，他和好多个朋友恢复了联系。其中一个是个大酒店的总经理，马奇奥结婚时，别人给他介绍的，说是能给他的婚宴打折，还有一个是个妇产医院的妇科主任，他老婆生孩子时，单位的有个人给介绍的，他居然给这两个人都打了电话，他对他们说了感谢，为自己之前的怠慢道歉，他保证一定找个时间登门拜访。

马奇奥觉得同行的人每个都那么可爱，都那么亲切。他一反以前跟某个人形影不离，对什么都提不起兴趣的模样。他给这个人照相，给那个人提包，充满热情地和一个已经退休的同志聊天。就好像站在镜子前面似的，马奇奥发现大家对自己都亲切了起来。各种各样的邀请不断。他真是太愉快了。在一个景区，甚至有一个以前不怎么熟悉的人，给马奇奥买了个礼物，一小块黄龙玉。虽然价格不贵，但马奇奥觉得这是一个好的开头，他给大家留下了好的印象。他仔细观察着每个人，哪怕是那些在单位最不合作的人，当领导在场时，也总要或多或少地向领导示好。只有当领导不在时，他们才隐晦地说一些坏话，耻笑领导的做派。他想起老钱的话，每个人都是如此啊。另外他又发现，有一些人，是两边都受到欢迎的人，这样的人官职不大。这次旅行队伍里，很有一些自己主动报名的同志，他们大都做生意，十分有钱。这样的人，领导喜欢，他们并不给领导提包，但到了关键时刻，往往舍得花大价钱买东西送给领导。而不合作的人们，对这样的人也十分尊重和亲密。

每天晚上，马奇奥两点多才能睡着，而第二天六点半七点就得起床，一整天都在路上，要么爬山，要么坐车走路，中午也根本没有午休时间。如果照往常，马奇奥肯定会提不起精神来的。这次却恰恰相反，在每一个景点，马奇奥都照了照片。他好像对这世界上的一切，对以前那些提不起自己一丝一毫兴趣的东西全部有了热情。哪怕是一件小事，他也觉得乐在其中。几乎每天晚上，马奇奥都会喝醉。他端着酒杯，在席间转来转去，和这个喝一杯，和那个干一大口。虽然回到房间后吐个不停，但他喜欢上了喝酒。以前他称呼别人是一件困难的事情，现在呢，哪怕是之前根本不熟的人，他也能“姐姐，姐姐”地叫个不停。以前他和女同志在一起时，很少说出什么有意思的话，和异性之间的距离，和她们之间的沉默，和她们之间的障碍，让他绝望过无数次。但现在呢，你看吧，他和每一个女的都谈笑风生。他能化解自己的尴尬，比如他正在给领导敬酒时，以前如果他注意到有女人看着自己，马上会为自己感到害臊。害臊让他越发不自然。但现在呢，他不仅嘴巴里各种奉承话玩笑话说个不停，还能顾及女同志，他同时做好几件事情，转移大家对他目前动作的注意，让所有人感到愉快。

行程已经过半，看了瀑布，爬了山，在海边停留了整整一个下午，拜了好几座庙，最后一项是马奇奥以前很少做的。这次他虔诚地跟在大家身后，掏钱买香，让主持抓着自己的双手。他脑子里什么也不想，许了好几个愿望。他动作规范地弯腰下跪，那些神像高高地压在他的头顶，他对他们充满敬意。有一天，马奇奥惊奇地发现，连他走路的姿势都和领导有点儿相像了，这让他实在吃了一惊。是啊，这么多天，他想领导的时间比想其他任何事情都要多，大家走着走着，正谈着不相干的事情，他就能突然想到，领导呢？领导在哪里？连忙左右寻找，看见领导正站在前面一棵树前，饶有兴趣地盯着树上挂着的资料说明。马奇奥不引人注目地移动，一边嘴里还响应着大家的谈话，很快就到了领导旁边。我给你照个相吧领导。领导马上找到合适的位置，摆好姿势。马奇奥啪啪啪地把快门按动。时不时地，他还要跟领导建议，该朝哪个方向，照出来的效果会更好。领导很配合。照完后，马奇奥把相机递给领导，领导一一查看刚才的照片，指出其中一幅道，这幅不错，这个很好。领导加快脚步，而大部队仍然在原处喧闹着，马奇奥心跳加快，他犹豫了一下，跟在领导身后，坡势逐渐陡峭，隐约传来水流拍打岩石的声音，有些游客迎面回来，他们脸上露出心满意足的表情。

毫无疑问，这一刻是马奇奥一生中最心惊肉跳的时刻。他慌乱地看着眼前领导肥大的身影，看着领导背在身后的双手。命运也许在下一刻马上就能改变，处在这样一个紧急的特殊时刻，马奇奥忘记了事先想好的怎么开口之类的话，他极力控制自己，他觉得自己好像行走在云端，高一脚低一脚，周围的景色全部消失不见了。他发现自己已经和领导并排行走了，他发现自己正在回答领导的话，他发现，自己用一种前所未有的卑躬屈膝的态度，用最生硬的口吻，说着一些露骨的拍马屁的话，他差点儿用到了“高大威猛，英明神武”这样的词语，他慌不择口，浑身都在颤抖。缺点儿什么，还是缺点儿什么？马奇奥心慌意乱，他需要一个东西，而不是在这里东拉西扯。突然间，那个他爸的电影放映员朋友的名字突然出现在了他的脑袋里。马奇奥马上抓住了这一根稻草，他对领导说，自己有一个远方亲戚，在本地开矿，也搞房地产，想接待他们这一行，不知道领导觉得合适否？说完马奇奥大吃一惊，没想到自己竟然说出了这个。他本来应该就提拔年轻干部，就自己的能力之类说一些话的，事先老钱已经和他商量过相关语调、用词了。他多么希望老钱能从天而降，救命稻草不见了，他产生了正在被水淹没的感觉。

箭在弦上，到了最后一刻。从领导说这没有什么问题，咱们恰好可以考察一下这些当地企业的话开始，马奇奥陷入了另外一种困境，他必须打那个电话，他必须和那个人联系了。他极力想在脑袋里回想那个人的模样，尽管他明白这是件毫无意义的事情，但他控制不住，他设想出一幅亲切的面孔，这让他心情愉快，但马上，同样一副面孔，却又出现了拒人千里之外的表情，他随之沮丧万分。

还有两天，两天后他们就会到达目的地。领导已经安排秘书，和导游打了招呼，要求取掉一顿晚餐。当地一个老板要接待他们。好几个人把目光投向导游，想从她脸上看出什么来。导游却很淡定。大巴车在返回酒店的途中，老钱看着马奇奥问，你怎么回事，发生了什么？事实上还没看到瀑布，马奇奥在后面几个人跟上来，围绕在领导左右之后，就放慢了脚步，他想和老钱谈谈，可惜的是他怎么也找不到老钱，天知道他去哪儿了。马奇奥焦灼地在卖纪念品的小摊旁边转来转去，失去了看下一个景观的兴趣，有那么一会儿，他突然意识到，自己这副模样被人看到可不好，于是连忙走两步，装作像其他游客一样对什么都感兴趣的表情，从小摊上拿起这个，摸摸那个。甚至还花了五十块买了一件根雕。感觉到大部队马上就会回来了，他又觉得这根雕实在太引人注意了，于是偷偷跑到一个角落，把它扔掉了。他对自己刚才和领导说的话感到无比懊悔。

断断续续，避开别人，马奇奥把事情告诉了老钱。老钱说，这是好事啊，虽然这次你没和领导说自己的想法，但，你拉近了和他的距离，这样更好，显得你不是那么迫切，下次你跟他提的时候千万要随便一些，不能表现出急功近利的样子。也许这次的变动轮不到你，但随着交往的延续，以后有什么好处的时候，他会想起你的。马奇奥终于敞开心扉，他必须说出来了，不然他就会被搞得六神无主的。他对老钱说了自己的困惑。老钱大吃一惊，你的意思是说，你和这个老板并不熟悉？马奇奥说，也不能这么说，当初他和我父亲的关系很好的。好到什么程度？老钱忧心忡忡地问。马奇奥说，好到穿一条裤子的地步。这样的形容让他自己也感到不满，于是他举了许多具体的例子，比如自己出生时，对方送礼物之类。老钱说，这样看来也不是没有可能。马奇奥说，主要是我不知道该怎么开这个口，我下不了决心打这个电话。老钱说，事情已经发展到这个地步了，你必须打这个电话。另外，你应该换个角度想一想，你不能老想自己这是麻烦别人，对于那个老板说，其实并不是没有任何好处的。虽然他在这边发展，但毕竟是咱们那里的人。这些生意人会喜欢认识些当官的，他们办事离不开当官的。所以，说不定他会马上就同意呢。马奇奥稍微有些放心，他让自己往好的那方面想，确实如此，也许这个人会感谢自己呢。说不准在和领导接触的过程中，他们就会找到什么合作的项目。他越往好的方面想，越觉得极为有可能。

在电话里，给陌生人介绍自己是一件困难的事情。马奇奥躲在卫生间，在狭窄的空间里转圈，他发现自己的脚步越来越快，但他需要更快一点儿，好像只有这样才能缓和一下自己紧张的情绪。他拿着手机的手一直抖个不停，他听见自己的声音像是随时都会断裂的皮筋似的。他说，刘总你好，我是谁谁谁的儿子。这样一个开头他可是练习过好几次的。对方愣了一下，但并不是那种茫然的愣，他分明记得马奇奥他爸的名字。几秒钟之后，对方说，啊，我想起来了，你小时候我还抱过你呢。心里的大石块终于落地了，这么亲切的话语让马奇奥激动得几乎要哭出来，他从来没有对别人有过这么亲切的感觉，他甚至涌起一种终于找到亲戚的感觉。他变换了称呼，不再称呼对方为刘总，而是刘叔叔。他们聊了好长一会儿，先是互相问候，刘总感叹说，可是好多年没见过你爸了，我这也忙，一直想着给他打个电话，或者去你家看看，居然一直没有得空，他最近好吗？总之，他们谈了一些这样的话。刘总问马奇奥是不是有什么事情要说。马奇奥本来还在想，怎么过渡到正事上去的，这下他没有丝毫犹豫，把事情跟他说了。刘总说，换了新领导了？好事呀，我可是好久没见过老家的人了，你们哪天到，我给安排就行了。马奇奥觉得自己从来没体会过如此庞大的喜悦，如此庞大的踌躇满志，如此激动人心的时刻。他恨不得高声呼喊，把自己的心情跟所有人分享。

他从卫生间冲出来，在地上来回走动。老钱用体谅的眼神看着他，他得到了鼓励，同时他再一次觉得老钱实在是个好人。老钱对马奇奥说，你就等着好日子的到来吧，你这次旅行的表现肯定会得到领导的肯定。事实上领导已经好几次跟我说起你了，他觉得你是个人才，但是，还需要培养。马奇奥对老钱说，最主要的不是这个，是我学会了这一切，我以为自己永远也不可能学会的。接着他讲了他父亲的故事，讲了他父亲和电影放映员的疏远，他讲许多许多的话，推心置腹。他分析自己的性格，他说原来这些事情并没有自己想象的那么难，他有一种重新做人的感觉，而这种感觉是如此的美妙，他让他充满力量。老钱安静地听他讲。中间偶尔插一句合适的话。但任何一个人，都能感觉到老钱的表情是真诚的。他不是在敷衍了事。进而他们谈到回去之后，毫无疑问，马奇奥决定大展身手，决定好好地和这个世界相处，他用的就是这句话，我要和这个世界好好地相处。他说了好几遍，好像为自己这样的言论感到得意。

他们达成了共识，有好多条。过年过节要去给领导送礼，平时要有眼色，要舍得花钱请人吃饭，要学会喝酒。马奇奥现在觉得这些对于自己一点儿问题也没有。他感觉到踏实，是的，以前每一天都让他觉得空虚，他总觉得自己错过了许多东西，总觉得毫无意义。而现在，所有的动作都变得有用起来，生活中的每一件事情都散发出一种光辉，他乐在其中。

接下来成了马奇奥的表演时间，刘总的欢迎仪式搞得十分隆重，挂了横幅，在最好的酒店请客，去他的房地产开发公司参观，尽管还只是土地，还没开始动工，但地段毫无疑问是这个城市最好的。这是个小小的城市，但是风景优美，建筑全是几百年前就建起来的。刘总每一刻的表现都给马奇奥增光添彩，他和领导说话时如此得体，他让每一个人都心情愉快，觉得自己受到了重视，他没有慢待任何一个人。他和领导讲起和马奇奥父亲的故事，他说得多么美好啊，他讲起月夜里在山路上行走，讲起马奇奥父亲的二胡拉得如何好，讲起他在他们家蹭饭，他甚至讲起了生马奇奥时他母亲的大出血。那个人是个好人，刘总说，这孩子也是很不错的。领导说，那当然，这孩子十分有能力，是我们重点培养的对象。每个人都给刘总敬酒，大家对马奇奥更亲热了，回宾馆的路上，尽管喝得吐了好几次，马奇奥仍然记得，至少有四个人，搂着自己的肩膀说了很长很长的话，马奇奥热烈地响应他们，和他们称兄道弟。

接下来的几天，刘总继续扮演了自己热心老乡的角色。马奇奥扮演的是联络员和通讯员。他惊奇地发现，每一顿饭自己的酒都比上一次喝得更多，却一直保持着头脑清醒。倒是老钱，连续几天喝酒，脸色已经变得有些灰白，目光都呆滞起来。他就像是一台生锈了的机器，每一个动作都嘎吱作响。当然，这是在没人的时候，当一回到群众的中间，老钱的精神就又上来了，他跟得上所有人的脚步。一种奇怪的优越感在马奇奥的心里产生，他觉得自己已经超过了老钱，他大踏步地前进，现在和领导接触的时间比谁都多，老钱逐渐地往后退，就好像马上要退出舞台似的。这让马奇奥又觉得有些于心不忍。所以，不论什么场合，比如刘总私下里在饭局后请领导喝茶了等等，马奇奥都会带上老钱。某些时候，他觉得自己不需要老钱了，他完全可以把事情做得更加漂亮，他已经摸到了门道，并且越来越熟练。

马奇奥真是这么觉得，他的脑子比任何时候都清醒，他看着周围的同事们，他们干什么都围绕着领导，有些人这个动作过分了，有些人那句话说错了，尽管大家的出发点都是好的，是的，没有人愿意得罪领导，但是总是有一不留神的时刻。马奇奥觉得自己无所不能，谁也无法阻止他前进的脚步。他会直面生活中的每一个困难，直面每一次障碍，他再也不会躲开了，他要把它们一一解决掉，他要正面强攻。当这样的感觉伴随马奇奥时，马奇奥也变得自信起来。他忘记了自己，不会时刻惦记自己，不会去想自己是否让别人觉得可笑，他把注意力放到了别处。放到了领导身上，放到了其他人身上。

这是一个充满热情的年轻人。他赢得了别人的尊重，他被别人所需要，上司对他称赞有加。如果有人问他对这次旅行的看法，他肯定会发表许多许多的议论，以前他不是这样的，以前他旅行一趟回去，总觉得没什么可说的。他要说出来的话，总是人所共知的东西。但现在他不这么认为了，他会把那些话说得很漂亮，加一点儿小幽默，换一个修辞方法，顿时让别人觉得有趣。以前跟人闲聊时，他也总是无话可说。他想，为什么会那样呢？得出的结论是，自己缺乏热情，热情是很重要的一种东西，如果你准备和一个陌生人聊天，尤其需要热情，你得用热烈的语言讲述一件毫无意义的事情。比如以前有人问他，你是哪个学校毕业的，他说出大学名字，马上就无话可说了。现在呢，他能说出一大堆来，他学的专业，发生的一些趣事，大学所在的城市，城市的风俗人情。别人跟他聊天一点儿都不费劲，这毫无疑问让他受到所有人的欢迎。

他把自己的这些感受和老钱交流，就仿佛突然惊醒似的。老钱说，没想到啊，我们已经毕业十年了。从表面上看起来，谁都不能相信他和老钱是同龄人。老钱的头发早就开始掉了，现在已经没了大半，显得他的大额头尤其大，当老钱和老婆走在大街上时，他们完全有一家人的那种感觉，他们带给人一种踏实的感觉。这样的话不止一次被人提及，常常有人说，我们已经毕业多少多少年了啊！但是，从来没有一次，让马奇奥感觉如此深入，这句话直达他的最低处。一瞬间，他体会到时间飞快这样的话，他为自己过去的浑浑噩噩而难受，懊悔。不然，他在心里想，现在的我也肯定会给人一种踏实的积极向上感觉，而不是那种飘忽不定。

马奇奥忍不住感慨，你说吧，那时候咱们一起，每天玩耍，今天看不起那个，明天瞧不起这个。那时候咱们哪儿能想到，有一天谁会飞黄腾达？是啊，马奇奥在心里想，他哪儿能想到，那个每天和自己到处找电影看，不时说句蠢话，当自己发表意见看法时，他就会面带崇拜之色聆听的老钱，十年后，竟然成了自己的老师，惊醒自己。老钱在想什么呢？马奇奥揣摩道，他是不是也在想眼前这个家伙怎么就混到了这个地步？他是不是还有些可怜自己？想到这里，马奇奥有些不自在。老钱说，是啊，那时候咱们的标准，咱们看人的方法，和社会是不一样的。随着谈话的深入，马奇奥才发现，老钱和所有的同学都保持着良好联系，对每个同学在干什么都十分清楚。他们经常在一起打麻将。连那些家伙的儿子在哪儿上学，找的是谁的关系，老钱都一清二楚。

最后一天，他们取消了原定的行程，在刘总的安排下，去买玉。刘总说保证大家能买到真的，保证大家能享受在当地的最低价。人们对刘总十分信任。所以才有人向刘总提出了这个请求。毕竟刘总是当地人嘛。刘总的车刚开进停车场，就有几个人迎了过来。玉店老板是缅甸人，他脸上的奸诈和刘总脸上的真诚形成鲜明对比。但是他对刘总的态度好极了，尽管刘总不说什么过分的话，但谁都能感觉到，这个人仿佛害怕刘总似的。听说来的都是刘总家乡的朋友，玉店老板紧紧地陪在一侧，不停地给大家发烟，他的脸色看上去有点儿像常年干农活的人。刘总和领导聊得热火朝天，并没有跟老板说多少话。老板的目光没有离开过这两个人。他们现在已经走进了卖场，真大啊，比他们去的任何一家玉店都大。突然间，身后发出轰隆一声响，大家回过头来，发现卖场里的顾客正在往外走，一个大门已经关上了。由于不明白要发生什么，马奇奥的脸上出现了那种茫然和兴奋的表情，直到过了一会儿，他注意到前面的领导和刘总仿佛什么也没发生，镇静如常的模样，不禁感到境界不够。

玉店老板突然把巴掌拍得非常响亮，所有的穿着黑色西装的女服务员全部注目与他。今天全场三点六折。说完这句话后，玉店老板变得十分激动，马奇奥注意到他的双手也开始抖动起来。他挺着僵直的背追上刘总。马奇奥好不容易平静了一些。他抬眼四处张望，这会儿他感到自己又十分需要老钱了。人们很快分散开来，这个柜台一个，那个柜台一个。看不见老钱，马奇奥只好也站到一个柜台前，不然就显得太过突兀了，他尽量不想惹人注意。一会儿之后，他突然意识到这种状态是自己以前的状态，这几天他以为自己已经克服了这一点了。难道是因为这商场的高大？还有漂亮的服务员？难道是因为这些玉？为什么自己会觉得不自在，觉得自己不属于这里，觉得心虚，做不到理所当然呢？他看见别人，哪怕是最穷的人，也没有流露出自己这样的表情，他们一个个让服务员把玉拿出来，一会儿抬头，一会儿弯腰，一会儿眯眼，就像专家似的研究，不时发表看法。马奇奥对玉毫无所知，他本来也没有想到自己会买这东西。他强迫自己镇静下来，当服务员热心地给他介绍的时候，他装作感兴趣的样子，不过还是心虚，还是想转身逃掉，这感觉让马奇奥对自己如此厌恶。他委屈，无地自容。他拿着一块玉，根本没有听清楚服务员在说什么，他在跟自己内心的另外一个家伙打架，由于艰难，他觉得身心俱疲。这时候，他突然想到，为什么不把自己当成一个真正的顾客呢？既然扮演不好，那就买一块吧。他算了一下，自己身上还有两千块，够买一块玉了。他对另外一个家伙说，我要买玉了，我当然可以理直气壮，我才不跑呢，我要不厌其烦地站在这里。

这是艰难的时刻，以前碰上这样的时刻，马奇奥往往会马上跑掉。但是这次，他下定决心要对抗。处于这种紧张的状态里，马奇奥感到自己马上就会崩溃，就在这时，救星来了，他发现老钱正站在自己身后不远处。

你觉得这块怎么样？马奇奥问老钱。老钱拿过去，在手里端详了一番道，我建议你还是再看看。马奇奥赶紧把玉还给了服务员。他觉得自己一下子放松了下来。他问老钱，你懂玉吗？老钱说，我对玉不感兴趣，我喜欢青铜剑啊那种东西，喜欢古物。那你不买？老钱说，不买。老钱说这话的时候，表情如此自然，如此自信。可惜自己不是一个喜欢青铜器的人，马奇奥想。他没有这方面的爱好。最终，老钱给马奇奥选了一块玉，一千八百块。在交钱的一瞬间，马奇奥问老钱，这玉好吗？老钱说，咱们承担得起的价格，也就能买到这种玉了，那种没有一点瑕疵的东西，要么是几百万上千万的，要么就是几万十几万的，咱们也买不起啊。马奇奥一瞬间就觉得犹豫，一千多块对于自己来说也不是个小数目了，花这么多钱，买一个根本不行的玉，值得吗？他再次拿起玉，对着灯光看了一番，柳絮状的杂质清清楚楚。马奇奥突然就放弃了，他不买了。

马奇奥和老钱溜达着看别人，领导是最忙碌的人，有玉店老板的陪伴，他一会儿看看这个，一会儿看看那个。他拿出专家的派头，对这些玉评头论足。不时让老板给他把其中一块打包起来。如果是一个外人，看见这样一个肥胖的家伙摆出这样一副模样来，肯定会觉得有点儿怪异，人们奇怪的眼神肯定会落到他的身上，难免会有人觉得，这个人有点毛病。但是，对于现在卖场里的人来说，大家都相互了解底细，就不会这么觉得了。马奇奥也是走了那么一小会儿神之后，再次看着领导时，又觉得他的动作没有丝毫的不合适。他就应该是这个样子。他是大家的焦点，过一会儿就会有人看他。他的一举一动牵动了许多人的心。随着他在那里摆的姿势越来越夸张，时间越来越久，渐渐地有人围了过去。他发出的每一个评论都得到大家的应和，他让女同志帮他参考，女同志们就会想尽办法，在他的话的原则上，加入更多的话。领导买了六七块玉。买其中一块时，他叫了马奇奥的名字，你觉得这块怎么样？马奇奥试图发表点儿什么看法，但拿着玉看了半天，一点思路也没有。他十分着急，张了几次嘴，越是如此，越是头脑一片空白。还好的是，旁边有人接过玉去，和领导谈了起来。马奇奥懊恼万分，他想，自己这是怎么了？怎么神勇的状态一去不复返了？他一直在想这一点，最后也总结出了理由，是因为钱，让他心虚起来。最终，人们消费了三十多万。这个数目让马奇奥大吃一惊。这个数目同样也让他感到畏畏缩缩。他对老钱说，还是有差距的。老钱问，什么意思？马奇奥说，没钱的人就没法挣扎。他这样的说法，老钱却是能听懂的，他说，这个是个相辅相成的关系，慢慢的，两样就都有了。

当他们回到大巴上时，发现领导已经端坐在那里了。他兴致很好，问，买什么没有？马奇奥已经坐在座位上了，老钱正经过领导旁边。没买！老钱说。领导说，也不给老婆买点儿啊。老钱说，老婆对这个不感兴趣的。几乎每一个上车的人，领导都会问，买了没。他把大家买的每一个东西都仔细看了一遍。那个虎哥买的最多，花了十几万。领导说，你买的这玉不错，但我的也不差的。大巴启动了，领导仍然在点评各人买的玉，他用的词语十分专业，一副专家的派头。没有其他人说话了。等领导说完，有个不合作的，不拍马屁的家伙从后排走了过去，拿出脖子上戴的玉，对领导说，不行，领导这太专业了，我得让领导帮我看看。领导接过去，不错，这玉养了好多年了吧，翠都养这么大了。这个家伙说，我买的时候，就一丝的翠。在这种热烈的气氛里，马奇奥突然觉得自己是多余的，老钱头挨着窗户，好像睡过去了的模样。大巴行至半路，领导关于玉的言论发表完毕。好像不尽兴似的，他总结道，看来这次大家的收获都十分大，除了老钱，这家伙总是一副抠抠搜搜的模样。老钱，你攒那些钱干什么？不给老婆买，还说老婆不喜欢，女人有不喜欢这东西的吗？

明天，这次旅行就结束了，他们即将乘飞机回去。当天晚上，自然是大摆筵席，还是刘总做东。领导的话比以前多了许多，他一副把刘总当成自己老熟人的模样。刘总的神态也有所放松，但是仍然保持着克制，他仍然彬彬有礼，嘴上叼着烟斗，谁跟他说话都一副认真聆听的模样。有那么一会儿，马奇奥突然想到了自己的父亲，他想弄明白，为什么眼前这个人会变成现在这样，他想发现其中的秘诀。这个人初中毕业，农民出身，家里也没有任何背景，他是怎么做到和任何人坐到一起时都能侃侃而谈的？他有一种自信。马奇奥设想，如果是他爸爸，坐在领导面前时，肯定会手足无措起来。这两个当初那么好的朋友，一个变成了这样，一个却变成了那样。除了刘总，其他人都喝得相当多。刘总带着两个经理，他们是专门替刘总喝酒的。这两个人都是当地人，据刘总介绍，是他来当地之后结识的朋友。这两个人轮番起来敬酒，一杯一杯地灌下去，却能做到面不改色。老钱坐在马奇奥的旁边，刚开始他的情绪有些低落，不过酒喝得很快，再去厕所吐了一次之后，回来他就像变了个人似的，端着分酒器，一大杯一大杯地跟人干了起来，他好像想把自己狠狠地灌醉。马奇奥试图阻止他，让他少喝一点儿。没事，老钱说，我还能喝的，反正明天又不到处跑。马奇奥隐隐觉得，在老钱身上，正在发生一种不好的变化。但听他的说话，还算比较清醒，也就没有过多劝阻。

领导很明显也喝多了，但他并没有停下来的意思。他双眼通红，脖子前倾，用一种居高临下的模样看着桌子上的人。他连女同志都不放过，他说了许多话，刚开始还在日常发挥的范围之内，慢慢地，他的蛮不讲理的状态就越发厉害了，不论谁，他都逼着对方干掉酒杯里的酒。马奇奥今天状态也出奇得好，只要领导看到他，他就举起杯子一饮而尽。白色的灯泡从他们头顶直射而下，每个人的脑袋上都显出一层油腻的光。大家的动作变得缓慢、就好像生锈了的机器似的，摇摇晃晃，互相勾肩搭背。老钱又去了一趟厕所，马奇奥本来打算陪他去的，却被领导叫住了。领导说，来，喝酒，你别想着跑。马奇奥抬起一半的屁股放了下来。

刚开始，马奇奥并没什么感觉。老钱双眼直直地看着在座的每一个人。领导说完每一句话，他都会配合着说几句。过了一会儿，马奇奥也只是觉得老钱的话有些多而已，并且越来越多，甚至比领导的还多。马奇奥隐约觉得，这样有些不合适，他拉了拉老钱，示意他别多说了。老钱把头探过来，马奇奥对着他的耳朵说，你说得太多了！老钱笑眯眯地点了点头，说，那我不说了。他端起酒杯，走到刘总身边，搂着刘总的肩膀，嘴巴几乎怼到了刘总的脸上，来，刘总，小兄弟敬你一杯。马奇奥突然心里一跳，他觉得刘总脸上好像一瞬间多了点儿什么东西，他好像有点儿生气。不过，他还是端起酒杯，放在嘴唇边意思了一下。马奇奥突然发现，所有人的目光都落在了老钱身上，大家都不说话了。这样一种状况实在是太压抑了。老钱！领导喝道，回你的座位上去！老钱笑嘻嘻地摇摇晃晃地站起来，听领导的安排，老钱这就回去。说完继续摇晃着往回走，他好像故意走得那么慢似的，好像大家的目光让他感到很过瘾似的。他嘴里哼起了小调。领导脸色发黑地直盯着老钱，他一副权威正在被挑战的模样，老钱！领导的声音大了一些，更加严厉，你给我摆正你的位置。老钱仍然笑嘻嘻的，听领导安排，他的语气带点玩世不恭的味道，领导最大嘛，老钱小人物一个。哗啦一声响，领导站了起来，凳子摔倒的声音让在座的人吓了一跳。老钱好像突然间意识到自己正在干什么似的，他紧赶几步，坐回了自己的座位上，然后笑嘻嘻地对领导说，领导别生气，小的喝多了，喝多了。领导保持站立姿势，愤怒地看着老钱，我告诉你，你再这样，就给我滚蛋。老钱认输了，是是是，再这样我就滚蛋，我有蛋的，可以滚的。

领导终于坐了下去。其实大家已经没有了喝酒的心思，每个人都一副巴望马上离开的模样，只等着领导发话了。领导的表情放松了下来，来来来，大家继续喝。就好像没有发生刚才的事情似的。大家只好再次举起了酒杯。马奇奥偷偷地打量刘总一方人的脸色，他们全都什么也没发生的模样。领导开始了新的话题，他侃侃而谈，虽然也有人附和，但马奇奥总感觉少了些什么。他觉得头皮发麻，怎么也坐不住了。老钱把头搁在饭桌上，马奇奥期盼他就这么睡过去。但隐隐的，却又觉得不安。过了一会儿，在领导每句话之后，老钱又搭上腔了，他的话越来越阴阳怪气。刚开始领导还装作没听见的样子，没想到老钱的声音越发大了起来。老钱！领导大喝。老钱抬起头来，领导你有什么安排？你再这样别怪我不客气！领导啊，你可别吓我，我会害怕的。老钱呆滞的面孔上，带着夸张的表情。

你给我滚蛋！领导咆哮道。马奇奥连看的勇气都没有了，他低下头，浑身不自在，他多么希望老钱能就此闭嘴，但那是不可能的，老钱处于一种奇怪的状态中，他仍然嬉皮笑脸，尽管没有看，马奇奥都可以想象出他的表情。老钱对领导说，领导我不想滚了，虽然你是领导，但是我不想滚了。滚蛋！听见没有，听见没有！领导大喊。老钱说，领导让我滚蛋呢，唉！他仍然坐着没动。领导突然间站起来，还没等别人反应过来，他已经把老钱推翻在地，妈的，领导骂道，老子抽不死你丫的，两天不收拾你，你就不知道自己是谁了。

马奇奥手足无措地站在一边，他是离领导最近的人之一，但是直到别人都过来拉架，他仍然一动没动。如果有人注意到他的话，能看见他正在流泪。他也说不清楚自己的感觉，不是伤心，也不是痛苦，他离开了饭店，沿着小城炎热的街道朝前走去，他几乎意识不到自己正在走路，一点儿疲乏的感觉也没有，他加快脚步，逐渐开始跑步，这是一个美丽的小城，他逐渐这么觉得，高大的椰子树、闲散的人们、穿着十分少的姑娘……

一直到很晚，马奇奥才返回了酒店，进去后看见老钱躺在床上，并没有睡觉。你回来了？老钱和他打招呼。马奇奥强迫自己忘记刚才发生的那一幕，不然他都没法看老钱的脸了。他觉得不安，难以忍受。他迅速地开始讲自己在街上的见闻，他真害怕自己停下来。为了让自己的话更有吸引力，为了让自己讲得津津有味，他开始编造，他告诉老钱，自己看见一个女人，他跟踪了那个女人，他又讲，自己去了好几家所谓的会所，尽管当地的姑娘们十分难看，他还是和其中一个睡了一觉，花了三百块。逐渐地，他沉浸在自己的讲述中，很明显，老钱也被吸引了。他感慨，你太不够意思了，也不叫伙计一起去。马奇奥突然有了一个好主意，他对老钱说，咱们要一个吧。老钱笑了，从床上跳了起来，真的？马奇奥说，当然，咱们一人要一个，好不容易出来一趟。老钱马上开始打电话，马奇奥没有阻止，其实他不想阻止，但是又隐隐觉得害臊，或者是其他什么样的感觉，让他有点难熬。很快，有人敲门，老钱过去把门打开，两个女人走了进来。当其中一个要求关灯的时候，老钱说，关什么灯啊，谁没见过谁。于是就没关。老钱比马奇奥要放松得多，他还跑过来抱了抱马奇奥床上的女人，他狠狠地抓她的屁股。他像个暴君似的，有那么一会儿，马奇奥这么觉得。

马奇奥一直想着，自己应该给刘总打个电话，或者发个短信，对他表示一番感谢。他甚至想了好几次措辞，应该一点儿问题也没有。他好几次想着拿出手机。最终，他并没有这么做。有一种感觉阻止了他，这种感觉是这么的熟悉，但是又让马奇奥觉得很是轻松。坐飞机时，马奇奥十分担心，自己的座位会和领导挨在一块，他害怕需要跟他说点儿什么。情况还好，马奇奥和陌生人挨着，他把头躺在靠背上，大部分时间试图睡觉，另外一些时间看看窗外。马奇奥听着身后传来老钱的声音，他好像在哀求，情绪激动，低声，他在跟谁说话呢？马奇奥想。不一会儿就有了答案，领导的声音传来，他的语气竟然是一种推心置腹的语气。这么说，他们达成了和解？马奇奥想。这样的状况让他轻松了许多。飞机平稳地向前，窗户外的蓝色和白色无边无际，马奇奥突然想到自己脚下一片虚空，不由得就感到一阵害怕，他把眼睛闭上，急切地想回到地上。

七个片刻

1

退休之后，王大刚想起了自己年轻时的想法，要把全中国都走一遍。事实上，在这么多年的国企领导岗位上（他是一家军工企业的组织部部长，并且在这个岗位上一干就干了二十年），他已经走过许多地方。但是，就像他在跟自己老婆李月娥的对话中所谈的一样，那都不是走，跟自己梦想中的游走不一样。是啊，王大刚用到了这个词，游走。李月娥比王大刚退休要早得多，现在每天所有的时间都花在了在广场跳舞上，每天早晚两次，穿着黑色紧身短袖、绿色灯笼裤，王大刚从来没有去看过李月娥跳舞。他给别人介绍自己老婆时，用的词总是“爱人”，王大刚觉得，如果自己站在广场上，看着爱人在那里扭屁股摇腰的，实在有一种不对劲的感觉。那是什么感觉呢？李月娥有一次问王大刚。她对王大刚说，有许多人喜欢她跳的舞，并且，她已经成了他们那个跳舞组织的教练之一，也就是站在最前面给大家示范标准动作的人之一。王大刚想了半天，他心里想的是，准确点儿说，一想到去看李月娥跳舞，就有一种不道德的感觉。但是他不能这么跟李月娥说。

总之，李月娥每天很忙，有时候连饭也顾不上做了。王大刚决定，要实现自己年轻时候的梦想，游走中国。他买了一份中国地图，想设计一个最合理的路线。就在买地图回来的路上，王大刚碰到了一个发传单的小姑娘。每一个经过的人，都会被小姑娘给阻拦那么几秒钟，有些人接过了小姑娘手中的传单，有的人目视前方，从小姑娘身旁走了过去。其实小姑娘说小也不小了，最主要的是，她长得很漂亮。王大刚看着小姑娘露在外面的白皙的大腿，跟随人流向前移动，他设想的是，当小姑娘伸出手来阻拦自己时，无论她卖的是什么，都要买上一份。多么漂亮的小姑娘啊，这么大热的天，站在街上这么辛苦。这让王大刚对其有一种怜悯的感觉。他甚至想起原来厂里的一个女的，并没有这个姑娘漂亮，也没有这个姑娘年轻，在一次单位聚餐时，王大刚上厕所时，看见她靠在厕所门口的洗手台那里哭。王大刚当时也是这种感觉。后来他给这个姑娘帮了许多的忙。因为什么？也许有人有些误解，但王大刚可以拍着胸口保证，他和这个姑娘没有一丁点儿的瓜葛，甚至都没有说过几句话。他就是受不了漂亮姑娘辛苦。

意外的是，王大刚已经走过去了，发传单的姑娘都没有伸出手臂。他回过头去张望，姑娘仍然在微笑着跟经过的人搭讪。为什么呢？王大刚不明白，为什么不给自己发传单呢？当王大刚回到家之后，他已经把这个给忘记了。他打开电脑，对照着地图开始研究自己的出行路线。上网就是这样，你本来想弄明白一个东西的，结果看着看着就会看到另外一个东西。王大刚直着腰，腰疼是他唯一的毛病，只要他弯下去，不一会儿就会有疼痛感传来，他那么直地坐在电脑前，突然看到了一条信息：中国男人配不上中国女人。文章大意是说，中国男人穿着打扮太土了，不像姑娘们那么时尚，尤其是当官的，都鼓着个大肚子，头发稀少。原因就在于即使长成这样，女人们也不会在乎。根据调查显示，中国女人对男人外表很不在乎。看完这条新闻，王大刚站到了镜子前，他看着自己的大肚子和稀稀拉拉的几根头发，脑子中突然出现了那个发传单的小姑娘。

不知道为什么，王大刚在镜子前，觉得自己实在邋遢得很，和一个土包子似的。奇怪的是，他这副尊荣和长相已经持续了许多年，为什么直到今天才让他意识到？以前在厂里，可是从来没有人对此发表过什么看法的，甚至还有一些熟悉的中年妇女，对王大刚表示过佩服他的穿衣品位。一个念头涌了上来，会不会那个姑娘认为自己是个土包子，没有什么钱，买不起她推销的东西，所以才没有给自己发传单呢？过了一会儿，王大刚又想到了自己的老婆李月娥，他从柜子里找出相册，一张一张细细看，发现确实，这么多年里，李月娥的打扮要比自己好得多，穿衣服也要时尚得多。时尚作为一种感觉，很准确地出现在了王大刚的脑海里。

当然，王大刚并没有对此作出什么真正的改变，他尝试去买一些让自己显得时尚的衣服，但是每次试的时候，就觉得浑身难受，连步子都不会迈了。他仍然把自己放在白衬衣黑裤子黑皮鞋里，每天站在镜子前很细心地把自己的头发摆放好。

七月的一天早晨，王大刚和李月娥并肩走在大海边，脚下是细软的沙子，大海泛着白色的浪花来回拍打在海岸边。太阳马上就要升起来了，他们得抓紧时间，不然一会儿就会热得让人一头栽倒在地。这里是乳山，一个很小的城市。位于中华人民共和国山东省威海市，王大刚对着中国地图研究了好多次，他从未想过，自己有一天会站在乳山的海岸边，他印象中有比这个地方好得多的地方需要走呢！比如三亚、丽江、和顺等等。谁能想到，他竟然会跑来这里？

在给儿子和朋友们打的电话里，王大刚是这么介绍乳山的，这里的海绝对是我见过的最好的海了，它没有一丁点儿的开发，每当傍晚时分，当你向海边走去时，会碰到归来的渔民，每个人都背着网兜，里面全是海鲜。真的，我看过那么多的海，还从来没有见过这么多劳动的人们。渔民们甚至还开着拖拉机去海里打鱼呢。可惜的是，我们不喜欢吃海鲜，我们指的是王大刚和他的爱人李月娥，王大刚是从小就不吃，而李月娥原先自以为能吃，但来到海边，能敞开吃之后，她竟然一顿海鲜也吃不了了。还有还有，这里的沙子是银色的。

当王大刚打电话的时候，李月娥一般都在上网。她在研究一种新的舞蹈，需要看视频，看一会儿她就站起来跟着舞蹈学。王大刚看不出来，她现在学习的舞蹈和原来的有什么不同。李月娥解释说，原来他们跳的是蒙古舞，而现在跳的是新疆舞。现在，李月娥已经完全融入了当地生活，每天下午五点多就出去，在小区门口和几十号人一起跳舞。李月娥试图拉着王大刚跟她一起跳，被王大刚给一口拒绝了。这里跳舞的人们并没有统一的服装，李月娥正打算说服大家一起在网上定做一套。

让王大刚奇怪的是，为什么可以聚集起那么多跳舞的人。尽管这里海景房绵延几里之远，但王大刚观察过，每天晚上，一栋楼亮灯的也就不到十家，有些甚至整栋二十层的大楼都是漆黑一片。李月娥说，这你就不知道了，附近所有的老人都聚集到咱们小区门口了，你看看吧，附近哪个小区有咱们小区这么大的广场，有咱们小区这么好的环境。这倒是事实，王大刚当初一眼就看上了这个小区的环境，里面甚至还有音乐喷泉。最主要的是，小区里的房子全是低层，而不像别的小区，都是几十层的大楼。在王大刚所生活的太原，这样的小区环境可是极为少见的。并且，站在自己家的窗户上就可以看见海，蓝色的海。

当李月娥去跳舞之后，王大刚一个人下了楼，沿着海边的沙滩走，他随手带着一个小凳子，走累了就坐下来看看海。天色越来越暗，灯光亮了起来，海面看上去漆黑一片。王大刚脑子中出现了那个发传单小姑娘的形象，准确地说，王大刚已经记不得对方的长相了，但是能记得她穿着黑色的套装，当给王大刚介绍房子户型的时候，她弯下腰来，腰部塌下去，臀部翘起来，穿着肉色丝袜的腿是那么的长，那么的长。

李月娥曾经说过，王大刚，你是不是因为这个小姑娘漂亮，一时头脑发热就买了这房子？王大刚说，李月娥你跟我生活这么多年了，什么时候见我腐败过，要腐败我早腐败了。再说了，乳山这地方难道你不喜欢吗？多好啊，在太原你能呼吸到这么清新的空气？你能看到这漫天的星星？在这么跟李月娥说的时候，王大刚想啊，不知道卖给我这一套房子，能给那个小姑娘提成多少，应该不少吧，我是不是可以帮到她？一想到她那么辛苦地站在大街上发传单，王大刚心里就有些同情。哎，现在的年轻姑娘，过得可真是不容易呢！

沙滩上的人越来越少，渔民的拖拉机也开走了。天完全黑了下来，月亮挂在半空中，月光在海面上闪耀，王大刚发现，如果你一直盯着海面看，那无边无际的大海会让你产生一种恐惧的感觉。

2

中学数学老师李大壮想，如果史艳丽跟自己结了婚，现在会是个什么状态？他一边想一边加速向前走，现在，他已经不打算骑公交自行车了，而是直接走回去。这就走呀？身后传来张梅的声音。李大壮脚步没停，回过头说，操他妈，说不定到七点也等不到一辆。史艳丽站在张梅的身边，一只手抓着张梅的胳膊，就好像许多年前那样。

这么多年过去了，李大壮这次碰到史艳丽，仍然会有浑身一震的感觉。是啊，只有用这个词才能准确地描述李大壮的状态。在这种状态里的李大壮往往忍不住在每句话前面都加上“操他妈”这三个字。而当说出这三个字之后，他又觉得慌乱不堪，继而迅速离开现场。

为什么会如此，平时的李大壮可是个外向话多的人，为什么一见史艳丽，除了“操他妈”之外，他就不知道该说点儿什么了？当李大壮回到家，躺在床上，听着旁边的老婆发出呼噜声时，再一次想到这点。夏天，家里热，李大壮翻来覆去一直折腾到四点多才睡着。

在李大壮走后，张梅和史艳丽仍然站在那里等公交自行车。唉，张梅叹了口气说，这李大壮命也不好。史艳丽问，怎么了怎么了？张梅说，老婆身体一直不好，这么多年的钱，全贴老婆身上了，三天两头去医院呢。史艳丽换了只手提塑料袋，问，是什么病呢？张梅说，没细打问过，人就怕病，一病就麻烦了。是啊，史艳丽说，她本来还打算再说点什么的，结果一辆自行车被还回来了。张梅和史艳丽互相推脱了一番，结果还是史艳丽骑上车走了，理由是，她提的东西重。

李大壮想，史艳丽也老了，是啊，刚才尽管是非常迅速地一瞄，但李大壮已经完全注意到了这一点，他看到了史艳丽脸上的皱纹，松垮的双腿，他还能想象得到她肚皮上的赘肉，想象得到她像布袋似的干瘪乳房。在李大壮还年轻的时候，为了克服一见史艳丽就说不出话的情况，他想了许多办法。有一次在一本书上，他看到一则丘吉尔的故事，说是丘吉尔不敢跟漂亮女人说话，后来他想了个办法，每见到一个漂亮女的，他就想，即使这么漂亮的女的，她也要拉屎，并且拉的屎又臭又难看。一想到这一点，他就能跟漂亮女人说话了。受此启发，李大壮也如此想象史艳丽，他不仅想拉屎，还想眼屎、口臭等等。可惜的是，不论怎么想，等见了史艳丽，他仍然是浑身一震，说出“操他妈”三个字后，脑子就不再转动了。

李大壮知道，史艳丽也混得不好，从她的着装体型等等方面都可以看得出来，所以，才有这个问题涌了上来：如果史艳丽跟自己结了婚，会是什么状态？肯定不会像现在这样。李大壮为了让史艳丽过上好日子，会用尽全力的。人生已经过了大半，当李大壮回头观看，他还是有好几次机会的，比如有一次，校长找他谈话，意思是，教导处副主任的位置空了出来，问他有没有兴趣。当时如果他再积极一些，跟有关人士走动走动，这事情应该也就成了。但他没有，如果史艳丽是自己老婆，怎么硬着头皮，李大壮也会把这个机会抓住的。还有一次，一个李大壮从小就认识的朋友，拉着李大壮一起去做生意，开饭店，李大壮犹豫再三没有答应，原因一方面是没钱，另外一方面是老婆担心。如果史艳丽是自己老婆，这个机会李大壮也不会错过的。到现在，那个开饭店的老朋友已经发达得不行了，在太原最起码可以看到几十家他的连锁快餐店。

那么，史艳丽肯定不会像今天下午那样，站在街上等着公交自行车，她应该过上更好的生活了。

问题是，从李大壮认识史艳丽到现在，他从来没表达过喜欢的意思，有时候他觉得，史艳丽肯定能感觉到自己的心思。但大部分时候，当他客观判断时，他就知道，在史艳丽眼里，自己大概就是个不怎么会说话，慌慌张张的，有点儿脸熟的陌生人。

夏天过完，很快就又开学了，李大壮这一次带新生，他站在讲台上，一个一个点名。每次带新生，他都会如此，基本上点个三五次名，他差不多就能把全班同学的名字记住了。这个可以说是他的特别天赋。他还有另外一个天赋是，学生一毕业，他马上就把他们的名字忘记得一干二净。经常在街上碰到学生跟他打招呼，他从没一次想起过他们的名字。李大壮的动作是这样的，先是低头，看一眼花名册，然后喊出名字，接着向讲台下看一眼那个站起来的脸。

当时是早上十点多钟，由于刚开学，学生们还没穿校服，教室里花花绿绿的。李大壮的目光落在第三排一个女孩子的脸上，一瞬间，他全身的血流速度加快了最起码十倍。这张脸看上去跟史艳丽一模一样。接下来李大壮都不知道自己是怎么度过的，回想起来脑子里一片空白。

让李大壮感到惊奇的是，第二天上课时，他竟然可以叫出每一个学生的名字，这太神奇了，他只是点了一次他们的名而已，学生们自然也是大为诧异，整整一节课，五十多个学生和李大壮就好像在完成一个表演似的。李大壮每认出一个人，学生们就发出轻微的表示惊奇的"哇"的声音，后来这声音越来越大。在那么多人的"哇"声中，李大壮可以清晰地辨别出每一个人，这个表演，就好像完全是为对方而来似的。有那么一瞬间，李大壮感觉自己好像站在舞台上似的。为了不让自己显得过于异常，李大壮也点了一次那个跟史艳丽长得很像的女生，让她站起来回答问题。

当对方站起来时，李大壮不得不用手撑住了讲桌，他用尽全力来完成这个动作，自己都能感觉到胳膊上的青筋毕露。

这种感觉甚至让李大壮缺氧，他不得不大口呼吸了几次。

3

张天气的第一次嫖娼是在和罗小玲结婚的前几天，一个朋友来找他借钱，父母都在，他把朋友送到楼道里，给了朋友两百块。为了结婚，张天气的父母出钱买了一套旧房子，把老两口的积蓄都用完了。楼道里的声控灯坏了，张天气开着手机给朋友照明。朋友说，我真是不好意思，我也知道你结婚借了不少钱，但我真是没有办法了。张天气拍着朋友的肩膀说，没事的，没事的。就在朋友已经下完一层楼梯，即将拐弯时，张天气迈开脚步，追上了朋友。他对朋友说，我还从来没找过小姐，今天你带我去吧。

回过头说罗小玲。罗小玲很丑。许多年后，张天气和自己的朋友说起婚姻之时，总是说当时自己已经年近三十，工作也不稳定，父亲身体也很不好，生活看上去一点儿指望也没有。罗小玲和张天气认识多年，张天气从来没有往那方面想过。但是有一天，他突然就觉得自己再也坚持不下去了，于是给罗小玲打了电话。他对罗小玲说，我年纪也不小了，你也一样，我现在想结婚，不知道你愿意嫁给我不。我给你一个星期的时间，你想想，行咱们就结，不行咱们就算了。每当这么说的时候，张天气总想起，婚礼之前自己一直纠结于被别人看到罗小玲这么丑，自己该怎么 办。但最后一硬头皮，居然也就这么过来了。

和罗小玲结婚之后，张天气才发现，罗小玲不仅长得丑，而且脾气并不好，还懒，不爱做家务。不到半年的时间，张天气就不碰罗小玲了。他看着自己的老婆，心里根本没法把她当成一个女人。刚开始是纯粹心理上的，后来发展到了肉体上，他根本硬不起来。罗小玲自然不太满意，为此挖空心思想办法，先是从自己下手，学着穿丝袜情趣装什么的，但一点儿用也没有，张天气看着罗小玲几乎要把丝袜撑破的腿，更是感到反胃。

还好在那半年时间里，罗小玲怀上了。孩子出生之后，罗小玲好像也偃旗息鼓了，好像忘记了肉体这回事似的。她把所有的精力都放在了儿子身上。时间过得也太快了，眨眼间，十多年就过去了，张天气每天接送孩子，罗小玲负责做饭洗衣服。有许多朋友发达了。他们仍然灰头土脸地待在一个小房子里。还好的是，上了小学之后，以前张天气觉得有点儿呆头呆脑的儿子，居然有如神助，每次考试都是班里前几名。罗小玲以此为荣。

一个春天的晚上，张天气一家从外面回来。之所以出去是儿子得了个作文比赛的奖。罗小玲认为必须进行庆贺，带儿子去吃次必胜客，并且要求张天气必须陪同。也不知道她从哪儿看来的这一套，关于教育下一代，她有一套又一套的想法。小时候儿子哭，张天气说不要理他，他自然就不哭了。罗小玲说，张天气你这套不对，美国有个教育学家，就用你这种方法，结果他孩子自杀了。打着儿子的旗号，张天气也根本没有办法拒绝。在必胜客，罗小玲坚持只给儿子点餐，张天气对此感到不满，不论多穷，一顿饭还是吃得起的，何必搞得这种“付出”的模样。于是，他坚持给罗小玲和自己也都点了餐，并且还要了一份下午茶。难喝得要死，他硬是把它给喝完了。这是张天气第一次去必胜客，之前都是老婆陪同儿子去。一边吃，张天气一边设想一番情景，自己的丑八怪老婆，穿得土里土气，和儿子坐在一堆年轻人中间，看着儿子吃饭，偷偷地咽了无数次口水。这个情景让他心里发堵。

这么多年里，张天气不止一次设想过，如果当初我不那么草率，没有和罗小玲结婚，现在会是什么样子？

每一种设想都要比现实好得多。

张天气想起，其实当初也并不止罗小玲一种选择，其实张天气当时是有一个女朋友的。这个女朋友比罗小玲高，也比罗小玲漂亮。但是那个女朋友的父母对张天气不太满意，他们要求张天气必须得买了房子，他们才让自己的女儿嫁给他。那个女朋友也不坚决，来来回回地犹豫。张天气父母借借凑凑，其实还是能拿出一笔首付的。但张天气父亲恰逢其时地生病了，医药费花去了一大笔。在医院陪了好几天床后，张天气几乎没怎么睡觉，他想，有什么了不起的，不就是一个女人嘛。于是给女朋友打电话，说反正自己也买不了房子，还不如分手的好。女朋友说，祝你好运。

也就是给女朋友打完电话之后，张天气突然有一种一无所有的感觉。于是就给自己的高中同学罗小玲打了那个电话。

从必胜客出来，张天气从停车场把自己的破夏利车开出来时，还在想这个问题，如果当时自己坚持一下，硬从父母那儿拿到首付，其实也就过来了。根据这么多年他的生活经验，钱总是能想办法解决的，尤其是借别人的钱，总能还上的。那么，现在自己和那个女朋友会过上怎样一种生活呢？

回到家时，已经是晚上九点多了，儿子在前面蹦蹦跳跳地上楼梯，罗小玲跟在其后，张天气走在最后点了支烟。天气稍微有点儿热，楼道里像许多年前那样，黑乎乎的。也不知道为什么。声控灯修好了坏，修好了坏，一点儿办法也没有。

等张天气气喘吁吁地爬上六楼，打开虚掩的门，发现罗小玲硬邦邦地站在客厅中间。卫生间传来水声，儿子去洗澡了。张天气绕过罗小玲，他当然看得出来对方生气了，但是他懒得搭理她。就在他弯腰往沙发上放包时，突然觉得自己凌空飞了起来，接着就躺在了地板上。张天气有点反应不过来。他没有说话，看着罗小玲。不知道为什么，一瞬间眼睛发涩，鼻子发酸，竟然要哭出来。

罗小玲之前从未有过这样的举动，生气的时候也就吼吼吵吵而已。并且，她是从哪儿来的那么大的力气呢。

你以为我不知道吗？张天气。罗小玲仿佛也被自己的动作给吓住了，她一屁股坐在沙发上，眼圈红红地看着张天气。

你以为我不知道你在外面做的那些事？你以为我不知道你有个相好的？我忍了这么多年，我图了什么呢？你有相好，也无所谓，可是你他妈不要用那种眼神看我好不好，我告你张天气，你别用那种眼神看我。

张天气从地上爬了起来，他要哭的冲动瞬间消失了，你在瞎说什么？我哪儿有相好？什么眼神，我用什么眼神看你了？

全世界都知道，罗小玲说，叫李丽是吧。这么多年了，张天气，我忍了这么多年了。

张天气走进厨房，他拿起菜刀走到了客厅，对罗小玲说，罗小玲你别闹，你要怎么才相信我，我没有什么相好，你要怎么相信我。

罗小玲看着张天气手里的菜刀，尖叫了起来，你拿菜刀干什么，张天气你拿菜刀干什么？

张天气听见卫生间儿子所有的动作都停了下来，水哗哗地流着。他突然间举起菜刀对着自己脖子狠狠地砍了下去。罗小玲仍然坐在沙发上，她一声不吭地看着张天气，嘴巴长得老大，染过的黄色的头发好像干草似的，贴在她的脑门上。

张天气的儿子长得胖乎乎的，总的来说像了罗小玲。在接受记者采访时，他是这么说的，爸爸妈妈吃饭时候还挺高兴的，跟往常一样，爸爸妈妈喝了点儿酒。但在回家的路上，妈妈突然开始说爸爸有外遇，爸爸说他没有，两个人就这样争吵了起来。回到家后，爸爸突然冲进厨房，拿着菜刀出来，对妈妈说，你要怎么相信我？我砍自己你相信不相信。你砍呀你砍呀，妈妈说，来这一套，以为我害怕你呀。然后爸爸就拿菜刀砍了自己。罗小玲说，我怎么能想到他会真砍呢？

在张天气倒在客厅地上时，他心里想的是，罗小玲到底是怎么知道的呢？他的脑子中出现了李丽的模样。他和李丽是在罗小玲怀孕那段时间开始的。罗小玲回他妈家住了一段时间。张天气刚开始没有这方面的想法，他以为自己不行了。结果在网上看到一个故事，说是有个男的一直觉得自己不行了，结果换了个女的，居然就好了。于是，他就在网上联系到了李丽。李丽长得也一般，但张天气真的就好了。这么多年过去了，李丽随着市场行情一直在涨价，最近有点儿降价，原因在于，对于这个行业来说，她实在有点儿太老了。她比张天气还要大三岁。孩子寄放在老家，一个人在外干活挣钱。

和李丽第一次时，张天气没有去宾馆开房，在李丽即将到来之时，他把墙上和罗小玲的结婚照取了下来，本来想着放到床底的，结果发现床底东西塞得满满的，居然连个缝隙也没有。没有办法，他把结婚照放到了厨房的柜子顶上，为了看上去不太突兀，他还在上面扔了块抹桌布，垂了些布边下来。

4

徐莉和李娟一个房间，她们早早上了床，却迟迟未睡。李娟不停地表达自己的烦恼，徐莉作为刚分配来的新人，自然地配合对方，并且适时地发表一些合适的看法。这是一件很耗费精力的事情，徐莉甚至有一种被面试的感觉，一直害怕哪句话说错了，惹得对方不高兴。在这种紧张情绪的压迫下，她上厕所的次数不由得增多了，也不知道从哪儿来的那么多的液体。宾馆的隔音效果不好，尽管徐莉使劲控制，尿入马桶的声音也显得极为巨大。尿完之后，她还得再三提醒自己，不要忘了冲马桶。作为一个农村姑娘，中专毕业之前的二十年，她还从未使用过马桶。即使如此小心翼翼，第二天早上醒来时，李娟吸了吸鼻子，还是问道，徐莉，你上厕所是不是没有冲水，怎么闻起来有股尿骚味？

李娟的烦恼在于，她不知道该不该跟自己的男朋友分手。照她的形容，她的男朋友优点在于个子高，家里条件跟她家一样，都是干部出身。麻烦在于，李娟觉得她不爱她男朋友，每当她和她男朋友坐在一起吃饭时，听着她男朋友嘴巴里发出的很大的咀嚼声，她都有一种要抓狂的感觉。现在的情况是，有另外一个男的出现了，个子低一些，家里条件差一些，但李娟觉得她爱他，虽然李娟没有直说，但徐莉听出来，李娟甚至已经跟后来这个男的发生过肉体方面的关系。

徐莉当时还没谈过恋爱，无法想象肉体关系的具体情景，她想问得详细一点，当然也开不了口。李娟也是点到为止。李娟诉说完烦恼后，很快就睡过去了，徐莉却怎么也无法入睡，她的脑子里只剩下肉体关系这个东西，为了让自己平静，徐莉不得不自慰了一次。尽管这样，还是兴奋，在后来短暂的睡眠中，她竟然做了到目前为止最清晰的春梦，男主人公面貌甚为清晰，在梦里，徐莉极为惊讶，怎么这次这个男的看上去这么清楚呢，以前都是模模糊糊的啊。第二天早上醒来，就在李娟提到尿骚味之前那么一小会儿，徐莉一直在极力回想起那个男的的面貌，结果却毫无所获。

除了肉体关系，李娟所述，对徐莉造成的另外一种冲击，是她对其男朋友的无限同情。李娟的男朋友是谁，徐莉不知道。但这种同情感甚为深刻。让她恨不得冲上去狠狠地扇李娟两巴掌。并且，徐莉还在心里恶狠狠地诅咒了一番李娟，她认为对方不会得到好报的。她还祝愿那个倒霉的男朋友，祝他一辈子幸福快乐。

第二天，单位组织的旅游继续，一帮子人又爬山又下河的，后来来到了一段古城墙上，徐莉被一只鸽子给吸引住了，它总是落在离她不远的地方，而当她试图靠近时，它又飞走了，它从城墙这边飞到城墙那边，回过头来盯着徐莉，当时徐莉觉得，鸽子真是一种漂亮的动物。

由于追逐鸽子，徐莉离人群远了一些，她趴在城墙上，突然间看见了李娟，和李娟一起的，还有一个男的。徐莉马上意识到，这个男的就是李娟的男朋友。之所以不是肉体关系那个男的，徐莉自然轻易就判断出来了：这个男的试图去拉李娟的手，但李娟往后退了一步。不过当这个男的再次向前时，李娟就没躲了。徐莉把头缩了回来，再去看那只鸽子时，它已经飞得不见影子了。

那个男的名字叫张旭东，其他方面李娟不了解，但个子高这一点货真价实，他足足有一米八多。当时，在李娟那个年代，这么高个子的男的是很少的。后来李娟了解到，张旭东是从部队复员回来的，父母也在本单位上班。

在此后的旅途中，徐莉忍不住就把目光落在张旭东身上。她有点儿想不明白，张旭东为什么会喜欢李娟呢？李娟个子那么矮，还不到张旭东的腋窝，并且她还胖，由于在一个房间睡过，徐莉可是见识过李娟的身体，她的奶子不仅小还带外八字，腰部的赘肉都能叠成好几叠了。她的头发也不好，又黄又干。为什么呢？更离谱的是，李娟还给张旭东戴了绿帽子，徐莉可以设想到，如果李娟真的跟张旭东结了婚，张旭东的绿帽子不定还要戴多少呢。

第二天晚上，徐莉和李娟仍然早早上了床，仍然迟迟未睡。李娟再三叮嘱徐莉，我告诉你的事，你可千万不要跟别人说啊，也不知道为什么，一见你，我就觉得亲切，就好像处了多年的朋友似的，这些话我忍不住就跟你说了，我从来没跟其他人说过呢。徐莉再三保证，不会跟别人说。李娟接着问徐莉，你有没有觉得陈处对我有点儿意思？徐莉说，我刚来没多久——陈处是李娟他们的顶头上司，看上去一本正经的。别被陈处的外表给迷惑了，李娟对徐莉说，陈处可是咱们单位有名的色狼。

这一个晚上，李娟没有说自己的事，倒是说了一堆单位人的八卦，徐莉听得惊讶万分。千万不要跟别人说啊，李娟后来又叮嘱徐莉。徐莉确实做到了这一点，她从未跟人说过李娟的话。

二十多年后的一个下午，张旭东他妈说，我活这么大，还没人管过我，现在你倒管起我来了。张旭东他妈已经七十岁了，让她恼火并且连午睡也无法保证的原因，在于徐莉中午的一番话。徐莉说，妈你以后别乱说话了好不好？张旭东他妈说，我乱说什么了？徐莉说，你是不是跟小李说，我儿子要去太谷上高中，她都给我打电话了。小李是张旭东的远房亲戚，老家在太谷。小李的意思是，如果孩子要去太谷上高中，以后她可以帮忙照看照看。张旭东他妈说，这有什么不能说的？张旭东当时躺在卧室床上，他了解徐莉的想法，孩子考得很差，高中上不了，只能远道去太谷上职高，好的一点是，这所职高只教授普通高中的课程，并且，三年后可以参加正常高考，更更重要的是，这所学校管得很严，跟那些最严的高中都没有差别。

儿子考得不好，徐莉自然觉得丢脸，远道求学太谷的事情，自然不愿意让人知道。但是对于老太太来说，完全不是这么回事，有什么不能说的？她对张旭东说，为什么要说谎？再说了，人家不嫌照看你儿子麻烦，你倒嫌弃人家打个电话麻烦？再说了，我这么大个人了，有这么跟婆婆说话的吗？再说了，什么叫我年轻时话就多，我年轻时她徐莉认识我吗？当初觉得我话多，可以不来我家啊！

是，这些话全是徐莉说的。

张旭东坐在沙发上，他已经在这里坐了两个小时了，现在看起来，如果想平息老太太的怒火，再加上两个小时也没有什么用。张旭东站了起来，老太太问，你去哪儿？张旭东说，我上个厕所。全家人都知道，张旭东只能在一个马桶上拉屎，换个马桶就拉不出来了。那个唯一的马桶位于一楼，一楼是张旭东和徐莉的家。老太太明显还有话说，但一泡屎等不及，她只能暂停一下。

接下来发生的事情如同一部默片。

在一个昏暗的房间里，徐莉躺在床上，身上盖着被子，一楼就是这样，即使是夏天，也凉得够呛。和老太太的顶层相比，简直是两个天地。被子蒙住了徐莉的全身，只有头发露在外面一小部分。嘭嘭嘭，剧烈的敲门声传来，徐莉没有动。接着是钥匙开门的声音，徐莉仍然没有动。她能听出来是张旭东，他在换鞋，他撞倒了拖把，他向自己走来。

这么多年，张旭东只把两件事情坚持了下来，一件是喝酒，另外一件是练拳击。这两件事情通常伴随发生，只有在喝了酒之后，张旭东才会站在阳台上对着吊着的沙袋猛打，有许多次甚至把拳头打得出血。而当张旭东喝得更多的时候，他找不到沙袋就开始肆意挥动起拳头来，墙上的镜子、冰箱、电视等等，都是他的目标。打击这些东西，流点儿血是不顶用的，非得骨折不可，所以，张旭东现在，左胳膊还打着石膏绷带。

突然间，徐莉感到恐惧，她用手抓住被子，试图把头伸出来。但是晚了，头发已经被揪住了，她的多半个身子被张旭东拉出了床沿，接着，扑通一声，徐莉掉在了地上。我操你妈，张旭东嘴里骂着，徐莉看见，他的拳头从上而下，向着自己的脑袋击来。躲闪根本来不及，更何况头发还在对方的手里。

从徐莉的角度，恰好可以看见儿子的卧室，他坐在电脑前面，脊背对着他们，左胳膊肘支在桌子上，右手握着鼠标，左腿弯曲搭在椅子上，右脚脚尖踩在地上的拖鞋上，他穿着一条红色的短裤，手机从口袋里露出了半截，只要稍稍的一动，手机就会掉到地上去，但是他没动。

徐莉没有发出喊叫，也放弃了挣扎，不过她还是找机会抱住了脑袋。

5

到了夏天，每天晚上吃过饭，张丁都会带着女儿出门，他们有两个去处可去。

第一个是往前走到了十字路口，那里有一个小小的公园，前两个月，张丁和女儿每天晚上就在那里消耗掉大概三个小时的时间，那是一个很小的公园，由于马路拓宽的缘故，原先的围墙拆了，公园直接和马路连在一块，危险性不言而喻，张丁几乎每时每刻都得跟在女儿身后，以免她出现什么意外。因此，发现了第二个去处之后，他们就很少去那个公园了。

第二个去处是锦绣苑小区。张丁家在老城区，并且靠近山，城市在这边已经没有任何发展潜能，所以小区里破破烂烂，坑洼不平的地面即使不下雨，也到处是一汪一汪的脏水，植物自然是一丁点儿也没有。让张丁意外的是，锦绣苑小区里不仅地面平整，甚至还有草地、喷泉、广场、滑梯等等设施。小区里面积甚大，最起码是那个小公园的三倍。以前怎么没有发现呢？原因张丁心知肚明，每次经过，一看到有门卫室、有保安，豪车出入，他自然不会想到跨入其中，也就不会见识到里面如此别有洞天。

带孩子的时间一下子变得放松起来，张丁甚至可以拿出手机看看玄幻小说，打打游戏什么的。女儿已经快四岁了，只要没有汽车，应该是不会发生什么意外的。张丁看手机的姿势是这样的，一条腿踩在长凳上，上身弯曲歪在这条腿上，他很瘦，大约只占到长凳的五分之一的位置，有时候别人坐了过来，张丁就会下意识地往一边移，结果，这个三人长凳，就如同没有他这个人似的，其他三个老年人也坐得很宽敞。

天色渐渐暗了下来，广场上的人多了起来。张丁过一会儿就抬头看一下，女儿刚才在滑梯那儿上楼梯，后来，又蹲在地上拔草做饭，现在呢，她正跑着追泡泡。吹泡泡的是一个三十岁左右的少妇，来这个小区次数多了之后，张丁也有了几张熟脸，这个少妇就是其中的一个，她身材高大，每天带着儿子，和她一起的，还有一个老太太，和她长得很像，应该是她妈。大部分情况下，这个少妇都在跟着广场上的音乐跳舞，而老太太一直跟在外孙子后面。是啊，尽管是这么个小广场，也有跳舞的大妈。不过和那个小公园所不同的是，她们的音乐声很低，围观的人也很少，不像原先那个小公园，有许多光膀子的壮汉整个晚上都盯着大妈们，也不知道他们在想些什么。

张丁所担心的是，女儿和其他小朋友发生什么冲突，这一点甚至在他老婆刚刚怀孕时就困扰过他。还好的是，直到现在，都还没出现过这种情况。无论是在什么场合，女儿都会让着别人。比如现在好几个孩子一起追泡泡，女儿都是跑到别人不跑的方向，追那个最远的泡泡。有时候，她追到了泡泡，一边用手把它拍破，一边发出哈哈大笑。不过有时候，快追到了的时候，泡泡破了，女儿四下里打量，脸上的神情显得有些茫然。不过很快，她就转回了身，又一大串泡泡被吹了出来，其他小朋友的兴奋声吸引了她。

少妇的儿子还小，应该是刚学会走路。他摇摇晃晃的，几乎是一个泡泡也抓不到。为此少妇几次试图把泡泡收起来，但每次都因为儿子的惊声尖叫而放弃了。小家伙很胖，两条腿比张丁的胳膊都要粗。

旁边的三个老年人也是张丁差不多每天都可以看见的，其中一个，正在讲什么三国，张丁对三国并不了解，而另外两个老头显然不是这样，那个老头讲一句，这两个老头就要插一句，三个人聊得热火朝天。他们好像是说谁谁谁如果不怎么样，那结果就会大不一样。

有那么一会儿，张丁完全沉浸在了小说里，情节正到了紧要处，主角衣锦还乡，要把昔日欺负过自己的人全部踩在脚下，每当看到这样的情节，张丁都会激动不已，心跳都会加速。就在此时，他竟然下意识地抬起了头，接着，一股恐惧袭来，吹泡泡那里的人已经散去了，四下里并没有女儿的身影。张丁站了起来，他站得很慢，一边站一边更加仔细地观察四周。小孩子们绕着广场中间的小喷泉狂跑，尽管有灯光，但四周还是显得有些模糊。跳舞的人们仍然在跳舞，还有几个人坐在一张桌子前打扑克，他们的头顶吊着一盏最亮的灯。终于，张丁看见了女儿，她站在自己的正对面，也在四处张望，就是这么小一个广场，但她好像迷路了一般。

张丁向女儿挥手，她看见了他，跑了过来。

张丁松了口气，当他再次坐到长凳时，发现由于姿势有所变化，他的背竟然紧紧地贴住了其中一个老头，老头回过头看了他一眼，张丁往边上靠了靠，老头转回头继续和另外两个聊起天来。女儿还在往他这个方向跑。

我观察了你好几天了。突然，一个声音在身后响起。张丁回头，看见了少妇，她一只手抱着儿子。你也太不负责任了，她显得很激动，语速很快，我从来没见过你这样的爸爸。三个老头停止了聊天，回过头来看着他们，女儿已经跑回来了，抱着张丁的腿。

你知道孩子在这个年龄段最需要的是什么吗？少妇说，是爸爸，她需要爸爸和她进行交流，陪她一起玩耍，而不是像你这样，坐在一边看手机。即使不交流，你也得看着孩子吧，万一孩子摔一跤怎么办？万一有个坏人什么的，孩子不见了怎么办？咱们做父母的，有钱没钱倒在其次，给孩子穿什么，没钱那也没有办法，那是客观条件，但是心得到，得负责任。

这时候，其中一个老头插嘴了，你这个小伙子，他说，我也看到你好几次了，不是在这个小区住的吧？你每天抱着个手机，看你年纪也不小了，抱着手机能有什么前途？你看看你这么瘦，你看看你女儿，也这么瘦……

少妇的声音竟然带着一丝哭腔，她说，真的，我今天真是忍不住了，她摸着张丁女儿的头，多么可爱的小姑娘，但你这么对她，孩子多可怜啊，你看看广场上这么多人，哪个不觉得你家姑娘可怜？你看看你看看，她的衣服，这是有多少天没洗了，我一天给儿子洗几次衣服都觉得不行，还有这身上……

打牌的那桌人抬起了头，他们明显被这边的情况给吸引了，但还舍不得停下，只是朝这边张望着，而跳舞的大妈中的几个，已经朝这边走了过来。

一个星期之后，张丁把那天晚上发生的故事告诉了相亲对象，对方是开美容美体店的，听介绍人说，生意还不错。这段时间，张丁相亲最起码都十几次了，刚开始他还抱有希望，但后来，每次别人一听到他带着女儿，父母都还在，并且身体不太好，马上就没下文了。这次张丁一见对方，就觉得不太可能，因为这个女人画着很浓的妆，张丁最讨厌化浓妆的女人了，还有更要命的一点，这个女的的个头比他还要高出半头，这还是在她没穿高跟鞋的情况下。不知道为什么，张丁一见对方，就觉得她不是一个能吃苦的女人。最近一段时间他对自己的状况也进行了一番思考，有时候，他觉得自己应该找个农村女的，不识字，没工作，每天在家里做做饭带带孩子。

后来呢？相亲对象问。

后来我揍了那个少妇一顿，张丁说，不是我要对女人动手，而是那天我觉得不动手我都活不下去了。

这当然是假话，那天后来的情况是，张丁趁着人群没有形成围观之势前，抱着女儿回了家。把女儿哄睡之后，张丁在卫生间试图抽支烟，他把自己的头顶在墙壁上，用尽全力，仿佛要把自己塞到墙里似的。过一会儿，他停下来抽口烟，然后继续。

美容美体到底干些什么呢？张丁问相亲对象。

要知道，他之所以迈步进入锦绣苑小区，正是因为一个做美容的小姑娘发传单的缘故。小姑娘说，大哥，你帮个忙吧，只要你进店里一次就行，我刚来这里上班，一整天了，连一个顾客都没拉进去。所以，张丁就进了那个小区，进而发现，小区里各种各样的商店并不少，既然如此，保安自然不可能阻挡进门之人。所以，张丁才有了几分底气。

6

每天下午六点多，牛丽娜都会抱着孩子坐在客厅的沙发上，孩子处于半睡半醒之间，他老是这样，只有躺在胳膊里才能睡得着，并且不能有任何的风吹草动。应付这个孩子，牛丽娜可以说是筋疲力尽，为什么他就不能像别的孩子一样，人家每天上午睡两个小时，下午睡三个小时，晚上还要睡十个小时，为什么自己家的孩子就这么费劲呢？以前有无数个人跟牛丽娜讲过养孩子的辛苦，牛丽娜从来没有想到过，居然会这么辛苦。我现在过的是什么日子啊？她想，每天连洗脸刷牙都顾不上了，常常出去外面半天了，才发现自己的衣服或者裤子上有一块一块的污迹，她都不怎么敢看镜子了，里面干瘦的女人，看上去脸皮发黄，头发乱糟糟的，一看就是一副贫穷的样子。

楼道里传来脚步声，一方面，牛丽娜担心怀里的孩子被吵醒，另一方面，她又急于看见李强站在门外轻声敲门的样子。为了达到后一点，她把里面的门打开，透过防盗门上面的栅栏可以看见外面。并不是李强，对方转了个弯，向楼上走去。这种感觉对于牛丽娜来说如此熟悉，让她瞬间就回想起自己小时候的经历。那时候爸爸在外打工，妈妈整天待在家，每天下午，妈妈都会站在门外，或者打发她，过那么几分钟就出去看一看，土路上是否出现了牛丽娜爸爸的身影。几乎每天都是如此。让牛丽娜怎么也忘不了。

妈妈已经去世了，最起码有十年的时间。妈妈一直躺在床上，几乎跟床融为了一体，连吃饭都不会离开，她不是离不开，她可以站起来的，但是她不愿意了。她每天吞许多的药，要么发出断断续续的呻吟，要么发出剧烈的咳嗽。尽管知道妈妈真的有病，但到后来，牛丽娜一直觉得，妈妈只是什么也不想干，就那么躺着而已。她固执地不让人收拾她的床铺，上面堆满了各种各样的东西，难以想象，她每天怎么找到够自己躺下去的地方的。

今天中午牛丽娜也抱着孩子，不过不是坐在沙发上，而是坐在床上。有那么一会儿，她竟然睡过去了。醒过来之后，她发现仅仅用时不到十分钟，但在这么短暂的睡眠里，她竟然做了一个无比杂乱的梦。在梦里，她像妈妈一样躺在床上。刚开始她觉得没有什么，她惊喜地发现，孩子这次睡得好像很沉，她小心翼翼地一点一点地把双手靠近床铺，慢慢地把手一只一只地从孩子身下抽了出来，谢天谢地，孩子没有醒过来。每当这种时候，牛丽娜都会有一种全世界都放松了下来的感觉，就好像足足有几十年没有呼吸了，现在，她终于可以大口地吸口气了。

她蹑手蹑脚地从卧室走了出来，又蹑手蹑脚地从这个房间走到那个房间，她看着眼前的一切，地上到处扔的尿布啊，鞋子啊，脏衣服之类的东西，甚至还有一股隐隐的臭味传来。多么像妈妈那时候的床铺的气味。牛丽娜下意识地开始收拾，试图把每样东西放回原处，但是只捡起了一件脏衣服，她就觉得累，连把衣服放进洗衣机的力气都没有了，她把自己放在了沙发上，尽管身体下有一堆疙疙瘩瘩的东西硌着，她都懒得用手把它们抽出来。

如果给牛丽娜足够的时间，她大概能够振作起来，可惜的是，没过了一分钟，孩子尖利的哭声便从卧室传来。牛丽娜下意识地把手里拿着的脏衣服往沙发上一扔，往卧室奔去。尖利的哭声更加响亮了，牛丽娜相信，整栋楼的人都能听见。如果整栋楼里有人的话。可惜的是，今天是星期一，楼里的人都去上班了，即使是老年人，也都在麻将馆之类的地方消磨时光。只有她，一个人，在一栋楼里，面对着号啕大哭的婴儿。

像往常一样，牛丽娜从另一侧爬上了床，用一只手把孩子搂了过来。每一次孩子醒来，她都试图用这种方法让他再次入睡，尽管每一次都以失败而告终，但她还是心存幻想。她抬起另外一只手，轻轻地拍在孩子身上。孩子的哭声并没有丝毫降低的意思。他需要被抱起来，然后在房子里到处转悠，也许他需要到外面去。往常，牛丽娜会这么干的。就在这时候，牛丽娜发现，自己失去了全身的力气，她用尽全力，试图爬起来，但一点用处也没有。她感觉自己就好像一个铁块似的。

李强回到家时，已经是晚上八点多了，站在家门口，他惊讶地发现，里面竟然连灯都没开。不会出什么意外了吧？他急忙打开门，进去后发现牛丽娜抱着孩子，卧在沙发上，孩子一声不吭，但李强可以看到，他并没有睡着，正在牛丽娜身上挣扎。李强打开了灯。一瞬间，他被眼前的场景给吓住了，牛丽娜的脸色苍白得如同刚粉刷过的墙壁，她的头发好像被雨水给浇湿了似的。你怎么了？李强问。牛丽娜虚弱地摇了摇头，说，我病了。

对于一个家庭来说，尤其是李强这样的家庭，孩子刚刚八个月，自己的工作每天早出晚归，忙得要死，每个月还有房贷、奶粉钱、饭钱等等需要花费，在这样的时刻，老婆却病了，这是多么倒霉而又让人哀伤的一件事情。更加严重的是，去了好多个医院，都检查不出牛丽娜到底问题出在哪儿。有时候，李强甚至都怀疑牛丽娜在装病，但是一看对方的状态，就会为自己的念头感到羞愧。中医也好，西医也罢，全去了个遍，本市看了，李强又带着牛丽娜去北京看。

至于孩子，送回了农村，交给了李强的爸爸。这是没有办法的事情，虽然是一个老头，但他也必须担负起这个重任来。会不会对孩子的成长不好？李强也顾不上那么多了。有时候为了安慰自己，他想，农村生活对于孩子说不定大有好处，毕竟农村空气没有被污染，他们老家的门前，甚至有一条小河。李强想到自己年轻的时候，每天在河里捞鱼之类的经历，他还想到在农田里的劳作，想起了城里房子的狭小，和农村的广阔天地大有作为。他不得不用这些来说服自己，还得用这些来说服牛丽娜。

牛丽娜时好时坏，好的时候可以做一做饭，坏的时候就只能在床上躺着，还好的是，她原来就已经够瘦了，现在也没有可再瘦的空间了。几乎每天半夜，李强都会被牛丽娜剧烈的咳嗽给吵醒，他爬起床来，给她倒上一杯热水，牛丽娜一点一点地把那杯水喝完之后，情况就会好上许多。每天下午，当李强下班回家时，躺在床上的牛丽娜都会用尽全力地爬起来，把上半身靠在床头，呜咽着对李强说，我是不是你的扫把星？让你吃这么多的苦，我只会拖你的后腿。李强，我想了这么久，你还是再找一个人吧，我这辈子怕是废了。李强说，牛丽娜，你的病咱们肯定能治好的，肯定能。

牛丽娜的具体病症是这样的：当她躺在床上的时候，一切都显得十分正常，她甚至觉得自己充满活力，她可以变换各种姿势，大字形也好，右侧卧也罢，一切都没有什么问题。但是，当她想爬起来时，马上就不对了，心脏猛然加速跳动，连带着乳房都颤动起来，牛丽娜都能感觉到自己的皮肤就好像要爆裂开似的。而每天晚上，牛丽娜其实睡得很少，她睡不着，听着李强发出的震耳欲聋的呼噜声，她能体会到他的疲倦，这种感觉让她极为内疚，内疚通常在半夜能积累到极点，喉咙马上开始发痒，她用尽全力捂住自己的嘴巴也没有用，终于有一刻，一声巨大的咳嗽声传出，非得等到李强把水端来，她面色苍白地一点一点地把它喝完之后，咳嗽才能平息下来。到了第二天早上，在李强即将要离家之时，她又会像流水一般地流汗。到了傍晚，当李强开门的声音传来时，为了克制住自己的呻吟声，牛丽娜不得不用指甲狠狠地揪住自己大腿上的一点点表皮，疼痛还是有一点效果的。

立秋后的一天早上，李强没有像往常一样爬起来去上班，牛丽娜叫了他好几声，他才睁开了双眼。我得打个电话，李强在枕头下摸出手机说，我病了，我得请假。我一点儿力气也没有，李强打完电话后，给牛丽娜描述自己的病，一身一身地出汗，我只想躺在床上，只要把头抬起来一点点，就觉得晕，房子都在转，不行了，我得吐。李强把头伸到床沿，巨大的呕吐声传来，一股酸臭味弥漫在了整个屋子里。牛丽娜清楚地看见，呕吐物中的很大一部分，黏在了床单上，另外一部分，摊在红色的地板上。李强还在吐，他弓起的身体，就跟自己昨天晚上咳嗽时候一样。

7

即使她漂亮，我赵小军又不是找不到更漂亮的，即使她身材好，我赵小军又不是找不到更加前凸后翘的。为什么？为什么我就是放不下？这个问题困扰赵小军不是一天两天了，自从跟李艳认识以来，他就常常对自己进行如此的反思，到底是自己身体里的哪一个部分，犯贱犯到如此地步呢？赵小军把油门踩到底，卡宴像个神经病一样往前冲去，我操你妈，赵小军抓着方向盘用尽全力地咆哮，为什么他妈的要犯贱？

外面的路牌显示，赵小军已经开出去四百多公里了。说老实话，赵小军有些累，昨天他刚和李艳从马尔代夫回来，一晚上也没怎么睡好。刚开始是因为计划婚礼没睡，后来是因为李艳的一句话。李艳是这么说的，我都要和你结婚了，所以觉得有必要跟你说明一些事，不然我会觉得自己在欺骗你，心里会不安。赵小军搂着李艳说，你说吧。李艳说，我也不知道跟你说了，会出现什么样的后果，但是我还是决定要说。赵小军等着。李艳说，我觉得我并不爱你，从认识你到现在，我一直都这么觉得，我可以跟你结婚，但我得把这一点告诉你。

对于这一点，赵小军心知肚明，有几次他想问，但没张开嘴。一是因为问这个问题有些傻逼，爱这种话题让他觉得鸡皮疙瘩都起到骨头里去了，另外一个原因是，他害怕李艳告诉他答案。无论爱与不爱，又有什么关系呢？赵小军常常这样安慰自己。

人也真是奇怪，明明一清二楚的事情，李艳没说之前，赵小军可以假装没关系，并且张罗着跟对方结婚。但李艳一说出了口，状况就变了。赵小军最初的反应是，对李艳说，这一点我知道，但是没有关系，以后也许情况会变的。李艳翻了个身说，当然，我也是这么觉得。接着就跟他继续讨论起了婚礼的事。她的脑袋非常清楚，条理清晰，把各种各样的问题都考虑到了。赵小军的脑子却怎么也清晰不下来，他不得不上了好几次厕所，在厕所里一连抽了好多根烟，还是不行。第二天一早他对李艳说公司有事，早早把车开上了高速，一边疯狂地开车，一边咆哮，为什么要犯贱？

这样很不好，在服务区停下来上厕所抽烟喝红牛的时候，赵小军想。在出发之前，他已经想好了，这一次，不把李艳放下，他就不掉头往回走。他坐在驾驶室里，试图说服自己，天涯何处无芳草，不就是一个女人嘛……把这些词都想了个遍后，他觉得自己好像好了一些。他甚至觉得，如果现在李艳站在他面前，自己肯定能心平气和地跟她谈一谈，谈什么呢？和平分手，即使分手，但我赵小军仍然爱你，所以，这一年来送给你的所有东西，送给你妈的所有东西，就留给你们了，祝愿你以后会碰到更好的男人，过上更好的生活。

会吗？赵小军在心里不以为意，说老实话，好多次赵小军站在自以为客观的角度观察李艳时，她发现李艳作为一个人，简直一无是处，小气、不会说话，最主要的是，她脑子里什么也没有，说起来还是大学毕业，但连赵小军这个初中生都不如。当然，不能以赵小军来做比较对象，他赵小军十六岁混社会，现在混到太原市最年轻的明星企业家，他学到的东西，掌握到的东西，怕是比大学生多。他可以想象，不会再有有钱人看上李艳，根据他一年来和李艳的生活经历看，她极容易被那种娘娘腔给吸引。事实上，在她的微信图片里，他曾经发现过她前男友的照片，打扮得跟理发店小弟似的，裤子比女人的还紧，浑身上下五颜六色。就是这么个玩意儿，让李艳竟然打了两次胎。是啊，李艳把自己以前的所有经历，全告诉过赵小军了。没听之前，赵小军想听，听完了，他又嫉妒得要命。每当这时候，李艳就会摆出那副，我就是这样，你不愿意跟我一起爱咋咋地的架势，搞得赵小军一点脾气也没有。

是啊，李艳肯定不适合自己，赵小军开车出了服务区，又上了高速，在过去的这一年里，赵小军几乎把所有的心思都花在了李艳身上，甚至有时候在公司开会，李艳一个电话过来，赵小军都能马上离开，陪着她去逛街。这一年里，赵小军去李艳家的次数特别多，相比较李艳而言，赵小军对她妈的把握更大一些，每次一见李艳她妈发自内心的热情和笑脸，赵小军就觉得一切都还在掌控之中。为此他甚至忍不住就想去见那个脸上抹着足足一尺厚粉的中年妇女。每一次去，他都会带一件礼物。这一年，他几乎把李艳家所有的东西都给换了一遍，洗衣机、冰箱、电视、空调，他还给她们送过去一套红木家具，他给中年妇女送过耳环、戒指、手机等等。不过得承认一点，中年妇女做饭特别好吃，每次都不带重样的。

当赵小军返回太原自己家楼下的时候，已经是下午三点多了，他搬来这个小区的时间不长，以前他住在北城，这房子是他为了离李艳更近一些买的。进地下停车场的道两边停的都是车，大下午的，赵小军居然被堵在了自己家楼下。为什么这些人要把车停在路上？前面不远就有一大片空地，为什么就不能多开一截，为什么就不替别人想一想？每一次看到眼前这种情况，赵小军都想从车后拿出棒球棍来，把这些占道的傻逼车全部砸掉。但是现在，今天，此刻，他没有那种冲动，他把车往后倒，停在了马路牙子上。

外面到处都是喇叭声，赵小军把靠背调低，躺了下来。这一次的旅途太过耗费精力，他需要休息一会儿。电话响了起来，是影楼打来的，赵先生，你们什么时候有空，过来挑一下照片吧？没等对方说完，赵小军就把电话挂了，婚纱照现在不是他有力气能考虑的问题。但是这个电话好像让他有了些力气，他坐了起来。就在这个时候，他看见了李艳和她妈的身影，她妈的打扮一直都是那样，粗腿上的丝袜几乎要爆炸了，她们并没有发现他，很快就钻进了车里，那是赵小军给李艳买的宝马X1，迈入车门的时候，她妈打了个趔趄。突然间，一个问题在赵小军的脑子中涌了出来，这个中年妇女到底对自己是什么印象，当李艳和她妈待在一起的时候，到底是怎么形容自己的？说老实话，赵小军在李艳她妈面前时，一直是感觉良好的。但是就在此刻，他想到，如果李艳跟她妈说，她一点也不喜欢他，并且他一直死乞白赖地跟在她身后，如果她跟她深入地谈，把自己犯贱的种种全部说出来，那么，当她妈在厨房炒菜的时候，会不会在心里觉得他是个傻逼？当她面上堆起笑容的皱纹时，会不会在心里有一种居高临下可怜他的想法？

过了半天，赵小军才发现自己的手狠狠地摁在喇叭上，旁边经过的人，隔着车窗都在对他怒目而视。他把手拿开，试图把自己的手机掏出来，但试了几次，手抖得都拿不起手机。深深地吸了口气，赵小军缓缓打开车门，从车上走了下来。

当天晚上，赵小军就把所有的东西都搬回了家，搬家公司的人一直折腾到差不多一点。这些东西包括洗衣机、电视、冰箱、空调和一整套红木家具，还有那辆X1。是啊，这一年来他送给李艳和她妈的东西，能看得见的，他全部拿回来了。李艳家变得空荡荡的，中年妇女试图和他谈一谈，小赵啊，能不能看在婶子的面子上，过几天再搬，你这太突然了，我们也没个准备，晚上连睡觉的地方都没有了。要不把车留下，我们再开几天，晚上就在车上凑合凑合？自始至终，赵小军都没说话，他仔仔细细地在房子里来回打量了好几次，以免遗漏下什么东西。

现在，赵小军家里乱得跟一锅粥似的，但是他懒得收拾。他躺在床上，对着电脑屏幕上的视频手淫，视屏是他和李艳做爱时候拍下来的。赵小军手上一边动作，一边咆哮：为什么要犯贱？叫你妈犯贱，犯贱！犯贱！犯贱！可惜的是，他立不起来，怎么用力也没有反应。这可是从来没有出现过的情况，没办法，赵小军不得不起来翻箱倒柜，最终找到了以前买的伟哥，他丢进嘴里一颗，吞了下去，犯贱！他一边吞一边嘀咕道。然后他躺回床上，把电脑音量开到最大，慢慢地等着感觉的到来。过了一会儿，他又爬了起来，把刚才扔在地上的剩余伟哥捡了起来，又吞了一颗。然后他又躺回到床上，又开始等着感觉的到来。他相信，感觉会无比强烈的。窗外的大雨像泼水一般拍打着玻璃。

曹胖子，咱们就此别过

初中毕业后，曹胖子就不念书了，我呢，还继续上学。即使如此，我俩也经常见面，因为他在我们学校附近干活。

当时，我对一个叫李小染的姑娘有意思。具体情况如下：一，我每天去李小染上学路上等她，但，从不敢跟她说话，只是看着她与我擦肩而过，有时，我俩的距离近到能闻到她身上雪花膏的香气；二，我还每个星期六写一封情书，步行到邮局，贴上邮票塞进邮箱，寄给李小染，不过，我从来没有署过自己的名；三，每天晚上睡觉前，我都会把一张集体照拿出来，这张照片来得不容易，所以我格外珍惜，动作也相当小心 。即使闭着眼，我也能准确地找到李小染，你知道的，那种集体照片，人的头像一般非常小，并且，集体性面容呆滞。我先是用食指在李小染的头发上摸几下，然后又用拇指捏捏她的鼻子。这样搞个十来分钟，才把照片压回床铺下；四，然后我就会想，一定要早点睡着，然后做个关于李小染的梦。可惜从来没有过。我睡不着，而一旦我睡着，又不做梦，或者做梦了，但是跟李小染一点儿关系也没有。

这情况搞得我很难受。

曹胖子来找我的时候，我就跟他讲了。我说我实在是太喜欢李小染了，其实我想说的是：我爱李小染！曹胖子跟我说了两句话：一，你跟李小染肯定没戏；二，李小染胸部太小了。这话让我很生气。我对他说，操你妈的，我喜欢李小染，跟她的胸部没关系。曹胖子一直抽烟，并未接话。当时我们在宿舍，经常有管卫生的老师过来查房，所以，他抽烟搞得我很紧张。不停地去宿舍门口张望。我对他说，你别抽烟了！曹胖子说，操，你小子现在真胆小。

很明显，曹胖子对跟我谈论李小染的话题不太感兴趣。我跟他谈得次数多了，他就对我不耐烦起来。于是有一天，曹胖子去找了李小染，并且还拉上了我。我记得我一路上都在哀求曹胖子，求求你了曹胖子，别这样搞我，让我回去吧。曹胖子说，不就是个女人么，你怎么这么麻烦。

我当时只有一个念头，就是想跑。到李小染在巷口出现时，我再也控制不住自己了。曹胖子试图拉住我，伴随这个动作，他还发出呵斥，站直了，别这么丢人。他的声音很大，李小染肯定已经听见。意识到这点，我更加用力。终于，曹胖子一歪，半个身子倒在了地上。即使如此，他仍然没松手。在拉扯的过程中，我看见李小染越来越近，终于站到了我们的面前。

仔细回想一下，曹胖子当时应该不是很胖。要知道我可是个瘦子，到现在仍然如此，如果他当时体重比较大，倒地的只能是我。有一段时间，我以为，曹胖子无所畏惧的模样是因为他的体型造成的，那样一个吨位，在跟人发生冲突时，很容易形成心理上的自信。也因为这种踏实的自信，让曹胖子跟人打交道时，显得格外自如。我就不行。而根据上面的描述，很明显，在我上高中，而干瘦的曹胖子在我们学校附近的玻璃厂上班时，他就已经是个无所畏惧的人了。

那天的结果是，曹胖子和李小染聊了半个小时，在此过程中，我只说了一句话，还是被迫说的。曹胖子对李小染说他在一中上学，说完把目光投向我，于是我马上配合道：是，他在一中上学。我搞不清楚自己为什么要这么说。因为从来没有这么长时间地待在李小染身边过，我不由得六神无主，过了一会儿脸色苍白，几乎要摔倒在地。李小染发出一声尖叫后，他俩的谈话终于结束。曹胖子对李小染说，我这哥们就这样，见了漂亮女孩子就腿抖。此话让李小染喜笑颜开。接下来，曹胖子扶着我，慢腾腾地朝和李小染相反的方向走。走了一会儿，曹胖子突然回头大喊，李小染，我喜欢你，以后我会经常去找你的。在我的印象里，李小染应该颇为胆小，没想到的是，她竟然也回头喊道，如果你不怕被人揍的话，尽管来找我，我男朋友可是北城老大，说完还大笑了几声。曹胖子挺了挺脖子，继续回道，全城老大我也不在乎，你就等着我吧。李小染没有再回话，一路小跑消失了。

几乎我们认识的每个漂亮女孩子，曹胖子都会声称和对方有过一腿。这次也不例外，没多久曹胖子就告诉我，他已经和李小染约会两次了，他甚至还拉过李小染的手。当然，曹胖子的原话不止如此，他还说，操，这女人还跟我装，等着吧，总有一天她会求我的。

曹胖子的这一点很让人讨厌，不过相比较初中而言，已经有了很大的进步。在初中的时候，曹胖子个子比较小，坐在我们教室的第二排。当时的他不仅吹有关女人的事，还有一些让我们实在难以忍受的举动，比如，把擦过鼻血的卫生纸，扔到女同学的课桌上，当女同学发现时，他就发出怪异的笑声。

虽然我们每个人都会对女人有所想法，也经常会有一些恶作剧，但曹胖子的作为，实在超出了我们的忍受极限。我们更喜欢散发着香气的五颜六色的情书，偷偷地目送某个姑娘远去之类的举动。

最终，曹胖子成了一个不受欢迎的家伙，一个无人搭理的可怜蛋儿。无论干什么，大家都不带他，不过此人并不在意，仿佛没有任何感觉似的。不论发生了什么事，他都会首当其冲排在第一，并且表现得十分热烈。哪怕一丁点儿芝麻事，都能让他激动好长一段时间。我跟所有人一样，一度十分鄙视曹胖子，不仅鄙视，还曾在初中校园的乒乓球台前打过他。

当时的我，可以称作尖子生，受到老师宠爱，当然这一点不足以让我对着曹胖子扇耳光而他还不敢还手。主要的原因在于，我有一个表哥，虽然他已经毕业，但仍威名远扬，在他出面帮我解决了几个麻烦之后，再也没有人敢对我说三道四。于是我横行霸道，扇人耳光上了瘾，自以为风光无限。

这么多年之后，回想起来，当初的我其实胆小如鼠，也没有强壮的身体，算得上狐假虎威。比如那次扇曹胖子耳光时，旁观者还有两三个人，人们目瞪口呆地看着我俩，我心里清楚，如果曹胖子奋起反击，那俩人肯定会袖手旁观，所以，挥动手掌之间，我不禁双腿颤抖，狠话也放不出来。情况看上去大概相当怪异，四周一片寂静，夏天的阳光烤得人头昏脑涨。我苦恼于，到底该在什么时候停下来，到底怎么停下来，之后作出什么后续动作，才能显得自然一些，不暴露出自己的虚弱。

还好的是，曹胖子尽管瞪着双眼看着我，最终却没有作出反应。

好吧，我承认，已经记不太清楚当初曹胖子的反应了，以上只是我现在的一个想象。也许他当时连眼都没瞪，也许他还战战兢兢。不过，我的横行时间并不长久，随着我扇过耳光的人越来越多，逐渐地有了各种说法，尽管人们不会当面谈论，但蛛丝马迹我还是能感觉到的。最终，当有一次我去扇别人耳光的路上，快进到宿舍之时，听到里面有人说，怕什么，跟他干，他干不过你的。这是旁人在安慰即将被我扇耳光的家伙 ，听到这话，我不禁怒火中烧，试图冲进去大干一场，不过我却没这么做。因为，里面不止一个人这么说，几乎是所有的人都在七嘴八舌地谈论怎么干掉我。

最终，我鼓足勇气，爬上上铺，潦草地扇了该扇的耳光之后，故作从容地爬下来，还恶狠狠地环视四周。一迈出宿舍门，我就颤抖地点了支烟 。当时是晚上，我几乎是跑着出了校门，在河滩上抽了好几根烟。

在我返回的路上，碰到了个吹着口哨的黑影从后面赶来。我试图给他让开，没想到，他直直地朝我奔来，一把搂住了我的肩膀。我顿时吓得几乎尿出尿来。此人正是曹胖子，他兴冲冲地对我说，刚才，他搞了个女人。跟谁搞的？我十分好奇。曹胖子对着我的耳朵轻轻说了个名字， 接下来，他几乎把所有的细节都告诉我了。搞得我一晚上几乎没有睡着。

就在那天晚上，当曹胖子搂着我的肩膀的时候，我突然感到害怕，在那一瞬间，我感到，即使是曹胖子，我也得罪不起。曹胖子几乎是夹着我向前走，我突然感到腰间被硬硬的什么给硌得生疼。在我的坚持下，曹胖子把那物事掏了出来，竟然是一把匕首，即使是晚上，在隐约的月光里，仍然能发出闪闪寒光。

有一段时间，我愿意把曹胖子作为自己的参照物。即使是在他和李小染谈过之后，仍然如此。当时的我觉得自己前途无量，而曹胖子呢，在玻璃厂早出晚归，每天总有各种烦心事。和他在一起，我难免洋洋得意，以至于对他充满怜悯。这个家伙，一辈子就待在这小地方，打打工，讨个老婆，生生孩子，最终挤在夏天的短途客车上，散发出让人忍不住掩鼻的臭味，牙齿发黄，脸色发黑，袜子黏在鞋底。以上就是我对曹胖子未来的想象。一般有这样想象的时候，都是曹胖子说到女人时，尤其是谈到李小染时，我更是如此。

在我想来，曹胖子关于李小染的话肯定是无中生有。事实好像也证实了这一点，比如，我从未见曹胖子和李小染一起出现过，再比如，尽管我花了许多功夫研究，仍然在曹胖子身上找不到一丁点儿李小染的痕迹。不过最终让我确信，曹胖子和李小染没戏的原因在于，有一天，李小染他爸出现了，毫无疑问，他当然是个胖子，从一辆红旗轿车上走下来，把李小染的东西放进后备厢，然后车子扬长而去。在那一瞬间，我首先想到的是，曹胖子啊，李小染这么一个有钱人，怎么会跟你搞在一起呢？你爸连自行车都不会骑呢。第二点我想到的是，如果让我爸坐进这样一辆轿车，他肯定会缩成一团，完全不知道该怎么办才好的表情。想到这里，我不禁感到难过。

再一次见到曹胖子时，我忍不住跟他说了自己看到的情况。我对他相当了解，知道他对轿车的了解，跟我差不了多少，仅仅是在街上旁观过而已。曹胖子露出不屑的表情道，红旗算个球，我们厂长开的丰田呢。我本来想问问他们厂长跟他有什么关系，但，想了想，还是没说。我俩进行以上对话时，正在东桥下的阴影里等车回家，时间已经算是夏天，大片的金黄色的麦子直立在田地里等待被收割，曹胖子回家的任务就是：带上镰刀扁担下地去流汗。

买瓶啤酒喝？曹胖子道。我说，行吧。其实我喝不了多少。于是我俩步行向前，在这里我就可以想象一下当初的情景：从背后看上去，曹胖子黑瘦，肩膀还没有路过的电线杆宽，他胳膊上的铁链子一闪一闪的。以前我还真没注意，曹胖子竟然是外八字，走路时肩膀左右摇晃，有点儿眼熟，想了半天，我突然明白，这姿势完全是那些混混的姿势。虽然跟他们没有过接触，但放学时，他们三五成群站在校门口时，谁都可以看见，他们就是用这样的姿势混来混去，对着经过的女孩子打口哨的。不得不承认，曹胖子学得十分像，我不禁肃然起敬。

在路上，曹胖子问我，你说的是真的？什么？我没反应过来。曹胖子说，李小染的事啊。是真的，我对他说。本来以为他会有下文，等了半天他却转变了话题，我不想干了。他的意思是，他想从玻璃厂出来了。据我所知，他进玻璃厂还托了人。现在出来，搞什么去？我问他。我想去学点儿技术。曹胖子道。接下来他给我讲了一番道理，在这里干不出什么名堂，如果我有一技之长，以后会好混点儿。那就去啊！我对他说。曹胖子面露苦恼之色说，我爸不让。

在我上高中的那几年，曹胖子隔段时间就会跟我说一次类似的话。但他始终没有行动。倒是越来越和玻璃厂的人们亲密了起来。直到老西皮出事。老西皮的情况是：有一天，曹胖子对我说，老西皮出事了。老西皮我知道，但不太熟，他跟曹胖子一样，初中毕业后也进了玻璃厂。出什么事了？我问曹胖子。这时候，我才发现曹胖子的脸色有点儿差，他古怪地看了看自己的手腕，然后比画着说，这里被车床搞断了。

我不知道该说点儿什么好，跟曹胖子一起在路边蹲下来抽起了烟。不时有摩托车呼啸而过。去看看？曹胖子抽完烟后说。我说，好。于是一起向前。在医院门口，曹胖子突然停住了脚步。是不是应该买点儿东西？他问我。我迟疑了一会儿说，好像应该。你那里有钱没有？曹胖子问。我口袋里有点，但是是伙食费。我对他说，没有。曹胖子说，我也没有，借点儿去吧。

结果是，到了地方，曹胖子没有提借钱的事。坐下跟别人打起了扑克。作为旁观者，我看见曹胖子从口袋里掏出了钱来，当然不多，全是毛票。过了会儿，我就发现不对了，很明显，曹胖子运气不好，几乎是一把也没赢，那么他就必须一直掏钱，这样的动作持续了很久，让我实在意外。曹胖子发现了我的眼神，对我说，你也来两把吧。我竟然点了点头，坐下也玩了起来。

我们一直玩到天色发黑，浑身精光为止。曹胖子跟两个人开口借钱，不是为了去医院看望老西皮，而是想再战。那两人一口回绝。曹胖子骂道，妈的，小气鬼。那两人也不以为意，摸着鼓囊囊的口袋面露笑容，倒是旁边一人插话，没钱就别玩了，这么多废话。曹胖子突然伸手往自己的腰间摸去。我连忙伸手，拉住了他。

你为什么要拉住我？回到街上后，曹胖子问我，不过拉得也好，不然我真砍了他，那可糟了。

就是在那天晚上，曹胖子带我七拐八拐地去了工会录像厅，之前我已经对这个录像厅听闻多次，但从未去过。坐在黑暗里，看着屏幕上赤裸裸的男女，曹胖子一边抽烟一边跟我说，等着吧，我非把李小染搞定不可。

我和曹胖子第一次分开，发生在我高考完之后。当时我十分想见他一面，因为我即将去上大学，更重要的是，李小染竟然跟我考上了同一所学校，并且同系。我想象过无数次装作随随便便的模样跟曹胖子提起此事，甚至连我的语调、他的表情等细节都梦到过。可惜的是，自从我成绩出来之后，曹胖子就失踪了。连他爸都不知道他去了哪里。在他家院子里，他爸对我态度很不好。你找他干什么？他问我。我说，也没什么事 。没什么事你就别往我家跑。

曹胖子他爸的态度如此恶劣是有原因的。当初，作为大队会计的曹胖子他爸，几乎每个月都会来我家一趟，给我家送点儿东西。为的是，作为乡里会计的我爸，在审计时放他一马。好多年里，我爸并没对他下手，直到去年，搞不清楚为什么，也许打麻将时起了冲突，也许因为太熟开了个什么玩笑，也许仅仅因为我爸晚上睡不着觉，在月光里突然就想对曹胖子他爸动手。于是，曹胖子他爸被查了。这么多年，他捞进口袋的不少，事情搞得很大，人们议论纷纷。不过结果还好，并未进去，只是把钱吐出来了而已。听说，曹胖子他爸给书记送了点儿钱，逃过一劫，之后，自然对我态度不好起来。

所以，尽管曹胖子他爸对我横眉冷对，我也觉得理所当然。

两个多月之后，我离家开始了大学生活。所在城市是我们省的省会。当我在繁华的街道上走过时，忍不住就会想起曹胖子。当然，更多的是想到李小染。我本来以为自己的机会来了，结果军训还没结束，我就失去了希望。每天都有不下五个男生围在李小染周围。很快，李小染就和大家打成一片，军训结束时，有一个表演，我坐在角落里，看见李小染在舞台中央和一个男生双人舞，从他俩的第一个动作开始，我就明白，自己彻底没戏了。同时我还发现，当初被曹胖子诟病的李小染的胸部，已经发生了面目全非的改变，它们突兀地挺在李小染胸前，上下晃动。

自此，我和李小染算是兵分两路，各奔东西。表现在：一，李小染当选为学生会主席，在各种场合站立于人群中央，受到广泛的热烈的关注。二，尽管是老乡，尽管我们是同一个系，李小染却从未跟我说过话，即使在回家的火车上碰见了，她也有足够多的帮忙拎行李的人，我丝毫插不上手。如果需要的话，我还可以列举出三四五点。

我呢，把自己的大部分时间花在了睡觉和上网上。钱多的时候，我干后一种事情多一些，钱少的话，我就只好干前一种事情了。还好的是，这两种事情都不需要跟人打太多的交道。有时候，我会跑到某个指定地点，和某个女的见上一面，我试图尽快搞上个女的。却未能如愿。

李小染最近怎么样？有一天，我接起电话，里面的人就这么问我。毫无疑问，此人正是曹胖子。据他说，在我之前，他就已经杀到这个城市了。他正在学理发。于是我俩约在我们学校北门见面。

让我意外的是，和曹胖子同行的，竟然有一个女的。这是这么久以来，听曹胖子说了那么多关于女人的话题之后，第一次当面看到他和一个女的手拉手，时不时还互相捏捏手臂和后背。对于这样的情景，我处理起来很不在行，气氛变得有点尴尬。我们一起吃了顿饭，奇怪的是，曹胖子在这顿饭中间没有说任何一句关于女人的话题。

接下来的好几年中，曹胖子再也没有跟李小染联系，刚开始他还会偶尔提到，后来他连提都不提了。他女朋友很快中专毕业，在一家宾馆当起了服务员。曹胖子呢，开理发店开了有三个月，把本都赔光了。在他女朋友开始上班之后，他开起了出租车。在此期间，我俩算是经常见面，我常常在饭点降落于他租的房子里。不得不承认，他女朋友做的饭不错，这个时常把嘴巴抹得通红的女同志，身上有不少的优点。因为常常见面，所以，当有一天曹胖子开着出租车停在我面前时，实在让我大吃一惊，这家伙是什么时候学的驾照呢？

我和曹胖子见面的频率是这样的：他住在城中村，家里只有一张床时，我几乎每天都会出现。在他换了个环境比较好的城中村，添置了电视、电风扇之类的东西之后，我大概一个星期才去一次。一是因为距离比较远，二呢，去了他女朋友不会给我好脸色。曹胖子不一定，有时候脸色好，有时候脸色差。最终，等曹胖子租了个两室一厅之后，我就很少去他家了，印象中我大概只去过两次，一次是他女朋友回老家，我在他家客厅沙发上看了一场球赛。还有一次，我还没走，他和他女朋友就干起架来，他女朋友把正在沸腾的面汤泼了一地，差点儿让我受伤。

撇开曹胖子的女朋友不谈，我和曹胖子的关系还是不错的，差不多一个星期，曹胖子就会拉着我在街上晃荡一次。毫无疑问，我们注意的对象根本不一样，我隔着车窗，目光几乎全被女人给吸引了。尤其是夏天来临，裙子们越来越短的时候，有一次我甚至尴尬地发现，自己的口水都快掉到裤子上去了。还好的是，曹胖子根本没有注意到我的模样。他一路上都在高谈阔论，当然，对于女人，他也有一定的兴趣，不过很明显，他比我挑剔得多，大部分女人他溜一眼就过去了。曹胖子的话题大都关于两样东西，一样是车，另外一样就是房子。关于前者，他几乎是了如指掌，每看见一辆好车，他就会从头给我讲起，这个牌子是哪个国家的，耗油量多少，价格多少，外形如何，同等价位的车还有哪些牌子。而对于后者，他了解得就比前者要差一些，有时候我都能看出来，他是在信口开河。他的梦想是，在豪情买套房子。据他说，那里的房子已经涨到快一万一平方米了。

曹胖子还会说到自己的女朋友。她确实值得一说，尽管对我态度不好，但每次见了，我都忍不住要多看几眼。曹胖子告诉我，她女朋友的同事，一个中年妇女，最近老鼓动他女朋友跟他分手。为什么呢？原来中年妇女有一侄儿，三十出头，仍然未婚。中年妇女觉得曹胖子的女朋友不错，想介绍给自己的侄儿。但，他侄儿患有羊癫风，时不时就摔倒在地，口吐白沫。曹胖子女朋友每天回来都会把中年妇女的原话复述给曹胖子，每一次，曹胖子都会感到十分生气。因为中年妇女所说实在符合情况，连我听了都十分认同。她的原话是：你赶紧跟小曹分了吧，开个出租车，还是租的别人的，又没有房子，户口还不在本地，没什么前途的，你跟着他以后肯定会吃亏的。你这么年轻漂亮，得为自己的将来多作打算。

以上，就是那段时间我和曹胖子谈话的内容。

仔细回想一下，在这个阶段的曹胖子比原来胖了一点儿，不过完全算不上一个真正的胖子，只是不像当初那样，如果不用皮带狠狠地勒住腰部的话，三分钟左右就得提一次裤子。从面貌上来说，曹胖子的下巴有变宽的趋势，总之，这么多年最显著的变化即将发生，但目前仅仅是个微小的开始而已。他的头发比原来短了一些，但仍然遮住了眉毛，由于洗发的频率不够，一缕一缕地贴在脑门上。

这算得上好日子了，它结束于我的大三下半学期。一共有两件事产生了作用，一是曹胖子被打了一顿，尤其是，我还在场。具体经过是这样的，我俩照例瞎逛，在亲贤北街时，曹胖子试图转弯，结果被后面的一辆车挡住了，几个大汉跳下来，当时我根本没弄明白到底是怎么回事，其中一个穿白衬衫的家伙冲在最前面，他把拳头凶狠地穿过车窗打在曹胖子的脑袋上，我目瞪口呆，充满恐惧，完全不知道该如何是好。曹胖子并没有试图推门出去，照我的想象，他应该冲出去和这帮人干上一场的。他的表现让我实在意外，就好像这一切完全是他应得的似的，他逆来顺受，坐在座位上一动不动。最终，听了好多遍动手之人的喊叫之后，我才明白了这是因为什么，原来曹胖子拐弯的时候没有打转向灯。在那帮人扬长而去之后，曹胖子把车开出两公里左右才停下来。他心有余悸地对我说，你知道刚才那帮人开的什么车吗？我完全没有注意到这个，只好摇头。曹胖子点了支烟，我看见他胳膊上血红一片，他对我说，宝马。

这件事我怎么也忘不了，当我再次面对曹胖子时，忍不住就会感觉到浑身难受，我没法像他那样，挂出当作什么事情也没有发生过似的表情。我难受到了不能看他的地步。

也许时间过得够久之后，我会恢复正常的。可惜的是，没多久，另外一件事就发生了。在一个冷得不能站在野地撒尿的凌晨两点，我在宿舍接到了曹胖子的电话。他说话的语调是那么冷静，让我怀疑他说出内容的真假。他告诉我，他撞了个女的。我鬼使神差地问他，多大的女的？曹胖子回答说，跟咱们差不多。撞得严重吗？我问。曹胖子说，如果活下来，两条腿也不行了。我不知道接下来该说点儿什么，我们在电话里沉默了大概有三十秒钟之后，曹胖子说，你睡吧，我在医院呢。我躺下后首先想到的是，这个可怜的女人后半生该怎么度过，我甚至想到了她的男朋友等等，接下来我才想到，曹胖子完蛋了。

也许我潜意识里希望过曹胖子倒霉，尤其是在他女朋友脸上露出对我的厌恶的表情时，不过，倒这么大霉，绝对不是我所希望的。我觉得自己该做点儿什么，想了好久，直到第二天早晨，我才给他打了个传呼，对，传呼，那时候传呼机还不普及，更别提手机了。曹胖子的传呼机挂在腰间，大概半个小时，他就要掏出来看一次。我了解他这一点，我知道他恨不得告诉全世界，他拥有一台传呼机，所以，我确信他收到了我给他的信息，我不知道当时的他是个什么状态。在医院楼道里蹲着昏昏欲睡？双目通红？他没有给我回电话，后来也没针对我给他发的信息发表过什么说法。事实上我有一个多月没见过他。

再一次见到曹胖子时，他并没有像我想的那样，流露出绝望的表情，或者再次干瘦起来，他没有。曹胖子着装很整齐，衣服也很干净，看得出来，他的头发上过啫喱，形状不错，显得人很精神。不过他的眼神还是有所变化，我觉得他好像是乞求似的看着我，可是我实在帮不上大忙，只给他拿了两百块。

他没有跟我说太多的话，我只知道，他需要八万块。这个数目把我给吓住了，你大概能想象一个一个月只有一百五十块生活费、父母年收入还不到一万块的家伙，被这个数目给吓住的表情。我就是那个样子。曹胖子拿着两百块走了，看着他表面上并没什么变化的背影，我再一次觉得，他完蛋了。同时我也预感到，我将和曹胖子各奔东西了，好日子结束了。

不停地有人冒出来，给我打来电话，兴冲冲地谈论曹胖子的事情。我并没有感到厌烦，恰好相反，我热衷于谈论这个。因为曹胖子的事，我和许多人恢复了联系，结果是，有人提议来一次聚会。在座的有李小染，她对曹胖子的好奇心并不比别人少一点儿，在大家谈论时，她的表情十分认真。然后，她还私下里跟我打听，我把自己知道的再次复述了好几遍，人们听过后就叹一次气，曹胖子问在场的每个人都借过，没有人能拒绝，即使那些没钱的也去别人那里借来给了曹胖子，即便如此，我们算了一下，仍然属于杯水车薪。大家都觉得，曹胖子完蛋了。

我从来没有和李小染说过这么多话，也从未这么近距离地接触过。多年之后，我发现，李小染有淡淡的口臭，当她面对你时你才能发现，她的脸上有几颗雀斑。最主要的是李小染竟然是个结巴，这么大的一个特点我以前竟然毫无所知，尽管她把语速放到了最慢，听起来还是十分明显。我相信，从表面上看起来，谁都不会发现我对李小染有什么想法。我成功地把自己的心思给隐藏了起来。

在那次聚会上，发生了两件意外之事。

第一件事是，聚会快结束时，李小染的男朋友突然出现，他脸上的表情很不好。李小染的男朋友和我想的完全不一样，是个戴着硕大的眼镜，说话不会拐弯的家伙。谁都看得出来他脸上的醋意，当他冲进来时，一副要捉奸在床的模样。我们这么多人的目光让他坐立不安起来，大家礼貌性地让他坐下来喝几杯，这是个糟糕的邀请，他被一种奇怪的情绪鼓舞，跟每一个人碰杯，不一会儿就舌头发直起来，也许我们对李小染的目光让他感觉到了不安全。于是，我们目睹他无数次把手放到李小染的腰部，却被她给推了下去。如此反复，他越发恼怒，却无计可施。这个可怜的家伙。

第二件事是，最终，李小染跟我打了一个出租车同走。而她男朋友，在发了一通火之后，消失在另外一个方向。这个没什么，让我意外的是，李小染在车上对我说了好多话。一是，她很喜欢她男朋友，这个有点儿出乎我的意料。李小染说，尽管她男朋友没有钱，长得也不怎么样，但是她就是喜欢他。二是，李小染告诉我，曹胖子这几天经常给她打电话。你觉得他这人怎么样？李小染这么问我。说老实话，这个问题让我难以回答，不过很快，我就明白自己不需要回答了。李小染吐了我一身，她吐着吐着，我也跟着吐了起来，还好的是，当时我俩已经下了车，蹲在马路边的草丛里，并不碍别人什么事。我俩相隔不到五米，不一会儿就在路过车灯下明亮一下。我能听见她的呕吐声，她当然也能听见我的。在一轮和下一轮的中间，我俩会抬头对视，不过来不及做什么表情。

我难免提到高中时候的事。李小染歪头想了半天，问，你是说，当初你也在？我说，是的。李小染摇头道，想不起来了，我以为只有曹胖子一个人的。我不禁感到伤心，问她，对曹胖子感觉怎么样？李小染说，我想起来了，当初你比现在胖一点儿，戴眼镜对不？我说，没有的，我从来没戴过眼镜，也从来没有胖过。李小染露出有点儿抱歉的表情说，那我是真不记得了。接下来李小染说话的时候，我只是盯着她而已。我一直在想，现在我可以对李小染说，我喜欢你，老早就喜欢上了，或者我干脆对她说，我爱你李小染。但，最终，我还是没说出口。

相比较而言，我要比李小染更清醒一点，因为她已经不知道回去的路了。需要说明的是，在李小染的叙述中，我知道，她已经搬出去和男朋友住在了一起。在说这个事情的时候，她还问我，是否跟人睡过。我说，睡过。

我只好把李小染带回了我租来的房子里。

当天晚上，我俩什么也没干。具体情况如下，当我把李小染的外衣脱了，给她在卫生间洗的时候，不禁在心里涌出许多美好的感觉，这几乎是我的梦想，我从来没有这么认真地洗过衣服，那些污渍也没有让我觉得恶心。我用手一点一点地把它们抓下来丢进马桶。当我快要完工时，突然感觉后面传来响动，回头一看，不禁目瞪口呆，只穿着一条内裤的李小染直接冲了进来，她蹲在马桶上撒了泡尿，然后抓起卫生纸擦了一把。跟你说，当时我一点儿生理反应也没有，不是说李小染不性感，事实上她性感极了。直到今天，我仍然忘不了她腰部的曲线，以及包在内裤里翘起的臀部。每当一想到她的模样，我就会有所反应，但是那天晚上我没有。我就那么看着她，在我旁边绕道而行。当她躺到床上时，我找出一条自己从未用过的被子，给她搭在了身上。

后来，我忍不住跟人讲过这事。对方正是曹胖子。曹胖子首先表示不信，你就别瞎说了，曹胖子这么对我说。过了会儿，他又让我复述了一遍经过，在此过程中，我发现他的脸色越来越难看。你真的什么也没干？曹胖子问我。我说，真是什么也没干。我不信！曹胖子道。信不信由你！你小子可能什么也没干吗？我还不了解你！谈话就此终止，无法再进行下去。

等我再次见到曹胖子，他已经真的长成一个胖子了，并且已经结婚生子。

这么多年，曹胖子的经历如下，先是走投无路，跟着几个东北人混了段时间。具体干的事情是：带着一把砍刀，一部手机，躺在床上等电话。电话一响，就去指定地点集合。有时候三五个人，有时候几十号人。曹胖子通常都处于人群的中间靠后位置，一方面不引人注意，另外一方面也方便逃跑。他们目不斜视，最终围住某人，或者某几个人，抡起刀子冲上去乱砍一通。需要补充说明的一点是，砍刀除了不到一厘米的刀尖之外，其余部分都用布子裹了好几层。尽管这样的刀子发挥正常的话，是捅不死人的，但曹胖子还是尽量避免下手，下手的话也就做做样子。

没多久，曹胖子的老大就被抓了进去，这事情对曹胖子打击挺大，照曹胖子的话说，他这老大人实在不错，当初自己落魄得连饭都吃不起，老大就凭一面之缘给了自己一条活路。所以，得知老大被抓的消息之后，曹胖子躺在床上一宿没睡。他想了许多，想到了自己的女朋友，也想到了被自己撞残废的那个女人。他还想到，如果有一天老了，前列腺出了毛病的自己站在厕所里半天滴不出一滴尿，这样一想，他觉得浑身难受起来。第二天早上，他就去看守所看望老大去了。老大感动得一塌糊涂，对曹胖子说，小曹，只有你一个人来看我，只有你一个，那么多兄弟，我哪个亏待过他们。说到这里老大哭得眼泪和鼻涕一起流。曹胖子鼻子一酸，也哭了起来。

曹胖子所述让我大开眼界，不过我的好奇心在他的按摩店上。于是我问他，听说你开了家鸡店？曹胖子点头道，是开了一家。生意怎么样？我问。曹胖子说，凑凑合合，还行。关于鸡店的话题，很明显曹胖子不想多讲。他告诉我，之所以开鸡店，跟自己老大也有一定的关系。在坚持看望了老大五六次之后，老大已经不再流泪了。他对曹胖子说，小曹，你对大哥不错，大哥看你辛苦，给你指条道吧。这纯粹是意外之喜，曹胖子说，我从来没想到看老大能看出这种好事来。当时他过得并不好，老大进去之后，他也没再跟原来的人一起混，找了家歌城当保安。所谓保安，其实就是看场子的。曹胖子的体型和相貌都适合干这个。问题是，歌城老板开的钱少，事情也多，几乎每天都有喝醉的客人闹事，曹胖子负责拎着客人的衣服把他扔出去，如果对方试图反抗，就给他几拳几脚的。别腿软，歌城老板对曹胖子说，其实大部分人都是些软蛋，你一硬，他就灰溜溜地跑了。

后来发生的事情证实歌城老板说的简直是至理名言。有一天，曹胖子蹲在厕所拉屎，隔壁有个家伙也在拉，拉就拉吧，动静还挺大，曹胖子被搞得心烦意乱，如果不是外面出了点儿意外，他肯定会冲进去收拾一下那个家伙。外面发生大事了，警察扫黄。曹胖子刚开始还以为是客人在闹，提起裤子就往外冲，直到冲到楼梯口，听到“都别动”之后，才一个激灵反应过来，连忙缩了回去。厕所也不安全，曹胖子找了块砖头，敲烂了窗户玻璃，接着一蹦，就跳了上去，正当他准备逃之夭夭时，突然听见身后有个怪怪的音调，回头一看，竟然是歌城老板，曹胖子马上明白过来，刚才隔壁哼哼唧唧那个家伙正是此人。这家伙眼巴巴地看着曹胖子，浑身已经抖得不成样子了。小曹，这家伙道，拉我一把吧。曹胖子伸手道，来。这家伙夹着双腿走了过来，曹胖子对他怪异的姿势也没在意，平时想都不敢想的二百多斤的重量，曹胖子竟然一把就把他拎了上来。两人跳到后面的小巷后，迈开腿就往前跑，歌城老板竟然杀在了曹胖子前面，双腿跟车轱辘似的飞快地转。好几次，曹胖子都觉得应该没有危险了，但前面的人不停，他也不敢停，为了让自己转移一下停下来的念头，他只好死死地盯着老板肥胖的背影，那背影如此宽大，就好像涌动不止的一团猪肉。曹胖子突然就失去了兴趣，喊了两声，前面那家伙竟然置若罔闻，他后背已经湿透，屁股上一块一块的，曹胖子闻到一股子恶臭传来，不由地一惊，这是他第一次见到有人被吓到大便失禁的地步。你跑吧，曹胖子道。

最终，老大给曹胖子介绍认识了一个派出所所长，走动几次之后，曹胖子就在他的辖区搞了一家按摩店。

在给我讲述自己经历的时候，曹胖子几次眼圈发红，有一次甚至不得不抬起手背擦去眼泪。他的这副模样不仅没让我觉得他软弱，相反，我的亲近感油然而生。当我拿出支烟递给曹胖子时，曹胖子道，我不抽烟。这实在出乎我的意料。我对他说，我记得你以前抽的呀。曹胖子说，我戒了。我不由得感到佩服，要知道我可是尝试过不下二十次戒烟，每次都坚持不到一个星期。再一次，我觉得曹胖子实在不是一个普通人。我对曹胖子说，戒了好，对身体有好处。曹胖子说，跟身体没关系，我只是不喜欢被这么个小东西给控制而已。我被震撼得连话都说不出来了。本来我以为类似的话说出来怪怪的，在电影上看到有人说这些话时，我往往会觉得假惺惺的让人肉麻，我实在没有想到，现实中有人能把这句话说得如此合适，如此理所当然，如此自然。

就此，我和曹胖子密切联系起来。尤其是重逢后的一小段时间，我几乎每个星期都会坐着曹胖子的面包车出去吃饭。经过一段时间的接触，我发现曹胖子变化很大：一是，在副驾驶的位置上经常有女的坐着，并且不是他老婆。他老婆我已经见过，干瘦，但是十分精神。曹胖子告诉我，他老婆当初混得很好，在北营十分出名（北营是这个城市众多城中村中的一个，街道十分狭窄，两旁全是土著居民住的六层简易出租房），打架和男的有得一拼。对此我有所怀疑，一是因为他老婆个子瘦小，胳膊细弱；二是因为他老婆饭做得很好，在曹胖子租来的两室一厅里，我连干了两碗他老婆做的手擀面。在我和曹胖子聊天的过程中，他老婆来来回回地在地上忙碌，等我们吃完晚饭后，她又埋头于厨房，洗碗刷锅，发出响声。看着她的背影，我不禁想起自己那些还在乡下的嫂子们。我实在无法把这么一个良家妇女和混社会的女人联系在一起。当然，对此我并没和曹胖子说什么，也就是想了一想。而曹胖子副驾驶上的那些女的和曹胖子老婆截然相反，全是浓妆艳抹，也不会像曹胖子老婆那样咧嘴朝你微笑，露出有点儿发黄的牙齿。

曹胖子从没带我去过他的按摩店，不过，有几次从他家出来之后，曹胖子会被一个或几个站在村口的女的拦住。这些女的大都手里夹烟，身材丰满。我认为，这些女的大概就是曹胖子店里的小姐。她们的对话并不出奇，大部分情况下，她们都在打听什么人，问完吃了没，吃了什么之后，其中一个女的就会问曹胖子，见那谁没？曹胖子说，没见。女的说，这鬼的，让我等他，都半小时了，还没出现。曹胖子说，那你再等等吧，说不定还在麻将桌上呢。女的说，那我就等等，你去哪里？曹胖子说，我去市里有点儿事。说到这里，尽管已经没话再说，那女的也并不离开，曹胖子也不继续前行，女的胳膊架在曹胖子面包车的车窗上，和曹胖子一起看向路边，有时候，路边会有人趿拉着拖鞋走来，于是再次重复刚才的对话。我发现，在这样的环境下，曹胖子用的是当地话。我还发现，不仅当地话，他说的方言都很不错，东北话啊，湖南话啊，他都能说。

我所期盼的是，曹胖子突然回头对我说，走，下去，哥们请你玩一次。于是，跟在他身后，我被几个大胸脯大屁股换腿之间，内裤隐约闪现的女人直视。曹胖子对我也比较了解，他知道这种情况我没遇见过，于是不再啰嗦，直接指着其中一个道，陪陪我朋友，我朋友还是处男呢！但，曹胖子从没这么做过。

不过，有一点并没变，就是女人。曹胖子仍然擅长于说这个。关于李小染，曹胖子也谈到过。有一天，曹胖子问我，没跟李小染联系？我摇头说，没有。那骚货现在干什么呢？曹胖子问我。我不知道他这骚货一说从何而来。于是对他说，不要这么说小染，停了一下，我又补充说，不过人家命好，现在肯定过得不错。曹胖子点头称是，他对我说，我现在跟她爸关系不错。这实在出乎我的意料，李小染他爸？我问曹胖子。曹胖子道，是的，现在弄了家公司，想找关系推销环保设备，我给他介绍认识了徐厅长。见我莫名其妙的模样，他问，你不知道徐建设？我确实不知道，老老实实地摇头。曹胖子道，咱们那儿做得最大的官就是这个了。接着曹胖子又说，这些家伙我都认识，都是哥们。

本来以为关于李小染的话题会就此打住，没想到，过了会儿曹胖子又绕了回来，他瞪着红眼睛看着我说，你信不信，我能把李小染搞定？我一阵慌乱，终于回答说，我相信。我确实能，曹胖子说，并且我也打算把她搞定。大概为了让自己显得更可信一点，他突然拿出手机拨了起来，接通后一笑，然后把手机放在了我手上，你听听。尽管已经好几年没见，尽管是隔着手机，但我马上就明白，对方正是李小染。她喂了好几声之后，我把电话挂了。

曹胖子对李小染这些年的经历了如指掌。据他说，李小染她老公考公务员，他也给出了一份力。曹胖子还说，李小染她爸并不同意李小染和她老公的事，因为对方不行，没什么能力。不过最终，还是没扛过李小染。曹胖子告诉我，李小染她爸在他这里放了二十万，让他帮忙给李小染他男朋友搞个工作。李小染她爸非常想让李小染的男朋友从政。做生意的都这样，曹胖子说，被当官的给搞怕了。说到这里，我才反应过来，你是说，李小染已经结婚了？曹胖子道，结不结婚有什么关系？

毫无疑问，我仍然会拿自己和曹胖子作比较。你知道的，早在高中时代，我就觉得自己高曹胖子一等，尤其是考上大学之后，更是如此。当初，我认为自己前途光明。到曹胖子开出租时，我更加看不起他了，在当时的我看来，这家伙搞得很失败，出租车司机，天哪，多么丢人。更别提后来他撞了人，不过，当时的我除了觉得自己比他好之外，还多了一些对他的可怜之情。没想到，这么多年过后，曹胖子竟然隐隐地凌驾于我之上了。我并不相信他那些说自己认识这个认识那个的大话，可是，即使抛去这些，他仍然比我混得好，毕竟，他已经有了一套自己的房子，虽然在郊区，虽然面积不大，但终归是个家。另外，他已经有了老婆，不仅如此，从他副驾驶位置上那些女的来看，他还性生活丰富。说老实话，有时候坐在后座，看着前面曹胖子身旁那些女的的脖子和肩膀，我竟然不止一次地勃起过。

我不由想起曹胖子那个当宾馆服务员的女友，现在想起来，她长得实在不错，和曹胖子现在的老婆相比，她长得多么漂亮。据曹胖子说，在他撞人后没几天，那个女的就卷铺盖跑了，没多久就结婚了，对象正是当初那个说他坏话的大妈的侄儿，结婚后，她就被他们家弄进了公交公司。现在的情况是，已经离婚，对方三天两头打她，这羊癫风下手极狠。想想吧，一个女的，一个月一千多块，还带着女儿，在这个城市怎么生活。谈到这里，曹胖子感慨万千。这女的现在坐在下元一家超市给人充值公交卡，在城中村租了个单间。女儿送回老家，每天在泥地里打滚，浑身发黑。我马上就想起，冬天，这个小女孩子双手发黑，有的地方已经裂开了血口子，要知道当初我们就是这么过来的。

曹胖子说，过段时间，他就会想起前女友。每次，他都想去看看她，再怎么说也一起过过，曹胖子这么说，但，这女的从来没见过曹胖子，每次都以各种理由推脱。甚至有一次，曹胖子已经到了她上班的地方，刚上楼梯，就看见对方慌慌忙忙地冲进了女厕所，半个多小时都没出来。对于这种情况，我觉得相当理解。

每次，一说到前女友，曹胖子的感慨就比较多。一是，他会过度强调此女现在的悲惨状况，以显示她当初不选自己的失误；二是，曹胖子还会谈到自己老婆，虽然他老婆长得没有前女友好，但曹胖子认为，多亏自己没有跟前女友结婚，原因不言自明。三是，曹胖子还会发挥，给我提出建议，他的说法是，他已经没有机会了，我要把握好。曹胖子给我提的建议很具体，并且给出了实施方案。他说，我应该继续在城中村租房子，不过，要有目的地租。所谓目的，就是找那些房东有女儿的。曹胖子的意思是，我应该把注意力放在那些没怎么上过学，现在在家的城中村未婚少女身上。想想吧，曹胖子对我说，讨一个这样的老婆，一辈子就没什么可愁的了。房子一拆迁，几百万就到手了，即使不拆迁，光收房租也是十分有前途的事情。

忘了给你形容曹胖子现在的面貌了。经过这么多年，曹胖子的下巴比原来宽了足足有一倍之多，这让他的面貌添了几分自信。准确点儿说，他现在的模样给人一种有分量的感觉。不像我，仍然偏瘦，尽管有了点儿啤酒肚，但对于提升气场毫无作用。我和曹胖子结伴而行，通常都会被当作曹胖子的跟班。人们说话时一致目视曹胖子。

前面说过了，曹胖子联系的人多。当我俩喝完啤酒之后，他就会带我去见女人。名义上，是给我介绍女朋友，实际上，每次一到现场，曹胖子就会忘记这茬儿。那段时间，我见的女的比我前三十年加起来都多。干什么的都有，不过以学生为主，并且这些女人，无一例外都是我和曹胖子的老乡。根据我的感觉，几乎每一个学校的我们那里的女的，都认识曹胖子。或者说，是曹胖子认识她们。曹胖子有一个小本本，上面全是这些女的的电话。通常，见到某个女的之后，曹胖子会拉着我们去吃饭。有的，就在学校附近随便吃点，几十块就搞定了。有的，就要去好一些的饭店，说不定就得花个一二百。不同规格的选取标准在于，对方是否有背景，比如，我们那里财政局长的侄女就能享受到后一种标准，其他父母亲戚类似的，同上处理。而那些没有背景的，和曹胖子一样，来自农民家庭的，就只能享受前一种待遇了。

不过，我得承认，曹胖子对付女人，确实很有一手。据我观察，在见过的那么多女的中间，还没有一个对曹胖子显露出反感的。有几个，曹胖子后来绝对搞上了床，剩下的，大都成了曹胖子的干妹妹。曹胖子和这些女的在我面前拉拉扯扯，我只好蒙头吃菜。

除了曹胖子，和我经常联系的，还有一个大学同学，叫老鸟。在曹胖子跟我恢复联系之后，不可避免地，我们三个人有时候会一起出去玩。我这个同学对曹胖子佩服有加。他称呼曹胖子为“曹哥”。不止一次，他在我面前说过，曹胖子以后会发大财的。他还说过，咱们应该向曹胖子学习。我这个同学还在读博士。他的经历也比较复杂，大学毕业时被推荐上了教育硕士，花了几年时间读完，回签了协议的老家中学教书。教了不到一年，就和校长干了一架，只好再次出来。出来后他再次回到了大学，开始读博士。自从认识曹胖子之后，我这个博士同学来找我的频率猛增。每次一来就问我，曹胖子呢？确实，那段时间我和曹胖子几乎每天见面。他问完我之后，我就给曹胖子打电话，于是曹胖子的面包车十几分钟之后就会停在院子门口。

和我不一样，我这个同学酒量很大。据说，之前他从没喝过酒。在曹胖子的劝说之下，他才端起酒杯。没想到，五两下肚之后，他竟然毫无反应，并且越喝越猛，频频对着曹胖子举杯。曹胖子来者不拒，两人最终喝了三瓶，直到曹胖子在厕所呕吐一番之后，才算停止。我们不得不架着这个胖子回家。

曹胖子又吐了三次之后，才安静下来。他脱光衣服冲了个凉之后，盘腿坐在我的床上，开始谈话，所谓酒后吐真言。他说的是李小染。你知道不？他对我说，李小染现在开着大奔，在一报社上班。他一说这个，我马上想起，这个故事我听人说过。

曹胖子告诉我，其实，在李小染毕业之后，他和李小染联系过一段时间。不仅联系过，他们还上过床。这实在出乎我的意料。曹胖子告诉我，当时他认为自己肯定会和李小染结婚。为此，他把自己的按摩店关了。说到这里，他补充了一句，不要小看我那按摩店，每年可是不少挣钱。因为想和李小染结婚，要面对李小染她爸，于是，曹胖子由黑转白，开了一家房屋中介公司。当时，李小染她爸花了二十万，找了个人，给李小染找单位。曹胖子对此一清二楚。最终，李小染进了日报社，他也一清二楚。

说到这里，曹胖子不禁感慨，你看看我，现在还开着面包，就是因为那几年荒废了。曹胖子的意思是，因为李小染，他很是浑浑噩噩地过了好几年。那些当初和我一样开着面包在街上奔走的那批人，现在早已换了好车。曹胖子还说，赚钱很容易的，随随便便一年还不跑个十几万？对于这样的话，一方面我表示怀疑，另外一方面我又觉得可信。因为曹胖子确实在跑，不过他并没告诉我他到底在做什么，有时候我觉得他在给人送酒，又有时候我觉得他在倒卖海鲜，说老实话，对于这个我太好奇了，每次他一打电话我就竖起耳朵。问题是，只能从只言片语中推断。我的博士同学了解的倒比我还多。有一次，他告诉我，曹胖子买了个铲车，正在某工地上挖土方。还有一次他告诉我，曹胖子贷了五十万的款。我搞不清楚，为什么曹胖子不愿意跟我谈论他的生意。实在是奇怪。

曹胖子告诉我，在那段时间里，他几乎每天做三顿饭，并且不带重样的。因为李小染肠胃不好，一吃饭店的饭，就拉肚子。不是吹，不到一个月，我就把李小染养胖了三斤。曹胖子不在乎李小染变胖，即使胖了，他仍然喜欢她。说到这里，曹胖子不禁喃喃自语道，李小染，我爱你。这么多年，我背地里也这么自语过。受到曹胖子的感染，我不禁想起了那天晚上李小染裸体出现在我面前的情景，一时没有控制住，竟然以比曹胖子更大的声音道，李小染，我爱你。我的博士同学突然泪流满面，他把烟头扔到地上，狠狠地踩灭之后，也大喊，李小染，我爱你。由于声音太过响亮，连隔壁的狗都被惊着了，连续狂吠了半个多小时才停下来。

曹胖子情绪激动，他一口气把事情讲给了我。我之前从没听人说过这事。

情况是：曹胖子和李小染终于谈到了结婚的话题。李小染认为，她爸肯定不会同意此事。但曹胖子十分乐观，那时候他刚刚开始开中介公司，对前景充满信心。所以，他急切地想站到李小染她爸面前，和对方来个彻夜长谈。他认为，自己绝对能把那老家伙给搞定。遭到李小染再三阻挠之后，曹胖子决定偷偷采取行动。当他站在李小染家门口时，不禁想到，自己和李小染穿戴整齐，亲朋满座，举行婚礼的情景。他还想到，和李小染一人一把小椅子，坐在太阳下，互相寻找白头发的情景。曹胖子说到这里时，我不禁也进入状态，但，这么想了一下之后，我感到无比空虚，而不是如同曹胖子所说，感到分外激动。所以，我就不想了。

情况是：李小染她爸一口回绝了曹胖子，不仅如此，他还对曹胖子说，你是个什么玩意儿？不到半个小时，曹胖子就被扫地出门。李小染她奶奶，一个矮小的老太太，表现得比李小染她爸还愤怒，她忍不住尾随至门口，对着曹胖子的背影说，也不看看你什么模样，还敢打我家小染的主意？

尽管如此，曹胖子仍然认为，自己会和李小染结婚生子。李小染认为，曹胖子太操之过急了。她对曹胖子说，她有自己的计划。到时候一切难题自然迎刃而解。曹胖子自然没有跟李小染提起，当他从她家出来时，正是下午五点多，小县城里的街道上挤满汽车，已经许多年，曹胖子没有这么认真观察过这个地方了，他听着旁边熟悉得几乎是喊出来的对白，看到对面正在翻越栏杆的姑娘，突然间涌起一个念头，要跟李小染分手。这个念头把他自己都吓了一跳。他的另外一个念头是，一定要赚许多许多的钱。

结果是：李小染和曹胖子分手了。事情发生在李小染回家过年之时。当时曹胖子并没回去，在他撞人之后，他就和家里人闹翻了。说到这一点，曹胖子再次眼圈发红。他赔了八万，他爸竟然一分都没有拿。后来他结婚时，他爸也是一分没拿。两次他都张了口，但他爸毫不客气地给拒绝了。原因在于，曹胖子他哥显得更有前途，当兵后考上军校，现在留在部队，已经升到团级。在他爸跟邻居们谈论儿子们的过程中，从来不会提到曹胖子，所有的话题都集中于他哥。所以，曹胖子现在算是跟家里完全不相往来了。

虽然曹胖子没有回去，但，依然有人给他传来消息。说是正月十五，看到李小染和一个男的手挽手亲密逛街。对此，曹胖子第一感觉是不信。曹胖子想起，那天自己和李小染通了两个多小时的电话，在电话里，李小染没有丝毫异状。放下电话后，曹胖子抽了支烟，突然又觉得，也许真的出了问题。想到这里，曹胖子马上换了衣服，下楼开着面包车上了高速。平时得用五个小时的路程，他用了不到四个小时就杀回去了。

曹胖子出发时，已经是晚上八点，他还从未这么晚跑过这么远的路。在高速上，车很少，很久才会有一辆擦肩而过。曹胖子觉得，这条路没完没了，一副永无尽头的模样。他盯着前方的黑色，突然感到，泪水滴在了握着方向盘的手上。这时候，他才发现，自己的姿势是，上身极力往前，仿佛想从前面找到点儿什么似的。

等到了小县城，曹胖子怎么也鼓不起勇气来打电话。他躺在旅馆的床上，翻来覆去，不得已，下楼买了瓶酒，一口气灌下去，才让自己平静了一些。

接下来的情况是：李小染死活不接曹胖子的电话，要么关机，要么直接给挂掉。曹胖子一天之内，给李小染打了一百二十七个电话。最终，他明白，事情已经不受自己控制了。除了流泪，他没有做其他事情。最终，他觉得自己应该干点儿什么，于是有一天下午，他提着已经许久未用的砍刀，开车到了李小染家门口。大门紧闭。李小染她爸的车停在门外。曹胖子叫了会儿门，听不见一点动静。本来，他打算蹲在那里，等到有人回来为止的 。蹲了一会儿之后，他站了起来，在地上来来回回走动了一番，然后转出胡同，饥饿的感觉来了，他记起，自己已经一天半没吃东西了。于是，他走进一家面皮店，吃了两碗面皮，一个夹肉饼。结账后继续回到原地，等候李小染。

阳光灰蒙蒙的，曹胖子低头看见自己的皮鞋上面也布满灰尘。他并没有擦它们的意思。抬头朝巷口看去，突然他想到，如果李小染以及她的家人正迎面走来，他们脸上挂着微笑，小孩子们嘻嘻哈哈地打闹不停，想到这个情景，曹胖子突然感到害怕，他不知道该如何是好。他该和这帮人做点儿什么？一瞬间，他几乎想马上逃跑，跑得越远越好。

曹胖子真的这么干了，他迈动双脚，迅速朝巷口跑去。

跑动的过程中，曹胖子感到不甘心，于是动作放慢，终于反过身来。

他举起手里的砍刀，朝李小染她爸的轿车抡了上去，车窗玻璃是如此结实，他不得不费尽全力，不停地撞击。路过的人，好奇地看了他一眼。曹胖子并没停止自己的动作，他把所有的车窗都砸烂后，又向四个轮胎下手。很明显，他已经好久没进行过这么剧烈的劳动了，没一会儿，汗水就淌了出来。曹胖子感觉到浑身逐渐黏糊糊起来，就跟当初，在麦地里弯腰挥动镰刀一样，他擦了把汗，休息了几秒钟，接着继续低头劳作。

话说，自从我上班以来，不时会接到亲戚们的电话。无一例外都是要我给帮个忙什么的。其中一个表哥，尤为执着，他甚至还不远万里杀到过我家，住了一个多星期。直到确定，我实在帮不上忙之后，才不满意地回了老家。在汽车站，接过我给他买的车票时，他突然语重心长地说，你得想想办法！这样下去不行的。我突然就感到羞愧无比。

本来以为，他不会再骚扰我了。没想到没多久，我就再次接到了他的电话。他直接问我，你认识曹胖子？我说是的。他说，那你跟他说说，把我工作解决一下吧？他怎么给你解决？我这个表哥马上对我的孤陋寡闻感到不解。他告诉我，曹胖子现在在一煤矿放着一辆前四后八的大车。并且，曹胖子和煤矿老板关系十分的好。我这个表哥看到过多次，曹胖子和老板一起出入。不过，我最终并未和曹胖子提起此事。关于这个表哥，我得多说几句。我本来以为，他会一直给我打电话的。没想到，他没再打。直到我过年回家才知道，他已经跟着曹胖子干起来了。在我家的地板上，他对曹胖子表达了许多崇拜之情，认为曹胖子会混，有关系。连县长、县委书记他都认识。我表哥先是给曹胖子开大车，后来在曹胖子的公司给曹胖子开小车。他还告诉我，曹胖子这人不错。原因是，自从得知他是我表哥之后，曹胖子对他的态度非常好，经常照顾他。并且，有一次他跟矿上发生矛盾，曹胖子也出面给解决了。最主要的是，曹胖子有报社的关系，他说到这里，我突然想起李小染。

在和我表哥聊天的过程中，我不禁有个感觉，那就是，曹胖子现在大部分时间都待在小县城里。我表哥对我的猜测予以肯定，他说，曹胖子已经在小县城买房，老婆、儿子也过来了。我表哥去过曹胖子家不止一次。对他老婆比我还熟悉，当然，他并未吃过曹胖子老婆做的饭菜。

我过年在家待了不到一个星期，最起码有五个人跟我提到曹胖子。最终，人们提到，曹胖子不仅在白道混得好，在黑道也很牛的。接着，他们给我讲到，曹胖子和一个开化工厂的家伙发生冲突，这家伙做生意多年，对曹胖子并不为意。不过为了防止曹胖子暗地里使坏，雇了北城一个出名的混混，每天在自己家，等候曹胖子来闹事。最终，曹胖子真的来了。让人意外的是，北城混混一见曹胖子，马上态度转变，曹哥曹哥地叫了一通，目睹曹胖子把对方的车给砸了，也没有反应。并且，还对化工厂说，你怎么不说是曹哥，我怎么会和曹哥对着干。曹胖子砸完车后，那人还给曹胖子递烟点烟。

最终，我一个同学证实了以上传说。我这个同学一向不说假话，我选择了相信他。他对我说，曹胖子发家的方法，就是贷款。问题是，大家都不知道，曹胖子怎么就认识了那么多大人物。我突然想起曹胖子那个小本本，不禁对这家伙感到无比佩服。

最终，我脑子里出现了一幅景象，发生在未来某年：曹胖子牛烘烘地从宝马上走下来，居高临下地和我握手，然后我战战兢兢地钻进他的宝马，被带到某某酒店，一顿好饭，机会好再来个美女，这样可以折腾那么几个小时，接下来我就又被丢回灰头土脸的人群中，骑着自己的破自行车走上被老板蹂躏的路。

事实是，从目前来看，这种情况并不会发生，我和曹胖子已经久未联系了。最后一次联系时，我想请他帮个小忙，但他没来。具体情况如下：我爹坐汽车上来，带了几麻袋的白菜土豆之类。这实在出乎我的意料，尽管我知道他会带，照他的话说，城里的菜也太贵了，我应该为房贷等等多攒一些，但我没想到他会带这么多。我能想象到这些麻袋的命运，最终，他们在那不到两平方米的阳台上，被风吹日晒，散发出一股恶臭。当我把它们拖出去时，在地板上留下几道黄色的湿痕，那气味终将持续多日。我忍不住就想对我爹发火。这么多麻袋，都不知道他怎么扛上汽车的。出租车司机无一例外，一看我们的架势就逃之夭夭。我只好给曹胖子打电话，希望他能帮忙跟我搬一下。曹胖子一口回绝，不行，我在谈业务呢，今天晚上也没空，得陪人吃饭。尽管我很想把这几麻袋扔下一走了之，但我爹固执地要把它们弄回去。于是，我俩轮流，扛着麻袋在大街上穿过，在别人怪异的眼神中，我逐渐忘记了麻袋的重量，脚步飞快，以至于身轻如燕。这是白菜，这是土豆，这是白面，这是大米，这些都是粮食。当我浑身湿透，黏糊糊地躺在床上时，想的是，曹胖子，咱们就此别过。